AF387957

Saskia Louis lernte durch ihre älteren Brüder bereits früh, dass es sich gegen körperlich Stärkere meistens nur lohnt, mit Worten zu kämpfen. Auch wenn eine gut gesetzte Faust hier und da nicht zu unterschätzen ist ... Seit der vierten Klasse nutzt sie jedoch ihre Bücher, um sich Freiräume zu schaffen, Tagträumen nachzuhängen und den Alltag einfach mal zu vergessen.

SASKIA LOUIS

Mordsmäßig angetrunken

LOUISA MANUS
ACHTER FALL

Erstausgabe September 2022

Copyright © 2022 dp Verlag, ein Imprint der
dp DIGITAL PUBLISHERS GmbH
Made in Stuttgart with ♥
Alle Rechte vorbehalten

Mordsmäßig angetrunken

ISBN 978-3-96087-043-1
E-Book-ISBN 978-3-96087-635-2
Hörbuch-ISBN: 978-3-98637-673-4

Covergestaltung: ARTC.ore Design
Umschlaggestaltung: ARTC.ore Design
Unter Verwendung von Abbildungen von
shutterstock.com: © Andrii Komashko, © Bella_photo
Lektorat: Janina Klinck
Korrektorat: Katrin Gönnewig
Satz: dp DIGITAL PUBLISHERS GmbH
Druck und Bindung: Books on Demand GmbH, Norderstedt

Für Veit, weil er immer über meine Witze lacht ... bevor er mich glucksend ansabbert. Es ist mir eine Ehre, deine Tante zu sein!

Kapitel 1

„Willst du … mich heiraten?"

Ich lächelte und seufzte schwer. „Ja."

„Bist du sicher?" Mein Gegenüber kratzte sich nachdenklich das Kinn. Seine Gesichtsfarbe wirkte neben all den Pflanzen in meinem Verkaufsraum gleich noch ein wenig grünlicher.

„Bin ich."

„Ich weiß nicht so recht, Louisa. Vielleicht ja eher: Willst du meine Frau werden?"

„Nein, nein. Wirklich." Ich schüttelte den Kopf und drehte den Ritterhelm in meinen Händen. „Mir gefällt die Heiraten-Version deutlich besser. Gerade die dramatische Pause in der Mitte. Sehr schön."

Manfred rieb sich noch immer unschlüssig über das Gesicht, sodass seine Falten Wellen schlugen. Als hätte man einen Stein in einen See geworfen. Mit der freien Hand klammerte er sich sichtlich nervös an meinem Verkaufstresen fest, sodass ich Angst um das weiche Kiefernholz bekam.

„Du hast keinen Grund, so nervös zu sein", versicherte ich ihm aufmunternd. „Trudi wird mit Sicherheit Ja sagen!"

Manfred war seit fast einem Jahr mit meiner ehemaligen Mitarbeiterin und jetzt nur noch verrückten Freundin Trudi zusammen. In Seniorenzeit also schon eine halbe Ewigkeit. Zumindest hatte er mir versichert, dass ein Mann von seiner Klasse eine elegante Frau wie

Trudi einfach nicht länger warten ließ. Sie waren schließlich keine sechzig mehr!

„Wird sie“, stimmte jetzt auch meine Schwester Emily zu, die neben mir auf einem Hocker saß und in einem Handspiegel prüfte, ob ihre blaue Gesichtsfarbe noch saß. „Weil sie Partys toll findet und eine schmeißen darf, wenn sie dich heiratet – das lässt sie sich nicht entgehen.“

„Und natürlich, weil sie dich liebt“, setzte ich pflichtbewusst hinzu.

Emmi winkte ab. „Jaja, das auch.“

„Meint ihr?“, fragte er unsicher und strich sich nervös den Frack glatt, bevor er sich mit den Fingern die Haare über die Glatze kämmte.

„Ja“, sagte ich fest. „Sie ist begeistert von dir!“

Er war schließlich ein reicher ehemaliger Steuerberater in seinen späten Siebzigern, der noch alle Zähne hatte, das Rockinstrument Akkordeon beherrschte und einen nicht allzu haarigen Rücken besaß. Der menschliche Jackpot, wenn man Trudi fragte. „Und ich muss sagen, Manni, deine Verkleidung als Bräutigam ist auch sehr cool.“

„Bräutigam?“ Verdutzt blickte er an sich hinunter. „Ich bin ein Pinguin.“

Oh. Das erklärte die orangene Nase. Ich war davon ausgegangen, dass er zu viele Karotten gegessen hatte. „Meine ich doch!“, sagte ich hastig, stellte den Ritterhelm auf dem Tresen ab und klopfte ihm lächelnd auf die Schulter.

Einige Sekunden lang sah er mich skeptisch an, dann nickte er jedoch. „Danke. Okay, ich geh noch mal kurz in dein Büro und übe den Antrag. Es ist schon fast elf, Trudel wird bald hier sein!"

Mit roten Flecken auf Wangen und Hals wuselte er durch die Tür neben dem Tresen, die in mein Arbeitszimmer führte, das aus siebzig Prozent Schreibtisch und dreißig Prozent Kekskrümeln bestand.

„Wow, mit Ende siebzig heiraten", meinte Emily, sobald die Tür ins Schloss fiel, und zog meinen Ritterhelm vom Tisch. „Eigentlich keine schlechte Idee, oder? Vielleicht sollte ich auch so lange warten – dann ist eine Scheidung zumindest sehr viel unwahrscheinlicher. Ich meine, es klingt irgendwie besser, wenn man sagt: *Ich bin verwitwet* und nicht etwa: *Ich bin geschieden*." Nachdenklich knibbelte sie an der Alufolie meines Helms herum. „Meinst du nicht?"

„Ich finde, beides hört sich nicht sonderlich erquickend an", stellte ich trocken fest. „Und hey, pass auf." Ich schnalzte mit der Zunge und zog ihr ungeduldig das Prunkstück meiner Verkleidung aus den Händen. „Nachher geht der Helm kaputt, bevor ich ihn überhaupt benutzt habe. Er ist etwas fragil. Ich hab ihn selbst gebastelt!"

Es war das erste Mal seit zehn Jahren, dass ich wieder Alufolie benutzt hatte. Zum Kochen verwendete ich sie nämlich nie – Herde und Öfen mochten mich einfach nicht, weil ich sie jahrelang schlecht behandelt hatte. Es war nur fair, ihre Wünsche zu respektieren und mich ihnen nicht auf mehr als drei Metern zu nähern. Seit ich einen Freund hatte, der mit einem Kochlöffel genauso gut hantieren konnte wie mit einer Handfeuerwaffe, musste ich es Gott sei Dank auch nicht mehr.

Meine jüngere Schwester seufzte und verdrehte ausdrucksstark die Augen. „Du bist so ein Nerd, Lou.“

Vermutlich hatte sie recht. Aber ich bezeichnete mich gern als leidenschaftlich. Wenn mich jemand fragen würde, welche drei Dinge ich im Leben am meisten liebte – Menschen ausgeschlossen –, dann wäre die Liste sehr einfach.

Erstens: Blumen und Pflanzen.

Zweitens: Schokolade und ihre Anwendungsbereiche (größtenteils jedoch die in meinem Magen).

Drittens: Karneval.

Und da heute Weiberfastnacht, der Startschuss des Kölner Straßenkarnevals war, hatte ich die letzten Wochen damit verbracht, drei Kostüme zu basteln. Denn nur der jämmerlich einfallslose Karnevalsenthusiast trug sechs Tage lang dasselbe. Ich mochte ein fauler Mensch sein – aber ich war kein fauler Jeck.

Das war nicht weiter verwunderlich, als gebürtige Kölnerin – mit einer Mutter, die die witzigsten roten Pusteln bekam, wenn Konfetti ihren Teppich verunreinigte – floss mir Karneval praktisch durchs Blut. Aber ich hatte bereits mit fünf erkannt, dass Karneval nicht einfach ein Event war. Es war eine Lebenseinstellung. Die Chance, für eine Woche im Jahr jemand anderes zu sein.

Damals hatte meine Mutter mich als Prinzessin verkleidet in den Kindergarten geschickt.

Ich war äußerst unzufrieden mit der Kostümwahl gewesen. Denn eigentlich hatte ich als Kartoffel gehen wollen. Mein Bruder Jannis hatte mir erzählt, dass diese innerhalb von neunzig Tagen ausgewachsen waren – was mir zu dem Zeitpunkt wie ein gutes Ziel erschienen war.

Aber nein, meine Mutter hatte mich in ein pinkes Kleid gesteckt, mir die Haare geflochten und meinen Kopf mit einer Krone verziert.

Der Kragen des Kleides hatte furchtbar gekratzt, der Saum meine Knöchel gekitzelt und die Krone unangenehm gedrückt. Also hatte ich, sobald meine Mutter mich an der Garderobe abgesetzt hatte, den Kragen zerrissen, die Krone zerbrochen und den Saum fachmännisch mit einer Schere zerfetzt.

Den Erzieherinnen hatte ich erzählt, dass ich als Prinzessin gehen würde, die soeben siegreich aus einem Kampf mit einem Drachen hervorgegangen war.

Die anderen Kinder waren so beeindruckt von meinem Aufzug gewesen, dass ich an diesem Tag das bunteste Glitter, die schönsten Wachsmalstifte und drei Schokopuddings mein Eigen hatte nennen dürfen.

Das war es definitiv wert gewesen, am selben Abend von meiner Mutter ohne Nachtisch ins Bett geschickt zu werden. Ich hatte ohnehin Bauchschmerzen gehabt.

Was mir dieser Tag also bewiesen hatte: Karneval war magisch und machte Träume wahr. Wenn man wollte, konnte man ein völlig anderer Mensch sein!

Als Jugendliche, die den Großteil ihrer Schulzeit damit verbracht hatte, lateinische Pflanzennamen auswendig zu lernen und den Spitznamen Loser-Lou nicht allzu ernst zu nehmen, war das wundervoll gewesen. Mittlerweile war ich jedoch kein unsicherer Teenager mehr und nutzte Karneval so wie jeder andere vernünftige Erwachsene auch: um sich zu betrinken, albern anzuziehen, kölsche Lieder zu grölen, zu viele Berliner zu essen und generell zu ignorieren, dass man keine achtzehn mehr war. Und Emmi konnte mir erzählen, was sie wollte, ich war nicht die Einzige, die Karneval liebte. „Um elf Uhr elf machen wir aber schon zu, oder?“, fragte sie und betrachtete ihre blauen Fingernägel. „Ich meine … wir können nicht *nicht* zu machen! Das wäre Ketzerei.“

Ich grinste. „Natürlich. Wir haben eine Tradition aufrechtzuerhalten. Also schließen wir den Laden und gucken den Reiterzug Jan von Werth an. Wie jedes Jahr.“

Erleichtert ließ sie die Schultern sinken. „Gut, ich hab Finn nämlich schon gesagt, dass wir uns dort treffen. Es ist übrigens gemein, dass Leonie heute freibekommen hat.“

Leonie war die zweite Azubine meines Blumenladens *Louisa's Flower Power* und zu Emilys Verdruss eine weitaus bessere und fleißigere Mitarbeiterin als sie.

„Leonie läuft gleich als Tanzmariechen im Eröffnungszug mit“, erinnerte ich sie. „Natürlich hat sie freibekommen.“

„Mhm“, machte Emily unzufrieden, bevor sie eine äußerst lädiert aussehende PET-Flasche aus ihrer Handtasche zog, die mit einer dunkelroten Flüssigkeit gefüllt war, die verdächtig nach Wein aussah aus.

Ungläubig schnappte ich sie ihr aus den Fingern. „Emmi!“, zischte ich. „Du bist schwanger. Du darfst nicht trinken.“

Meine Schwester hatte vor wenigen Wochen erfahren, dass sie überraschenderweise ein Kind erwartete. Vater war Finn, ihr bester Freund, Bruder meiner besseren Hälfte Josh und ahnungsloser Schlucker – denn

Emily hatte ihn noch nicht von seinem Glück unter-
richtet.

„Danke, Mama, das weiß ich selbst", erwiderte Emily
verärgert. „Es ist Traubensaft. Ich muss doch wenigstens so tun, als würde ich saufen. Sonst wird Finn misstrauisch."

Ich seufzte schwer. „Wäre es nicht simpler, es ihm
einfach zu sagen?"

Emily presste die Lippen zusammen. „Nein, wäre es
nicht. Ich weiß ja selbst noch nicht, ob ich es behalten
will oder nicht. Abgesehen davon will ich, dass Finn mit
mir zusammen sein möchte, weil ich der beste Mensch
auf der ganzen Welt bin – nicht, weil sein Samen in mir
gesprossen ist."

Ich zog eine Grimasse. „Nette, bildliche Beschreibung
– und das verstehe ich, Emmi. Aber du verpasst hier womöglich eine Chance. Ich meine: Sag es ihm doch, wenn
er richtig betrunken ist", schlug ich vor. „Um den
Schlag zu mildern."

„Gott, nein." Emmi schüttelte heftig den Kopf. „Dann
vergisst er es wieder und ich muss es ihm *noch mal* sagen. Nein, nein. Ich werde Traubensaft trinken, so tun,
als wäre ich angeschippert, mich von Pralinenschach-
teln am Kopf treffen lassen und Kindern ihre Strüßje
klauen. Wie jedes Jahr. Finn schöpft keinen Verdacht,
ich habe Pralinen und Strüßje ... alle gewinnen."

Seufzend legte ich einen Arm um ihre Schultern. „E-
mily, ich weiß, dass du Angst hast, es ihm zu sagen ...
aber vielleicht würde es dir ja guttun, ehrlich zu sein.
Nicht mehr allein zu sein. Zu wissen, was Finn denkt."

Sie schnaubte und schüttelte meinen Arm ab. „Ehrlichkeit hat noch niemandem geholfen und wenn Finn

dieses Wochenende wieder versucht, mich ins Bett zu bekommen, dann weiß ich zumindest, dass wir eine Chance haben. Das würde mich beruhigen."

„Schön", kapitulierte ich und hob die Hände. „Es ist deine Sache. Aber es tut mir schon leid für dich, dass du dieses Jahr keinen Alkohol trinken darfst."

„Warum?" Aufmüpfig reckte Emily das Kinn. „An Karneval geht es doch nicht ums Trinken."

Ich schwieg.

„Na gut, nicht *nur*!", korrigierte sie sich verärgert. „Aber ich brauche keinen Alkohol oder Gras, um Spaß zu haben." Wehleidig verzog sie das Gesicht. „Auch wenn sie wirklich helfen."

Ich wollte Emily gerade ein paar tröstende Worte schenken, als die Tür aufging und Josh hereinkam.

Kommissar Joshua Rispo war eine dunkelhaarige, eins neunzig große Erscheinung, die mein Herz noch immer höherschlagen ließ. Ein Mann mit Marshmallowherz, aber dreckigen Fantasien – also genau nach meinem Geschmack.

Er war seit zwei Jahren mein Freund, seit seiner Kindheit ein bekennender Schwarzmaler, seit seiner Ausbildung zum Kriminalkommissar zertifiziertes Megafon und seit ich ihn kannte, davon überzeugt, dass ich der Grund seines frühen Todes in Form eines Herzinfarktes sein würde. Und das nur, weil ich den Hang dazu hatte, mich in gefährliche Situationen zu begeben, blutrünstigen Mördern nachzustellen und unsere gemeinsame Wohnung in ein Gewächshaus zu verwandeln, wann immer ich gestresst war.

Meiner Meinung nach war er einfach ein wenig zu zart besaitet.

Heute trug er Jeans, einen schwarzen Mantel und einen verdrießlichen Gesichtsausdruck, sah also aus wie immer. Normalerweise mochte ich diesen Aufzug. Aber nicht an Weiberfastnacht!

„Du hast dich nicht verkleidet!“, rief ich entrüstet.

„Klar hab ich das“, sagte er leichthin und ließ die Tür fallen. „Ich geh als Inkognito-Polizist.“

Ich stemmte die Hände in die Seiten. „Josh! Du meintest, du hättest ein Kostüm, ich müsse mir keine Gedanken darum machen.“

„Nun, ich habe offensichtlich gelogen“, stellte er sachlich fest. „Reiner Selbstschutz. Du hättest mich sonst als Einhorn verkleidet oder so was.“

Oh, Rispo als Einhorn. Das war eine fantastische Idee! Das musste ich mir merken.

„Siehst du!“, meinte er vorwurfsvoll und deutete mit dem Zeigefinger auf mich. „Du hast jetzt schon dieses verrückte Glitzern in den Augen bekommen, das da sonst nur erscheint, wenn du mal wieder über eine Leiche stolperst und Miss Marple spielst.“

Verärgert verschränkte ich die Arme. „Es ist egal, wie ich gucke. So nehme ich dich nicht mit auf den Umzug.“

„Ich weiß gar nicht, was du hast, Lou“, meinte Emmi abwesend. „Er hat sich doch verkleidet. Er geht offensichtlich als Spielverderber.“

„Nehm ich“, sagte Josh zufrieden.

„Nein!“, rief ich sofort.

Ich hatte noch nie mit Josh Karneval gefeiert, weil er die letzten Jahre über immer hatte arbeiten müssen, und er würde mir den Spaß nicht verderben. „Ernsthaft, Josh! Du bist Kölner! Wenn du dich nicht verkleidest, schmeißen sie dich aus der Stadt.“

Rispo verdrehte die Augen. „Ein bisschen dramatisch, findest du nicht? Ich hab Bereitschaft – und ich mag Karneval nicht."

Emmi zog schockiert die Luft ein. „Aber du bist Kölner!", echote sie meine Worte

„Ich weiß."

„Du wurdest hier geboren!"

„Ich weiß!"

„Josh, das ist Ketzerei!"

„Oh, großer Gott, ist es nicht! Glaubt mir, wenn ihr Polizist wärt, würdet ihr Karneval auch nicht mögen."

Emily und ich wechselten einen Blick und schüttelten dann unisono den Kopf. „Dumme Ausrede", verkündete ich.

„Das ist noch lange kein Grund, sich nicht zu verkleiden", unterstützte Emily mich.

Josh hob nur die Schultern. „Ist mir egal. Ich wiederhole: Ich hab Bereitschaft. Und es könnte mitunter peinlich werden, als Einhorn verkleidet bei einem Tatort aufzutauchen."

„Ach was." Emily schüttelte den Kopf. „Viele Zeugen reden sehr viel lieber mit einem Einhorn als mit einem Polizeibeamten. Abgesehen davon: Kein vernünftiger Kölner mordet an Karneval. Das wäre als ob ... ein Pastor am Sonntag mordet!"

Ich lächelte unschuldig. „Dagegen kannst du nicht argumentieren, Josh."

Düster sah er mich an.

„Setz dir zumindest einen komischen Hut auf, oder so", schlug ich vor. „So können wir wirklich nicht mit dir vor die Tür."

„Ich hab keinen komischen Hut!"

„Oh, ich weiß!" Meine Miene erhellte sich und hastig lief ich um den Tresen herum, um mir einen der Blumenkränze zu schnappen, die ich für Hochzeiten verkaufte. Zufrieden fuhr ich durch Joshs Haare, bevor ich ihn kunstvoll darauf drapierte und mit einer Klammer aus meinen eigenen Haaren fixierte. „Tadaa. Jetzt gehst du als Blumenmädchen."

Joshs Blick wurde gleich noch ein wenig griesgrämiger.

„Als unzufriedenes Blumenmädchen", spezifizierte ich.

„Schön", sagte er, sein Tonfall überraschend leicht und freundlich. „Von uns allen sehe ich trotzdem am hübschesten aus. Ich meine: Wenigstens gehe ich nicht als Käselaib." Er deutete an meinem löchrigen, gelben Gewand hinab.

„Ich gehe nicht als Käse!", stellte ich klar, nahm mir den Ritterhelm und setzte ihn auf. „Das hier ist mein ganzes Kostüm."

Stirnrunzelnd betrachtete er mich. „Was soll das sein?"

Ich klappte das Visier nach oben und lächelte breit. „Ich gehe als Mittelalter Gouda."

Rispos Mundwinkel zuckten. „Ah, du hast dich also für das sexy Kostüm entschieden."

„Humor ist sexy", unterrichtete ich ihn angesäuert.

„Oh, auf jeden Fall", sagte Josh ernst und drückte meine Hand. „Wer wäre ich, mich gegen ein wenig guten Käse-Humor auszusprechen?"

Emily kicherte. „Du siehst aber wirklich albern aus, Lou."

„Natürlich tue ich das!", meinte ich verärgert. „Ariane und Trudi sind ja auch nicht hier. Es ist ein Gruppenkostüm. Ohne jungen und alten Gouda wirkt es nicht."

„Mhm, klar“, meinte Emmi süffisant grinsend.

Ich entschloss, sie zu ignorieren. Ich war sehr stolz auf das Kostüm und nur, weil Rispo und sie keinen Geschmack hatten, würde ich mir den Tag nicht versauen lassen.

„Was bist du denn, Emily?“, riss Josh mich aus den Gedanken und betrachtete verwirrt meine blau angemalte und stark gepolsterte Schwester.

„Ein Blauwal!“, sagte sie und verdrehte die Augen. „Ernsthaft Joshi, du hättest in Bio besser aufpassen sollen. Das ist doch offensichtlich.“

„Ah.“ Er nickte. „Sorry. Ich dachte, du wärst vielleicht ein Schlumpf, der in einer Keksdose gefangen gehalten wurde.“

Ich lächelte, doch Emmi fand das überhaupt nicht witzig. „Weißt du, ich würde sehr viel lieber als sexy Krankenschwester oder süße Erdbeere gehen oder so, aber ich dachte, wenn ich so tue, als wäre ich dick, kann sich Finn schon mal an den Gedanken gewöhnen. Weil ich ja bald ohnehin aufgehen werde wie ein Ballon.“ Sie räusperte sich und lief rot an. „Falls ich das Baby behalte, natürlich.“

Rispo und mir wurde es verwehrt, einen weiteren Kommentar zu machen, denn die Tür ging auf ein Neues auf.

Meine ehemalige Angestellte Trudi war ja schon zu Nicht-Karnevalistischen Anlässen eine fantastische Erscheinung. Doch heute hatte sich die laut Manni eleganteste Frau, die er jemals kennengelernt hatte, selbst übertroffen.

Ein löchriges Käseleibchen schlackerte lose um ihren dürren Körper. Das Lätzchen um ihren Hals passte farblich zu der Babyrassel in ihrer Hand. Und die Windel, die ihr als Hose diente, ließ jedes Baby in zwei Kilometern Entfernung vor Neid erblassen. Die grauen Haare hatte sie zu zwei kleinen Zöpfen gefasst, die frech von ihrem Kopf abstanden.

Wow, sie hatte ihre Kostüminstruktionen wirklich sehr ernst genommen.

„Habe ich das richtig verstanden: Trudi ist der *junge* Gouda?", flüsterte mir Josh zweifelnd ins Ohr. „Na ja, Trudi meinte, sie ist schon alt, da hat sie es nicht eingesehen, sich auch noch als alt zu verkleiden", wisperte ich achselzuckend zurück.

„Windeln sind unglaublich bequem und praktisch, Louisa!", begrüßte sie mich begeistert. „Das vergisst man schnell."

„Du siehst wundervoll aus, Trudi", bemerkte Emily und schaffte es dabei, todernst auszusehen. „Einen hübscheren jungen Gouda habe ich noch nicht gesehen!"

Die alte Dame lief babybelrot an. „Oh, vielen Dank, Emmi. Du bist aber auch eine schöne Seifenblase."
„Ein Blauwal! Ich bin ein Blauwal!", stöhnte Emily. „Mist. Ach, egal. Seifenblasen sind auch dick und rund. Es macht also eigentlich keinen Unterschied."

„Und ich bin es, der im Biologieunterricht besser hätte aufpassen sollen ...", murmelte Josh.

„Sagt mal, ist Manfred schon hier?", wollte Trudi wissen und sah sich um, als könnte der alte Herr sich hinter dem Tresen verstecken.

„Oh ja", fiel mir ein. Hastig lief ich zur Tür meines Büros und klopfte.

Showtime. Ich hoffte sehr, dass Manfred genug geübt hatte. Zumindest die Entscheidung zwischen „Willst du mich heiraten?" und „Willst du meine Frau werden?" sollte gefallen sein.

Manni riss die Tür auf, sodass ich ihm beinahe auf die Nase geklopft hätte. Doch er beachtete meine Hand in seinem Gesicht gar nicht, sondern schubste mich hektisch aus dem Weg und atmete tief ein und aus. So als hätte er Angst, gleich den Mut zu verlieren.

Im nächsten Moment presste er beide Hände auf die Brust und fixierte Trudi. „Trudel. Du siehst wunderschön aus. Ich habe mich zu einem Laib Gouda noch nie so sexuell hingezogen gefühlt", sagte er feierlich.

Trudi lief rosarot an und machte eine wegwerfende Handbewegung. „Du bist immer so ein Charmeur, Manni."

Wir würden da alle ihrem Urteilsvermögen vertrauen müssen. Uns blieb auch gar keine Zeit, zu widersprechen, da Manfred eine Sekunde später auf die Knie sank.

„Trudel, du bist der Sprudel in meinem Wasser. Die Tasten meines Akkordeons ... Willst du meine Frau heiraten?"

Mein Herz zog sich schmerzlich-süß zusammen und ergriffen legte ich eine Hand auf die Brust. Manfred hatte völlig umsonst geübt, aber rührend war das Ganze trotzdem.

Trudi trat einen Schritt vor und beugte sich irritiert zu ihrem Liebhaber hinunter. „Was?", fragte sie laut.

„Ähm, entschuldige, ich habe gefragt: *Willst du mich heiraten?*"

„Oh mein Gott", hauchte ich.

„Ich glaube, Trudi hat ihn immer noch nicht verstanden", murmelte Josh an meinem Ohr.

„Pscht", machte ich scharf, den Blick noch immer auf den am Boden knienden Mann gerichtet.

„Ich verstehe dich nicht, Manni, du musst lauter reden", bemerkte Trudi seufzend. „Und was tust du auf dem Boden? Von da kommst du doch nie wieder hoch."

Man musste es Manni lassen. Er bewies eine Menge Geduld. Ich hätte jetzt schon das Handtuch geworfen. Doch mit ernsten, großen Augen sah er zu seiner Angebeteten hoch und schrie: „Heiraten, Trudi! Willst du heiraten!"

Perplex sah sie ihn an. „Wen?"

„Mich natürlich!"

„Oh." Ihre Miene erhellte sich und sie strahlte in ganzer Käsepracht. „Auf jeden Fall!"

Manfred lächelte selig. „Fantastisch. Ich hab jetzt keinen Ring, weil nie Platz an deinen Fingern ist." Er deutete zu ihren Händen, an denen bestimmt sieben verschiedene Klunker hingen. „Aber ich dachte, du willst ihn ohnehin lieber selbst aussuchen."

Trudis Jauchzen nach zu urteilen, lag er mit dem Gedanken völlig richtig. „Ich würde dich jetzt sehr gern küssen, aber ich kann mich unmöglich so weit herunterbeugen." Tadelnd schüttelte sie den Kopf. „Das hättest du dir wirklich vorher überlegen sollen, Manni. Deine Knie sind doch auch nicht mehr die besten."

„Welche Knie?", fragte er verwundert. „Ich spüre sie nicht mehr ..." Sein Blick glitt zu Josh und mir. „Kann mir mal jemand aufhelfen? Ich komm von allein nicht hoch."

„Oh, klar", sagte ich hastig und griff zusammen mit Josh unter seine Arme, um ihn zurück auf die Füße zu hieven.

Trudi fiel Manfred um den Hals, sie küssten sich ... und seufzend ließ ich mich gegen Joshs Schulter sinken. „So süß!", hauchte ich.

„Ja. Käselaib und Pinguin. Eine Liebesgeschichte für die Geschichtsbücher", erwiderte er trocken.

Ich musste lachen und stieß ihm mit den Ellenbogen in die Seite. „Benimm dich. Sonst wirst du vielleicht kein Blumenmädchen auf ihrer Hochzeit."

Josh schnaubte und legte den Arm um mich, kam jedoch nicht zu einer Antwort, denn Emmi nutzte die zeitweilige Stille, um fest in die Hände zu klatschen.

„Okay, Leute!", verkündete sie und wedelte mit den Händen über ihrem Kopf hin und her. „Das war ja alles ganz toll und romantisch und alles, aber wir müssen jetzt wirklich los. Es ist elf Uhr elf. Ich will betrunkenen Leuten dabei zusehen, wie sie versuchen, Kamelle zu fangen, und dabei hinfallen."

Das war ein sehr ehrenwertes Vorhaben – und wer war ich, einem so majestätischen Blauwal wie ihr zu widersprechen?

Kapitel 2

Die Kölner Südstadt an Weiberfastnacht musste man sich wie einen Kindergeburtstag vorstellen, der vollkommen aus dem Ruder gelaufen war.

Es fing gesittet an. Die Gäste waren hübsch verkleidet und sorgfältig geschminkt, für fröhliche, moderne Musik war gesorgt. Doch dann war die Limo durch Kölsch ausgetauscht worden, sodass die Eltern sturzbesoffen durch den Garten taumelten, etliche Süßigkeiten mit zu Boden rissen und der angemietete Clown bewusstlos unterm Tisch lag. Die fröhliche Musik war durch alte Schunkelmusik von Oma ersetzt worden, sodass schöne, wortgewaltige Gesänge wie: „Ich ben e'ne Kölsche Jung, wat willste maache?" oder „Ich kumm us dä Stadt met K, Schalalala … Schalalala … Schalalala …" laut wurden.

Es war fantastisch!

Geordnetes Chaos.

Okay, nein. Chaotisches Chaos. Aber damit war ich vertraut. Mein halbes Leben bestand daraus.

Der „Wieverfastelovendzoch" startete traditionell am Chlodwigplatz und circa zwanzig befreundete Korps und Gesellschaften nahmen an dem „Zoch mit Jan un Griet" teil. So auch die *Goldfunken,* die Tanzgruppe, der Leonie angehörte.

Da es am Chlodwigplatz jedoch unfassbar voll war, arbeiteten wir uns die Severinstraße entlang und suchten nach einem Platz, an dem noch keine Dutzenden

Minions, Tom-Cruise-Top-Gun-Verschnitte oder betrunkene Teletubby-Teenies standen.

Emily lief mit gerecktem Kinn vor, auf der Suche nach Finn und Ariane, die wir hier treffen wollten, während das frisch verlobte Paar hinter uns herdackelte. Sie bräuchten die Zweisamkeit, hatte Trudi mir erklärt. Wie sie die haben wollten, während Betrunkene *Kölle Alaaf* in ihre Ohren grölten und ihnen Kölsch auf die Schuhe kippten, war mir schleierhaft – andererseits waren sie ein sehr schwerhöriges Paar. Das könnte heute von Vorteil sein.

Zu meiner Überraschung hatte Josh, der die letzten Minuten über verdächtig still gewesen war, sich den Blumenkranz noch nicht vom Kopf gerissen. Er gab sich wirklich Mühe, wenigstens so zu tun, als hätte er Spaß, und das wusste ich zu schätzen.

Nachdenklich sah ich zu ihm auf. War er nur ein guter Schauspieler, oder ...?

„Du hasst alles hier dran, oder?", mutmaßte ich.

„Jup", war seine knappe Antwort.

Ich lachte. Okay, er war ein guter Schauspieler.

„Ich fang dir einen Blumenstrauß, dann wird alles gut", versprach ich und klopfte aufmunternd auf seinen Bizeps.

Er hob einen Mundwinkel und nickte, schien aber immer noch etwas abwesend.

„Alles okay?", hakte ich nach.

„Ja, ich hab nur gerade gedacht ... na ja." Er kratzte sich den Nacken und blickte zu mir herunter. „So kann ein Heiratsantrag auch laufen. Er fragt. Sie antwortet. So schwer ist das nicht, oder?" Vielsagend hob er die Augenbrauen.

Meine Wangen liefen pink an und ich war versucht, hastig den Ritterhelm über den Kopf zu stülpen. Doch Josh hatte es ja ohnehin schon gesehen. Durch seine Arbeit als Kriminalkommissar war er leider lächerlich aufmerksam. Ein gutes Gedächtnis hatte er durch seinen Job auch.

Was fast schade war, denn es hätte mir deutlich an Druck genommen, wenn er einfach wieder vergessen hätte, dass er mich vor zwei Wochen gefragt hatte, ob ich ihn heiraten wolle und ich ihm noch immer keine richtige Antwort gegeben hatte.

„Na ja, Manni hat die letzten Monate auch nicht versucht, wie ein Besessener den Mord an seiner Mutter aufzuklären", verteidigte ich mich langsam. „Er ist nicht beinahe gestorben und hat nicht vergessen, was wichtig in seinem Leben ist."

„Sieh ihn dir an, Lou", meinte Josh seufzend und nickte über seine Schulter zu Manni, der gerade stirnrunzelnd seinen Kopf abtastete. „Er hat vergessen, dass die Brille auf seiner Nase sitzt – sicher, dass er nicht auch ab und an vergisst, was wichtig im Leben ist?"

Ich zog eine Grimasse. „Ich antworte dir noch, Josh", murmelte ich und griff nach seiner Hand. „Wirklich. Wenn ich sicher bin, dass wir wieder ... *wir* sind."

Die letzten Monate waren unfassbar anstrengend gewesen. Josh und ich hatten uns kaum gesehen, zu viel gestritten und zu vielen Mördern nachgestellt. Es war eine schwere Zeit mit einer Menge Probleme gewesen. Problemen, die ich lösen wollte, bevor wir heirateten.

Ich wollte mit Josh zusammen sein. Auf die kitschige *„Für immer und ewig"* Art und Weise. Aber ich wollte sicher sein, dass er der Mann war, den ich liebte, nicht der Verrückte, der Auftragskillern in Gewächshäusern nachstellte und sich beinahe umbringen ließ. Der Mann, der den Mord seiner Mutter ruhen lassen und wieder im Jetzt leben konnte.

Josh seufzte leise und drückte meine Finger. „Ja, und ich will dich nicht drängen. Du kannst dir die Zeit nehmen, die du brauchst. Aber wenn du erst in zwei Wochen oder aber auch erst in zwei Monaten deine Entscheidung fällst, ist mein Antrag eigentlich schon wieder verjährt", stellte er fest.

„Anträge können verjähren?", fragte ich perplex.

„Jap. Mord ist das Einzige im Leben, das nicht verjährt", erklärte er sachlich. „Ich müsste also noch mal fragen und wenn du schon wieder keine Antwort hättest, könnte das ernsthaft an meinem Ego kratzen."

Ich verdrehte die Augen, musste jedoch schmunzeln. „Dein Ego ist groß genug, Josh. Du wirst es verkraften. Und ich kann dir ja einfach sagen, wenn du noch mal fragen sollst."

„Ah, aber das würde dem Ganzen doch etwas die Romantik nehmen, meinst du nicht?"

Ich blies die Wangen auf und wiegte den Kopf von der einen auf die andere Seite. „Ja, vermutlich schon. Aber ich weiß nicht recht, wie wir dein Problem sonst lösen sollen."

„Oh, ich weiß, wie", antwortete er sofort. „Ich frag dich einfach nicht mehr."

Abrupt blieb ich stehen, während mein Herz zwei Stockwerke tiefer sank. „Was? Du willst mich nicht mehr heiraten?"

„Doch!", sagte er hastig und strich beruhigend mit dem Daumen über meinen Handrücken. „Aber du bist jetzt dran", erklärte er. „Du weißt, was ich will ... wenn du bereit bist, kannst du ja mich fragen. Dann muss ich nicht mehr die ganze Zeit darüber nachdenken."

Verblüfft öffnete ich den Mund. „Ist das dein Ernst?"

„Jap." Er nickte, sichtlich zufrieden mit sich selbst. „Im Zeitalter der Emanzipation ist es doch ohnehin nicht mehr wichtig, wer die Frage stellt, richtig?" Erwartungsvoll hob er die Augenbrauen.

„Ähm ... na ja ..." Etwas überfordert kratzte ich mir den Kopf.

Er hatte schon recht. Eigentlich war es vollkommen egal, wer die Frage stellte. Aber das Zeitalter der Emanzipation unterschied sich leider vom Zeitalter der Liebesromane, die ich las, und den vorviktorianischen Netflix-Dramen, die ich sah. Und eigentlich ...

„Gut, dann ist die Sache entschieden", sagte er knapp. „Du bist es, die mir einen Antrag machen muss. Und ich will Blumen und einen Kniefall und den ganzen Mist." Er richtete den Zeigefinger auf mich. „Deine Chance, mir zu beweisen, wie sehr du mich liebst."

„Du hast deinen Antrag neben der Mülltonne meiner Mutter gemacht!", sagte ich ungläubig.

„Ja, aber mein eigentlich geplanter Antrag hat Kerzenlicht, mittelmäßigen Wein, hübsche Blumen und Lasagne involviert. Das ist es also, was es zu schlagen gilt."

Oh Gott. Wie sollte ich Rispos Lasagne etwas entgegensetzen? Das war unmöglich!

Ich war auch wirklich keine romantische Person. Ich hatte meine Kuscheltiere früher immer zwischen Pappkartons und Rasenmäher in unserer Garage verheiratet. Und das auch nur, um am Ende so tun zu können, als würde ich Torte essen.

Der Heiratsantrag müsste persönlich auf Josh zugeschnitten sein – und er mochte Blumen nicht einmal besonders. Pralinen, Herzchen und Kerzen ebenso wenig.

Also ... würde ich zwischen seinen Hanteln und seiner Dienstwaffe auf die Knie sinken? Das erschien mir irgendwie nicht richtig.

„Muss ich dir dann auch einen Ring besorgen?“, wollte ich wissen und kniff die Augen zusammen. „Ich weiß deine Ringgröße gar nicht. Wie zur Hölle hast du überhaupt meine herausgefunden?“

„Hab einen deiner Ringe geklaut und mit zum Juwelier genommen“, meinte er achselzuckend. „Und nein, ich brauch keinen Ring. Aber du kannst mir gern irgendetwas anderes schenken.“

Oh nein. *Irgendetwas anderes* war viel zu vage! Und überhaupt ...

„Du hast mir einfach einen meiner Ringe gestohlen? Das ist ganz schön kriminell von dir“, stellte ich überrascht fest.

„Hallo, Felsblock, hier spricht das Glashaus“, murmelte er freundlich und legte eine warme Hand in meinen Nacken. „Ich stelle dir jetzt eine Frage: Was ist schlimmer? Ein Schmuckstück seiner Freundin auszuleihen, um ihr einen passenden Verlobungsring kaufen zu können – oder aber geheime Polizeiakten in der Badewanne zu versenken, in den Zoo einzubrechen, an einem illegalen Autorennen teilzunehmen ...“

„Ist ja schon gut, du kannst aufhören“, meinte ich augenverdrehend. Dieses Spiel konnte ich nur verlieren.

Ach, ich hasste es, wenn er mit Vernunft und guten Argumenten kam!

„Sicher?", hakte er unschuldig nach. „Denn ich habe noch eine unfassbar lange Liste in meinem Kopf."

Seufzend ließ ich mich in seine Berührung sinken. „In Ordnung. Ich mache dir den Antrag und besorge dir *keinen* Ring. Es ist nur fair. Ich halte dich im Moment wirklich etwas hin. Und so musst du dir keine Gedanken mehr darum machen und kannst dich entspannen."

„Danke", sagte er lächelnd und küsste mich sacht auf die Schläfe. „Kann ich jetzt den albernen Blumenkranz von meinem Kopf nehmen?"

„Auf gar keinen Fall. Es ist äußerst wichtig, dass du ihn den restlichen Tag aufbehältst." Denn ich hatte soeben Finn und Ariane in der Menge vor uns entdeckt und beide wollten sicherlich bewundern, was für ein hübsches Blumenmädchen Josh abgab.

Ich zog ihn an der Hand hinter mir her und setzte den Ritterhelm auf, um meine beste Freundin Ari gebührend zu begrüßen, die eine graue Perücke trug und einen Krückstock in der Hand hielt.

Doch selbst das gelbe Käselaibchen und die falschen Falten auf ihrem Gesicht konnten niemanden täuschen. Sie war noch immer der attraktivste alte Gouda, den ich je gesehen hatte.

„Hallihallo", rief sie über die laute Musik der Karnevalskapelle hinweg, die den Umzug anführte, und nun an uns vorbeilief. „Mensch, Josh! Du bist ja die schönste Waldnymphe der Welt."

„Waldnymphe!", rief ich triumphierend. „Das ist viel besser als Blumenmädchen."

Josh warf mir einen düsteren Blick zu, der mir zu verstehen gab, dass ich keine Ahnung hatte, was das Wort *besser* bedeutete.

Finn lachte laut, als er seinen Bruder entdeckte und zückte im nächsten Moment sein Handy, um ein Foto zu machen. „Oh, Joshi, das druck ich mir als Poster aus und hänge es an die Wand!"

„Jaja", sagte Rispo trocken. „Ich bin wunderschön – und du offensichtlich eine Flasche."

„Eine Bierflasche", korrigierte Finn ihn stolz. „Hab die Krone selbst gebastelt." Er deutete auf den Wust an Kronkorken auf seinem Kopf, die scheinbar mit Heißklebepistole zu einem künstlerisch nicht wertvollen Müllberg zusammengefügt worden waren. „Und es ist ironisch, weil Glasflaschen doch verboten sind und ich aber eine Glasflasche bin." Er deutete an seiner grünen Kleidung hinab.

Emily lachte, bevor sie beeindruckt nickte.

Wenn das kein Beweis dafür war, dass sie noch immer in Finn verschossen war, wusste ich auch nicht – denn das Kostüm sah furchtbar aus.

Irgendwie erleichterte mich der Gedanke, dass Emmi noch Gefühle für Finn hatte. Es konnte nur hilfreich sein, wenn sie den Vater ihres Vielleicht-Kindes mochte. Und Gott sei Dank war Finn im echten Leben keine Flasche.

„Wollt ihr was trinken? Hab Rum-Cola mitgebracht." Finn zog eine große Plastikflasche mit dunkler Flüssigkeit aus dem Rucksack, der zwischen seinen Füßen stand. „Aber ist okay, wenn ihr nichts davon wollt, Josh, Lou. So hartes Zeug ist wohl eher was für junge, abenteuerlustige Leute. Hey, Trudi! Willst du einen Schluck?"

Ich klappte mein Visier hoch und presste die Lippen zusammen.

Na ja, meistens war er keine Flasche.

„Oh, nein", sagte Trudi, die vor ein paar Sekunden mit Manfred zu uns gestoßen war, und winkte ab. „Ich trinke an Karneval ausschließlich Kölsch. Wenn man nur eine Sorte Alkohol trinkt, ist man am nächsten Tag nicht verkatert."

„Ich wünschte, das wäre wahr", meinte Ariane seufzend.

Ich musste ihr recht geben. Ich trank mittlerweile nur noch fast ausschließlich Wein und fühlte mich nach einer Flasche am Morgen fast ausschließlich beschissen.

„Emmi, willst du?" Finn wedelte mit der Flasche vor Emilys Gesicht herum.

„Nein, danke", sagte sie fröhlich. „Ich hab mir selbst was mitgebracht." Sie hielt ihre PET-Flasche mit Traubensaft hoch.

„Rotwein?", fragte er verwirrt. „Du magst keinen Rotwein."

Emmi öffnete den Mund und runzelte dann die Stirn.

Sie hatte wohl vergessen, dass das der Fall war.

„Doch", sagte sie hastig und lief lila an. Rot und Blau waren eine hübsche Kombi. „Ich schätze, meine Geschmacksknospen haben sich weiterentwickelt." Sie öffnete die Flasche und trank einen Schluck.

„Okay." Finn zuckte die Achseln. „Kann ich auch was haben? Es ist vielleicht klüger, mit Wein einzusteigen."

Es konnte wohl darüber debattiert werden, ob man überhaupt von *klug* sprechen konnte, wenn es um frühmorgendliches Trinken ging. Aber das Entsetzen auf Emmis Gesicht, als Finn nach ihrer Flasche griff, rechtfertigte es trotzdem nicht.

„Nein!", rief sie laut und drückte sie an ihre Brust. „Die ist allein für mich."

Verdutzt zog Finn die Hand zurück. „Was?"

Emmi riss die Augen auf und sah Hilfe suchend zu mir.

„Ähm ...", sagte ich hastig. „Es ist einfach ein sehr guter Jahrgang. Den würde ich auch nicht teilen wollen."

„Du hast für Karneval *guten* Wein gekauft, um ihn dann in eine Plastikflasche zu füllen?", fragte Finn verwirrt. Das Entsetzen in seiner Stimme hingegen war definitiv gerechtfertigt.

Guten Wein für Karneval zu kaufen, war einfach nur dämlich. Das war, als würde man Meissener-Porzellan bei McDonald's benutzen.

„Oh, guckt mal! Da ist Leonie", rief Trudi in diesem Moment und lenkte die Aufmerksamkeit dankenswerterweise auf den Zug vor uns.

Die Gruppe der Goldfunken führte einen großen, als Schiff geformten Umzugswagen an und machte ihrem Namen alle Ehre. Die Jacken der jungen Mädchen waren über und über mit goldenen Pailletten bestickt, die im Sonnenlicht glitzerten und die umherstehenden Leute blendeten. Ihre Faltenröcke hingegen waren rot und mit diversen goldenen Schleifen versehen. Sie waren farblich perfekt auf den Wagen abgestimmt, auf dem Frauen und Männer in ähnlichem Aufzug standen und Süßigkeiten in die Menge warfen.

„Kamelle!", schrien hundert verschiedene Leute, während die Goldfunken-Mariechen stehen geblieben waren, um eine Hebefigur zu machen, die mit begeistertem Klatschen und Jubelrufen belohnt wurde.

Meine Mitarbeiterin Leonie stand in der Mitte ihrer Reihen, strahlte in die Menge und schwenkte ihre Arme rhythmisch im Klang der Blaskapelle, die hinter dem Wagen herlief. Ihre dunklen Haare waren zu zwei Zöpfen gebunden und baumelten im Takt der Trommeln um ihr Gesicht.

„Sehr fesch, Leonie!", rief Trudi so laut, dass selbst der schwerhörige Manni neben ihr zusammenzuckte.

„Das Kostüm sieht süß aus", stimmte Finn zu.

Emmi warf ihm einen bösen Blick zu. „Jeder in einem Funkenmariechenkostüm sieht *süß* aus!"

Vielsagend sah Finn zu seinem Bruder. „Ich weiß nicht. Ich glaub, Joshi würden der kurze Rock und die Pailletten nicht stehen."

„Hey", verteidigte ich ihn sofort. „Josh hat schöne Beine – und die Pailletten würden seine Augen zum Strahlen bringen."

„Lou, was tust du?", fragte Josh besorgt an meinem Ohr. „Ich finde es vollkommen in Ordnung, hässlich im paillettenbesetzten Minirock auszusehen. Nachher will Finn, dass ich einen anziehe, um zu beweisen, dass er recht hat."

Finn grinste breit und lehnte sich vor. „Du flüsterst nicht leise genug, Josh – und das ist eine brillante Idee."

Ich konzentrierte mich hastig wieder auf das Geschehen vor mir, damit ich Joshs genervten Blick nicht mitbekam.

Der Wagen fuhr gerade wieder an, doch die Goldfunken waren noch nicht mit ihrer Performance fertig, also bremste der Traktorfahrer, der das golden-rote Funkenmobil zog, gezwungenermaßen wieder ab.

Ein Ruck ging durch den Wagen und aus den Augenwinkeln nahm ich eine Bewegung wahr. Unter normalen Umständen war das auf der überfüllten Severinstraße nichts Merkwürdiges. Doch diese bestimmte Bewegung fand unter dem Umzugswagen statt.

Stirnrunzelnd blinzelte ich und beugte mich nach vorn. Hatte ich mir das nur eingebildet? Die Umzugswagen waren alle relativ tief gelegt, aber ich hätte schwören können, dass ich einen Schatten unter dem Wagen gesehen hatte.

„Lou, du kannst unmöglich jetzt schon betrunken genug sein, um umzukippen", meinte Josh und hielt mich am Arm fest, als ich in die Hocke sank und mit zusammengekniffenen Augen zwischen den Beinen und fliegenden Süßigkeiten hindurchsah.

„Bin ich nicht. Ich bin noch stocknüchtern", meinte ich abwesend. „Aber Josh ... liegt da jemand unterm Wagen?"

„Was?" Seine Stimme war auf einmal alarmiert. „Da, unter der Karosserie", meinte ich und nickte zum Umzugsauto. „Ich glaub, da liegt jemand." Es war so verdammt dunkel unter dem Gefährt, aber ich war mir ziemlich sicher, dass ich menschliche Umrisse ausmachen konnte. Oder zumindest Beine, die von einer der Achsen hingen.

Rispo befand sich mittlerweile auf meiner Höhe und sah ebenfalls unter den Wagen. „Ich bin mir nicht sicher. Vielleicht", sagte er kopfschüttelnd. „Aber es sieht eher nach einer Puppe aus. So oder so sollten sie jetzt nicht ..."

Der Traktor fuhr erneut an und diesmal stoppten die Mitglieder der Goldfunken ihn nicht.

Mein Mund wurde trocken und besorgt sah ich, wie die Beine der Schattengestalt einige Sekunden lang mitgezogen wurden ... bis die Gestalt vollends auf den Boden fiel und der Wagen über sie hinwegratterte.

Fluchend sprang Josh auf und drängte sich durch die Menge nach vorn. „Hey! Stopp! Haltet den Traktor an!"

Josh konnte unfassbar laut schreien. Ich war mir ziemlich sicher, dass er im letzten Leben eine Feuerwehrsirene gewesen war. Doch selbst er konnte keine enthusiastische Blaskapelle und hundert grölenden Besoffenen übertönen.

„Was ist los?", fragte Emily verwirrt.

„Ist Josh Teil der Goldfunken?", wollte Trudi neugierig wissen.

Ich beachtete sie beide nicht, sondern drückte mich durch die frisch gezogene Menschenschneise nach vorn. „Leute, haltet an!", schrie ich jetzt auch.

Niemand achtete auf uns.

Der Wagen fuhr. Die Trompeter, die die erste Reihe der Musiker ausmachten, liefen munter weiter. Josh sprintete nach vorn zum Traktor. Ich eilte nach hinten, zog mir den Ritterhelm vom Kopf und wedelte damit über meinem Kopf hin und her. „Stopp!", brüllte ich.

Doch das war nicht mehr nötig.

Einer der Trompeter hatte bereits angehalten. Den Blick starr und entsetzt auf den Boden vor ihm gerichtet.

Ich wandte den Kopf, sah ebenfalls auf den Asphalt ...

„Fuck", entfuhr es mir und ich schlug die Hand vor den Mund.

Das war keine Puppe.

Das war ein Mädchen im Goldfunken-Kostüm. Ein bleiches, starres Mädchen, dessen Stirn unterm Umzugswagen lag, der nun endlich zum Stillstand gekommen war. Ihre Lippen violett. Ihre hellblonden Haare zu einem wirren Heiligenschein um ihr Gesicht gefächert. Vertrocknetes Blut auf Stirn und Schläfen.

„Eieiei", murmelte Trudi und stellte sich neben mich. „Das sind nicht die Art von Kamelle, die man vom Wagen geworfen haben will, oder?"

„Oh mein Gott", hauchte der Trompeter und sank auf die Knie.

„Sie ist tot", murmelte sein Nebenmann schockiert. „Tot!"

Ein Raunen ging durch die Blaskapelle, die augenblicklich aufhörte zu spielen.

„Nein, nein, es ist bestimmt nur ein Kostüm!", sagte ein Posaunist aus der zweiten Reihe, schritt nach vorn und hielt auf die Leiche zu. „Wir müssen nur ..."

„Niemand fasst diesen Körper an!", schnitt eine harte Stimme ein und der Musiker zuckte erschrocken zusammen, als Rispos dunkler Blick ihn traf. Er hätte zugegebenermaßen noch autoritärer gewirkt, wenn kein Efeu in seinem Haar gesteckt hätte. Josh schien derselbe Gedanke zu kommen, denn er zog sich den Blumenkranz unwirsch vom Kopf.

Klasse. Karneval war vorbei. Der lustige Josh durch den ernsten Kommissar ersetzt worden.

„Alle zurücktreten", rief er laut und warf Trudi einen strengen Blick zu, die pflichtbewusst nach hinten trippelte. „Das hier ist ein Tatort."

„Tatort?" Das Wort hallte durch die Menge und das Gemurmel der Umherstehenden schwoll an.

Leute reckten ihre Hälse, drängten nach vorn und ignorierten Joshs Anweisung, während er fluchend sein Handy aus der Tasche zog und keine Sekunde später leise in den Hörer sprach. Ich nahm nur Worte wie *Verstärkung* und *Tote* und *Severinstraße* wahr. Mehr bekam ich nicht mit. Ich war zu beschäftigt damit, den Blick über die Leiche schweifen zu lassen.

Sie sah friedlich aus. Die Augen geschlossen. Die Finger gespreizt, den Kopf auf die eigene Schulter gelegt. Als würde sie sich nur kurz ausruhen. Doch sie täuschte mich nicht. Ihre Lider würden sich nicht mehr von allein öffnen.

Ein großer, zackiger Stein drängte meine Kehle hoch und ich presste die Hände auf mein schmerzendes Zwerchfell. Ich hatte in meinem Leben schon einige Tote gesehen. Ihr Anblick beeinflusste mich nicht mehr so stark wie noch vor ein paar Jahren. Ich musste bei dem Geruch einer frischen Leiche nicht mehr würgen. Musste den Blick nicht mehr sofort abwenden. Hyperventilierte beim Anblick von Blut längst nicht mehr. Doch das alles änderte nichts daran, dass jeder Tod etwas ganz Eigenes, Grausames an sich hatte.

Bei dem Mädchen vor mir schockierten mich weder das Blut, das sich in vertrockneten roten Rinnsalen über ihre Stirn und Schläfen zweigte, noch ihre dreckigen, abgebrochenen Fingernägel. Stattdessen war es der Anblick ihres aufgequollenen Gesichts, das im furchtbaren Kontrast zu ihrem schicken rot-goldenen Kostüm stand, der mich wie eine Faust in den Magen traf. Es war die Tatsache, dass sie kaum neunzehn sein konnte und ein Tattoo ihr Handgelenk zierte, das „*Live Life to the ...*"las, die die Tränen in meine Augen trieb. Ich schluckte den Kloß in meinem Hals hinunter und presste die Lippen zusammen, während ich mich tiefer vorbeugte, um die Schrift zu studieren. Wahrscheinlich endete der Satz mit *„fullest"*, doch das Wort wurde von einem aus blauem Stoff geknüpften Armband verdeckt, auf dem ein rotes Herz eingestickt war, das jemand mit einem unordentlichen Kreuz mit schwarzem Edding durchgestrichen hatte. Die Leiche roch noch nicht schlimm, fiel mir auf. Nicht schlimmer als der Gestank nach schalem Bier und Schweiß zumindest, der ohnehin in der Luft hing. Aber es sah auch nicht aus, als wäre die junge Frau erst vor wenigen Minuten ums Leben gekommen.

Stirnrunzelnd neigte ich den Kopf und blickte unter die Karosserie. Hatte das Mädchen auf der Achse des Umzugswagens gelegen? Wieso sollte man dort eine Leiche deponieren? Also, nicht, dass man *irgendwo* eine Leiche deponieren sollte, wenn es sich vermeiden ließ. Aber wenn man schon einen Körper loswerden musste, dann erschien mir dieser bestimmte Ort doch als äußerst unprak–

Ein grelles Blitzlicht blendete mich und erschrocken zuckte ich zurück.

„Keine Fotos!", brüllte Josh zornig. „Liebe Güte, habt ein wenig Respekt vor der Toten! Und muss ich mich noch mal wiederholen: Niemand tritt zu nah an diese Leiche heran!"

„Was ist mit ihr?", rief der Posaunist von vorhin und deutete auf die Person, die noch immer über die Leiche gebeugt dastand.

Oh, das war ich.

„Lou!“, fuhr Josh mich ungehalten an. „Das kann nicht dein Ernst sein. Tritt von der Leiche weg.“

Hastig machte ich einen Schritt zurück. „Was?“, fragte ich unschuldig und hob beide Hände.

„Was ist denn hier los?“

Einige der Goldfunken waren um den Wagen herumgelaufen, um herauszufinden, warum er nicht weiterfuhr.

„Louisa?“ Leonie erschien hinter dem letzten Reifen und sah mich irritiert an. „Was …“ Sie stockte, denn ihr Blick fiel auf die Tote. „Oh mein Gott! Das ist Sina!“, hauchte sie entsetzt. „Sie war heute Morgen nicht am Treffpunkt, sie … Ist sie *tot*?“

Einige Mädchen fingen an zu kreischen, sobald das Wort an ihre Ohren drang. Andere Umherstehende liefen Mittelalter Gouda-gelb an und sanken kraftlos zu Boden und nicht wenige Schaulustige ließen ihre Bierdosen fallen, klammerten sich an dem Umzugswagen fest und kniffen die Augen zusammen. Ein, zwei übergaben sich auf der Stelle auf den Asphalt, sodass ihr Erbrochenes sich mit herumliegendem Konfetti und Gummibärchenpackungen vermischte.

„Großer Gott“, murmelte Josh, eine Hand an der Stirn, während plötzlich uniformierte Beamte aus der Menge strömten und die umherstehenden Gaffer zurückdrängten. „Ich hätte damit rechnen sollen, oder?“, fragte er kopfschüttelnd und presste die Lippen zusammen. „Dass dir selbst an Karneval eine Leiche vor die Füße fällt.“

„Na ja, ehrlich gesagt ist sie ja ihm vor die Füße gefallen.“ Ich deutete auf den Trompetenspieler, der mit noch immer kalkweißem Gesicht auf dem Boden saß, die Hände in seinen Haaren vergraben.

Josh seufzte schwer und schüttelte den Kopf. Vermutlich meinetwegen. Es war meistens meinetwegen. „Okay", murmelte er gedehnt. „Ich muss die Goldfunken alle mit aufs Präsidium nehmen. Die meisten Leute vom Wagen auch." Er verzog das Gesicht. „Shit, das sind viel zu viele Menschen! Mein freier Tag ist vorbei – der Umzug auch." Er rieb sich mit Daumen und Mittelfinger über den Nasenrücken, bevor er erneut sein Handy ans Ohr hob. „Marvin, ich brauche Sie in einer Viertelstunde auf dem Präsidium", blaffte er keine Sekunde später in den Hörer. „Ist mir egal, ob Sie gerade mit einer süßen Erdbeere flirten! Es ist gerade vor meinen Augen eine Leiche von einem Umzugswagen gefallen, das hat Vorrang! Ja … Ja. Bis gleich." Er legte auf und sprach dann mit einem Beamten, der nach weiteren Anweisungen fragte, während bereits die Straße abgesperrt wurde. Mein Blick wanderte derweil zu Leonie, die in den Armen eines anderen Goldfunkens lag und bitter weinte.

Mein Magen zog sich zusammen und mein Herz sank in die Hose. Es war so leicht, eine starre, fremde Tote anzusehen und zu vergessen, dass sie gelebt hatte. Dass sie Freunde gehabt hatte. Träume. Eine Familie.

Ich presste die Hände auf meine schmerzende Brust. Ich war vielleicht abgehärtet, was Leichen anging, die willkürlich auf meinem Weg lagen. Aber ich war frischkäseweich, wenn ein Mensch, den ich sehr mochte, einen Verlust erlitt. Wenn er trauerte. Und Leonie hatte die Tote offensichtlich gekannt.

Mit brennenden Augen atmete ich tief durch, bevor ich näher an Josh trat.

„Ähm … Soll ich mitkommen?“, fragte ich vorsichtig und vergrub die Hände in den Löchern meines Käsekostüms.

Josh schnaubte, seine Augenbrauen eine einzige, gerade Linie. „Aufs Präsidium, um Leute zu befragen? Nein! Du bist keine Polizistin.“

„Ich könnte mich als Polizistin verkleiden“, schlug ich vor.

„Louisa“, sagte Josh mit gesenkter Stimme und sah mich warnend an. „Du bist eine Blumenladeninhaberin, meine Fast-Verlobte und zurzeit ein Mittelalter-Gouda – aber du bist noch immer keine Angestellte der Kripo.“

„Aber …“

„Nein“, unterbrach er mich mit Nachdruck. „Der Fall ist nicht persönlich. Du hattest erst vor drei Wochen deine letzte Leiche, das hier ist meine.“

„Na ja … sie scheint eine Freundin von Leonie zu sein, Josh“, wisperte ich. „Das macht es irgendwie schon persönlich. Und du hast nie gesagt, dass ich nur einem Mörder im Monat nachstellen darf. Du meintest nur, dass ich dir sagen müsse, wenn ich offiziell an einer Mordermittlung teil–“

„Ein Mörder pro Monat ist ja wohl mehr als genug!“, unterbrach er mich ungläubig. „Das stand im Kleingedruckten. Und ich hab jetzt keine Zeit, mit dir darüber zu diskutieren. Da hinten liegt nämlich ein totes Funkenmariechen, falls du dich erinnerst. Du wirst dich in kein Verhörzimmer stehlen und du wirst

Leonie nicht versprechen, dass du den Mörder findest, hast du mich verstanden?“

Ich seufzte schwer und hielt meinen Kopf davon ab, automatisch zu nicken. Denn das würde Josh direkt wieder als Versprechen werten, das ich definitiv nicht geben wollte.

„Hör mal, Lou“, sagte er jetzt sanfter und umfasste meine Schultern, damit ich ihn ansah. „Du wolltest, dass ich den Mordfall meiner Mutter vergesse. Dass ich die Untersuchungen und Befragungen einstelle und endlich wieder meinen richtigen Job mache ... das ist es, was ich tue. Also gib mir wenigstens die Chance, vernünftige Arbeit zu leisten.“

„Okay“, murmelte ich und nickte. Denn das konnte ich tun. „Aber ich kann nicht versprechen, dass ich nicht ein paar eigene Nachforschungen anstellen werde.“

Er stöhnte leise. „Manchmal bereue ich, dass ich dich darum gebeten habe, ehrlich zu sein.“

„Ich auch“, gab ich zu. „Das schränkt meine Fantasie ein.“

Ein Ton, der sich nicht ganz zwischen einem Schnauben und einem Lachen entscheiden konnte, drang über seine Lippen. „Alles klar. Du musst jetzt auch hinter die Absperrung, ja?“ Er deutete zu meinen Gouda-Freundinnen sowie Finn, Manni und Emmi, die ihren gereckten Hälsen nach zu urteilen sichtlich bereuten, sich nicht als Giraffe oder zumindest als Fernglas verkleidet zu haben. „Ich seh dich heute Abend. Könnte spät werden.“

„Kein Problem. Soll ich was kochen? Damit du zumindest was zu essen hast, wenn du von der Arbeit kommst?"

„Großer Gott, nein." Hastig schüttelte er den Kopf. „Ich will mir ausschließlich Gedanken um das tote Funkenmariechen machen – nicht über einen Brand in unserer Wohnung!"

Ich verdrehte die Augen. „So schlimm bin ich jetzt auch wieder nicht", meinte ich, obwohl ich mir nicht sicher war, ob ich log. „Aber schön, ich kaufe Tiefkühlpizza."

„Wundervoll. Bis dann."

Er schob mich in Richtung des weiß-roten Absperrbands und ein Beamter hob es hoch, damit ich darunter hinwegtauchen konnte.

„Oh Mann, so eine Tote kann auch die Stimmung des fröhlichsten Jecks drücken, oder?", bemerkte Emily kopfschüttelnd und nahm einen weiteren Schluck von ihrem falschen Rotwein.

„Jo", murmelte Finn, bevor er nachdenklich den Kopf neigte. „Also, wenn der Umzug jetzt ausfällt, gehen wir dann im Cölnarium feiern?" Erwartungsvoll sah er uns an. „Ich gebe die erste Runde aus!" Er runzelte die Stirn. „Aber vielleicht muss mir jemand Geld leihen."

„Manni und ich haben eine Hochzeit zu planen", verkündete Trudi. „Wir sind alt, wir haben keine Zeit zu verlieren."

„Mir ist irgendwie die Lust vergangen", stellte Ariane fest und zog die Arme fest um ihren Oberkörper. „Das waren zu viele Leichen für mich in den letzten Wochen."

„Sorry, Finn. Ich bin auch raus. Ich werde zum Polizeipräsidium fahren", meinte ich entschuldigend. „Leonie trösten." Und vielleicht ein paar Goldfunken befragen – ohne mich in einen Verhörraum zu stehlen! Damit ich Joshs Bitte würdigte.

„Und ich muss bei Lou mitfahren!", schloss sich Emily hastig an.

Verwirrt blickte ich zu ihr. „Ach, quatsch. Musst du nicht. Du solltest Spaß haben!"

„Nein, nein", sagte sie fest, während Finn einen Schritt zurück machte, um einen T-Rex und ein Pikachu durchzulassen.

Emmi nutzte den Moment, um panisch zu zischen: „Ich kann nicht den ganzen Tag den Alkohol ablehnen, den Finn mir andrehen will. Also verdammt, Lou! Nimm mich mit."

Ich seufzte schwer. „Du solltest es ihm wirklich sagen, Emily", wisperte ich zurück.

„Das werde ich."
„Wann? Wenn das Kind da ist?"

„Ich hatte an seinen dritten Geburtstag gedacht."
„Emily!"

„Jaja, ich komme ja mit", rief sie laut. „Wenn du mich unbedingt *brauchst.* Kein Grund, so dramatisch zu werden, Lou. Gehen wir."

Bevor ich noch etwas sagen konnte, zerrte sie mich bereits am Arm durch die Menge. Weg von dem verblüfft und etwas vor den Kopf gestoßen aussehenden Finn.

Ich verdrehte die Augen. „Heißt das, du bist jetzt für den gesamten Fall meine Assistentin? Damit du Finn aus dem Weg gehen kannst und wichtige Entscheidungen ignorieren kannst, die du sehr bald wirst fällen müssen?"

„Genau das", erwiderte sie trocken. „Für Leonie." „Du magst Leonie nicht einmal, Emmi!"

„Bullshit. Mit ihren großen runden Kulleraugen und roten Bäckchen ist sie ein beschissener Weihnachtself! Wie könnte ich sie nicht mögen?"

Ich seufzte, nickte jedoch. Tatsächlich war es manchmal ganz hilfreich, Emmi dabeizuhaben. Sie war sehr gut darin, Leute abzulenken. Obwohl das natürlich überhaupt nicht notwendig sein würde. Denn ich würde heute nichts Verbotenes tun.

Da war ich mir fast sicher.

Kapitel 3

Ein Polizeipräsidium war unter allen Umständen kein witziger Ort. Ich wusste das aus Erfahrung, denn ich war öfter hier als mir lieb war.

Die Stimmung im Inneren war gedrückt. Die Plastikstühle im Eingangsraum hart. Die Gespräche wurden mit leisen, drängenden Stimmen geführt, sodass man stetig das Gefühl hatte, gleich ohne Abendessen ins Bett geschickt zu werden. Und die grellen Neonlichter schmeichelten keinem der besorgten, traurigen, verängstigten oder wütenden Gesichter der Anwesenden. Alles in allem war es kein Gebäude, zu dem man gern einen Familienausflug machte.

Es fiel mir jedoch schwer, den sonst so trostlosen Betonklotz an diesem Tag allzu ernst zu nehmen. Denn selbst kalter, grauer, graffitibeschmierter Stein konnte keine trostlose Ausstrahlung haben, wenn Tinkerbell ihm auf die Stufen kotzte, während Captain Hook mit seiner Hakenhand versuchte, ihr die Haare aus der Stirn zu halten. Man konnte dem danebenstehenden Beamten wirklich keinen Vorwurf für den bedröppelten Ausdruck auf seinem Gesicht machen.

„Ist heute Tag der offenen Tür bei der Polizei, oder was ist los?", wollte Emily wissen und nickte zum Eingangsbereich. Ich folgte ihrem Blick und musste mir von innen auf die Wange beißen, um nicht zu grinsen. Es sah aus, als wäre der halbe Karnevalsumzug hierherverlegt worden. Tinkerbell und Captain Hook waren nur die Spitze des Eisbergs. Die zehn Prozent, die übers Wasser hinausragten. Die restlichen neunzig zwängten sich in den Eingangsbereich, der eine einzige Explosion aus goldenen Pailletten, roten Röcken und Hosen war.

Ich bekam das Gefühl, dass wir dem Geheimnis darum auf die Spur kamen, warum Josh Karneval nicht mochte.

„Hat Rispo *alle* Mitglieder der Goldfunken herbeordert?", stellte Emmi die Frage, die mir selbst bereits im Kopf herumflog.

„Scheint so."

„Das sind viele Menschen."

„Jup", murmelte ich und ließ den Blick über den Stecknadelwald an Köpfen im Präsidium schweifen. Liebe Güte. Die konnte er unmöglich alle selbst befragen. Gut, dass ich hier war, um zu helfen.

Ich stieß zufrieden einen Schwall Luft aus und schlug die Tür meines treuen VW Passats zu, der erst vor Kurzem aus der Werkstatt gekommen war. Er war vor ein paar Wochen in eine Schlägerei mit einem riesigen, gläsernen Gewächshaus verwickelt worden – das Gewächshaus hatte gewonnen.

Die Motorhaube war eingedellt, die Windschutzscheibe zerbrochen und die Angst, ihn verschrotten zu müssen, groß gewesen. Doch der Mechaniker hatte gemeint, dass es halb so wild sei, nur verdammt teuer werden würde. Noch teurer wäre es allerdings gewesen, ein neues Auto zu kaufen. Jetzt war der Passat fast wieder der alte. Nur, dass die Klappe der Motorhaube rot und nicht mehr dunkelgrün war, wie der Rest des Autos.

Doch mit dem kleinen Schönheitsfehler kam ich klar.

„Also, was ist der Plan?", wollte Emmi wissen und steuerte zusammen mit mir auf den Eingang zu.

„Keine Ahnung", sagte ich wahrheitsgemäß. „Möglichst viel über das Opfer herausfinden. Name, Job, Feinde, was immer dir wichtig erscheint und was immer sie uns erzählen wollen. Sei vertrauensvoll, tu so, als würdest du dazugehören. Schreib alles Wichtige auf, damit du es nicht vergisst."

„Okay, krieg ich hin", meinte Emily und nickte, bevor sie mir einen scheelen Seitenblick zuwarf. „Weißt du, Lou, deine Mordermittlungsversuche sind immer sehr chaotisch, aber dein Ansatz wirkt langsam fast professionell."

Ich lachte laut und wünschte mir insgeheim, dass Josh das hätte hören können. „Danke, Emmi. Das ist sehr nett von dir."

Meine Schwester zog eine Grimasse. „Ich weiß. Das müssen die Hormone sein. Furchtbar."

Wir hatten jetzt fast die Stufen erreicht, auf denen Tinkerbell neben dem weinenden Captain Hook saß. Den roten Striemen auf seinem Gesicht nach zu urteilen, hatte er noch nicht gelernt, mit dem Haken umzugehen. Ein Polizist stand daneben und fragte mit hoher Stimme, ob er denn noch immer Anzeige wegen seines gestohlenen Portemonnaies aufgeben wolle. Der arme Uniformierte wirkte sichtlich überfordert und erinnerte mich an Rispos Partner ... der in diesem Moment an uns vorbeihetzte und die Stufen hochsprang. Er war ein großer, dürrer Mann – oder sollte ich besser sagen, ein großer, dürrer Ninja Turtle?

„Marvin", sagte ich überrascht.

Die menschliche Schildkröte stolperte fast über ihre eigenen Füße – Pfoten? Klauen? Was hatten Schildkröten? –, als sie meine Stimme hörte, fing sich jedoch gerade noch rechtzeitig.

„Oh, Lou, was machst du denn hier?", keuchte er schwer atmend und riss den Kopf herum. Er hörte sich an, als wäre er innerhalb der letzten halben Stunde eine Menge gerannt. „Suchst du Joshua? Der hat überraschenderweise eine Leiche reinbekommen. Soll ich ihm sagen, dass du hier bist?"

„Nein, nein", sagte ich hastig. „Ich möchte ihn nicht bei der Arbeit stören. Ich weiß von der Leiche, ich war dabei."

„Ah, natürlich." Marvin schlug sich mit der flachen Hand gegen den Kopf, als würde er sich darüber ärgern, dass er den Schluss nicht sofort selbst gezogen hatte. „Aber was machst du denn dann hier? Auf dem Revier?"

„Ich bin … wegen Leonie da", meinte ich und räusperte mich. „Meine Mitarbeiterin. Sie kannte die Tote, also … würde ich ihr gern emotional beistehen."

„Oh, das ist nett." Er nickte, während sein Blick hektisch von der Eingangstür zu mir und zurückwanderte. „Okay, ich würde gern noch plaudern, aber ich bin schon spät dran und muss mich noch umziehen …" Seine Wangen überzog ein leichter Rosaton, der zu seiner violetten Stirnbinde passte.

„Klar, geh vor", sagte ich lächelnd und folgte ihm zusammen mit Emily die Stufen hinauf.

Er nickte dankbar, riss die Tür auf …

Ein bestialischer Geruch nach Bier, Schweiß und billiger Schminke schlug uns entgegen, dicht gefolgt von lautem Geplapper und undeutlichem Gegröle.

Oje. Die Leute standen eng aneinandergedrängt da und ich fühlte mich in die Sportumkleide der achten Klasse zurückversetzt.

„Upsala", murmelte Marvin mit hochgezogenen Schultern, bevor er lauter, mit verblüffend wenig Autorität rief: „Lasst mich durch! Ich bin Polizist."

„Alter, ich weiß nicht, was die dir im Kostümladen erzählt haben, aber du bist ein Ninja Turtle! Kein Polizist", stellte ein dunkelhaariger Typ mit glasigen Augen fest, der einen der orangenen Plastikstühle im Wartebereich besetzte.

„Ja, nein, ich weiß", sagte Marvin verlegen und rang die Hände. „Aber im echten Leben bin ich ... also ich bin ja nicht wirklich ..."

„Marvin, geh einfach und benutz die Ellbogen", wies ich ihn an. „Du schuldest dem Fremden nicht deinen Lebenslauf."

Erleichtert ließ er die Schultern sinken. „Sehr gute Idee", wisperte er und verschwand mit fliegenden Armen in der Menge.

Emily trat hinter mir in den Rezeptionsbereich und hob beeindruckt die Augenbrauen. „Ich hätte nicht gedacht, dass die Polizei weiß, wie man eine vernünftige Party schmeißt. Aber das hier sieht gar nicht so übel aus."

Ich musste widerwillig lachen, denn sie hatte recht.

Jeder Anwesende in diesem Raum hatte ein Bier in der Hand und aus einer kleinen Musik-Box, die der Typ im Plastikstuhl auf dem Schoß hielt, schallte Kasalla. Der Rezeptionstresen war unbesetzt und kein Beamter in Sicht. Das würden wir zu unserem Vorteil nutzen. Jetzt war nur noch eine Frage zu klären.

„Emmi?", murmelte ich. „Wie gewinnt man die Sympathie und das Vertrauen von zwanzig Funkenmariechen und ihren Tanzpartnern?"

Meine Schwester ignorierte mich, trat vor und riss beide Arme über den Kopf. „Kölle!", schrie sie.

„Alaaf!", antwortete der ganze Raum enthusiastisch. Ach ja. So.

„Teilen wir uns auf und treffen uns in einer Stunde vor der Tür?", schlug ich leise vor.

„Deal", sagte Emily und zog griesgrämig die Augenbrauen zusammen. „Wenn ich schon nichts trinken kann, dann kann ich zumindest den Tod des Funkenmariechens rächen."

„Rächen?", wiederholte ich perplex. „Nein, nein, Emmi. Niemand wird gerächt. Wir sammeln lediglich Infor–" Doch ich konnte mir den Satz sparen, der Blauwal war bereits in das Menschenmeer getaucht.

Ach, sie würde schon keinen Blödsinn anstellen.

Ich ließ mich auf den orangenen Stuhl neben dem betrunkenen Möchtegern-DJ fallen und stieß ihn mit der Schulter an. Ich hatte keine Ahnung, wo ich anfangen sollte – also fing ich einfach irgendwo an.

„Mann, hier geht es ja ordentlich ab", rief ich ihm zu, diesmal über Brings *„Polka, Polka, Polka"* hinweg.

„Jo!", lallte er zufrieden zurück und stieß einen Plastikbecher in die Luft, bevor er ihn in einem Zug leerte. „Die Bullen haben am Anfang versucht, uns zur Ruhe zu zwingen … aber irgendwann haben sie aufgegeben."

„Sehr gut", sagte ich und nickte. „Man sollte sich Karneval auch nicht von so einer Polizeibefragung vermiesen lassen."

„Eben!", bestätigte er.

„Wo habt ihr denn den Alkohol her?“

„Alle hatten was dabei“, sagte er achselzuckend.

Natürlich, was für eine dumme Frage.

„Wir haben auf Sina angestoßen“, erklärte er. „Mit Wodka.“

Sina. Das war auch der Name gewesen, den Leonie genannt hatte.

„Sina ist die Tote?“, fragte ich möglichst beiläufig.

Stirnrunzelnd betrachtete er mich, bevor er den Plastikbecher auf den Boden fallen ließ.

Hatte er mich nicht verstanden? Womöglich hatte ich zu deutlich gesprochen. Seine Ohren mussten nur noch eng aneinandergedrängte, gelallte Worte gewohnt sein.

„Sina?“, wiederholte ich laut. „Ist das der Name der Toten?“

„Tot? Jemand ist gestorben?“, sagte er verwirrt.

„Nun: Ja ...“, meinte ich perplex.

„Wow.“ Er bekam große Augen. „Deswegen hat der Zug angehalten? Ich stand in der letzten Reihe der Blaskapelle. Hab das gar nicht mitbekommen. Kein Schimmer, wer Sina ist. Aber auf sie haben wir angestoßen. Ich dachte, sie hat vielleicht Geburtstag oder so.“

Ich seufzte innerlich und stand auf. Okay, das war eine Zeitverschwendung gewesen.

„Macht ja nichts“, meinte ich und winkte ab, bevor ich: „Kölle!“, rief. Ein dröhnendes „Alaaf!“, war die Antwort. Zumindest darauf konnte man sich noch verlassen. Wenn schon nicht darauf, dass keine Leiche auf den Radachsen eines Umzugswagens drapiert wurde.

Ich ließ den Blick durch die Menge schweifen, die aus einer skurrilen Zusammenstellung von Menschen bestand. Da standen lachende Männer, die ihre Trompeten als Getränkehalter benutzten. Weinende Mitglieder der Goldfunken, die sich die Pailletten vom Kostüm pulten. Betrunkene Jugendliche im Schokobon-Kostüm, die kichernd mit Strüßje aufeinander einschlugen. Und dann gab es noch die jungen Mädchen, die im Kreis vor der Rezeption standen und die Köpfe zusammengesteckt hatten. Leise Worte tuschelten, die in der lauten Karnevalsmusik untergingen.

Ich fixierte jeden Einzelnen von ihnen. Wer hatte Sina wohl gekannt und war bereit, über sie zu reden?

Die tuschelnden Mädchen schloss ich aus. Es war offensichtlich, dass sie Geheimnisse austauschten. Ich hätte zwar sehr gerne gewusst, worum es dabei ging, wusste es jedoch besser, als mich zu ihnen zu stellen, und zu hoffen, dass sie mir einfach verrieten, worüber sie gerade lästerten. Leonie konnte ich nirgends entdecken. Vielleicht wurde sie ja gerade befragt. Auch Emmi war wie vom Erdboden verschluckt, was ich hinsichtlich ihres riesigen Kostüms beeindruckend fand. Doch gut für sie, wenn sie mit der Masse verschmolz.

Apropos mit der Masse verschmelzen: am Rande meines Sichtfelds bemerkte ich ein Mädchen mit dunklen Haaren und hellvioletten Spitzen in Goldfunkenkostüm, das sich an den Aufzügen herumdrückte. Sie stand abseits von den meisten und hatte den Blick konzentriert auf ihre Fingernägel gerichtet.

Bingo. Sie fühlte sich unwohl, hatte offensichtlich keine engen Freunde hier und war ein Goldfunk. Was wollte man mehr?

Ich schlängelte mich mit erhobenen Armen durch die Masse hindurch, wich einer tanzenden Aubergine aus und gesellte mich zu dem Mädchen.

„Schrecklich, oder?", murmelte ich, so leise, dass ich mich selbst kaum über die Musik hinweg verstand. Als würde ich ein Geheimnis aussprechen. „Mit der Polizei reden zu müssen, obwohl man eigentlich auf dem Umzug sein sollte."

Das Mädchen, das ich auf siebzehn, vielleicht achtzehn schätzte, sah erschrocken auf. Sie hatte offenbar damit gerechnet, unsichtbar zu sein.

„Oh, ja", sagte es hastig. „Ich hatte mich schon ziemlich auf heute gefreut. Aber was soll man machen? Sina hat sich bestimmt nicht ausgesucht, heute ermordet zu werden." Sie biss auf ihrer Unterlippe herum und schluckte sichtlich. „Und solange für den Rosenmontagszug alles wieder gut ist, ist das schon in Ordnung."

„Sina? So hieß die tote junge Frau?" Ich seufzte so schwer, dass jeder Theaterstudent mir applaudiert hätte. „Ich kannte sie nicht. Aber ich war es, die die Leiche entdeckt hat. Unterm Wagen. Es muss schrecklich für dich sein, sie war doch bestimmt deine Freundin."

„Ja, auf jeden Fall", flüsterte sie. „Obwohl ich noch nicht oft mit ihr geredet hatte. Lana war ihre beste Freundin. Ich bin relativ neu in der Gruppe."

Lana. Den Namen speicherte ich ab. „Ah, okay. Verstehe. Also ist das dein erster Karneval als Goldfunke?"

Sie nickte.

„Macht es denn Spaß?"

„Ach, ja." Sie zog unwohl die Schultern hoch, sodass sie einen Moment aussah wie eine Schildkröte, die zurück in ihren Panzer verschwinden wollte. „Ich habe eigentlich nur damit angefangen, weil meine Mutter es auch gemacht hat. Aber ich bin nicht wirklich gut. Na ja, zumindest nicht die Beste. Ich bin der vierte Goldfunke."

Der *vierte* Goldfunke? Gab es innerhalb der Organisation etwa eine Rangordnung?

„Wirklich?" Beeindruckt hob ich die Augenbrauen. „Der wievielte Goldfunke war Sina denn?"

„Sie war natürlich die Nummer 1. Perfekt in allem." Das Mädchen pulte sich Dreck unter den Nägeln hervor und wich meinem Blick aus. „Sebastian hat nur von ihr geredet."

„Sebastian?", fragte ich nach.

„Ja, unserer Trainer. Aber ich muss jetzt auch kurz auf Toilette. Sorry, dass du den toten Körper finden musstest. Ist sicher blöd, den Tag auf der Polizeiwache verbringen zu müssen, nur weil man zur falschen Zeit am falschen Ort war." Und bevor ich ihr noch weitere Fragen stellen konnte, verschwand sie in einem der Gänge, die zu den Toiletten führten, oder dem Geruch nach zu urteilen, der mittlerweile in der Luft hing, vielleicht auch die Toiletten waren.

Also wühlte ich mich zurück in die Menge und gesellte mich zu zwei Jungen, die das heiratsfähige Alter noch nicht erreicht hatten. Sie waren fünfzehn, vielleicht sechzehn.

„... eine Schande. Sie war so unfassbar heiß. Ich konnte nie mit ihr rummachen", sagte der kleinere von den beiden, der lange, zottelige, braune Haare hatte, die ihm wild ums Gesicht hingen.

Sein Gegenüber verdrehte ausdrucksstark die Augen. „Alter, als ob du je eine Chance bei ihr gehabt hättest. Sie und Lana spielen in einer ganz anderen Liga."

„Ey, das kannst du nicht wissen. Wenn sie nicht gestorben wäre, hätte sie sich dieses Wochenende vielleicht extrem besoffen, sodass ihre Anforderungen gesunken und ich definitiv eine Option gewesen wäre", bemerkte sein Kumpel neunmalklug.

Hm. Das war ein guter Punkt. Es waren schon verrücktere Dinge zu Karneval passiert.

Und wer war diese Lana? Ihr Name fiel schon zum zweiten Mal.

Die Jungs starteten eine hitzige Diskussion darüber, wie viel Wodka und Kölsch Sina wohl hätte trinken müssen, um es mit einem von ihnen beiden zu treiben, und ich schob mich wortlos an ihnen vorbei. Ihr Gespräch schien von politischer Wichtigkeit, dabei wollte ich nicht unterbrechen.

Stattdessen visierte ich eine Gruppe von drei weiblichen Goldfunken an, von denen keine einzige weinte. Möglichst leger stellte ich mich neben sie, doch bevor ich auch nur den Mund aufmachen konnte, verkündete die größte von ihnen, deren blonde Zöpfe ihr fast bis zur Hüfte reichten: „Ich kenne Sie. Sie sind diese Blumendetektivin."

Sofort wandten sich alle neugierig mir zu.

Oh, wow. So viele kühl gehobene Augenbrauen hatte ich nicht mehr gesehen, seit ich bei der Zeugnisübergabe meines Abiballs die Hand des Rektors so heftig geschüttelt hatte, dass ihm die Brille von der Nase gefallen war. Aber ich war nun einmal nervös gewesen und wer hätte ahnen sollen, wie unfassbar elastisch sein Arm schlackerte?

Dennoch war ich irgendwie stolz darauf, erkannt zu werden. Da würde Finn Augen machen. Er hatte immer behauptet, dass junge Leute mich nicht kennen würden, weil ich alt und langweilig war und niemand von ihnen Zeitung las.

„Meine Mutter liest immer die Artikel über Sie und zählt dann all die Dinge auf, aufgrund derer Sie vor Peinlichkeit sterben müssten. Wenn Sie mich fragen, sind Sie eine ziemliche Witzfigur."

Ich presste die Lippen aufeinander. Was für eine reizende junge Dame.

„Ermitteln Sie in diesem Fall?", wollte die zweite in der Runde wissen, die ein rundes, rotbäckiges Gesicht besaß.

„Ja, sind Sie hier, um uns des Mordes zu beschuldigen?", stimmte die schwarzhaarige, asiatisch aussehende Freundin ganz links mit ein, deren Kostüm bereits einige Pailletten fehlten und deren Strumpfhose ein Loch am Knie hatte.

Ich zupfte an meinem Käsekostüm herum und bereute es auf einmal, den Ritterhelm im Auto gelassen zu haben. Dann hätten meine nervösen Hände jetzt zumindest etwas zu tun gehabt.

Jugendliche hatten mich schon immer nervös gemacht. Schon damals, als ich selbst noch einer gewesen war. Mädchen und Jungen im Teenager-Alter konnten so unfassbar kritisch gucken. So beängstigend schnell über einen urteilen. So zielsicher seine Schwachstellen herausfinden. Darin waren sie noch besser als meine Mutter, und das sollte schon was heißen. Denn Gitti Manu schaffte es mit nur einem Augenaufschlag ihrem Gegenüber zu verstehen zu geben, dass sein Outfit veraltet, seine Manieren bemitleidenswert und seine Nase zu groß war.

„Na ja", sagte ich langsam. „Ich war zufällig dabei, als die Leiche vom Wagen fiel, und dachte, es kann nicht schaden, sich zumindest mal etwas umzuhören."

Sie wussten ohnehin, wer ich war. Es lohnte sich also gar nicht mehr, so zu tun, als wolle ich mich nur mit ihnen anfreunden.

„Nun, wir haben nichts zu sagen", stellte die Blondine mit einem gekünstelten Lächeln fest.

„Schade." Ich seufzte enttäuscht. „Mir haben die Typen da drüben nämlich gerade erzählt, dass du das Herz der Gruppe bist – und wenn jemand wüsste, wer Sina etwas hätte antun wollen, dann du. Der erste Goldfunken."

Ich machte eine vage Handbewegung zu den Menschen hinter mir.

„Welche Typen?" Sofort reckte sie den Hals, um über meine Schulter zu spähen.

„Delia ist aber nicht der erste Funken", sagte die Schwarzhaarige augenverdrehend. „Sie ist auf Platz Nummer *sieben* – ich hingegen bin auf Platz drei. Wenn, dann sollten Sie also mich befragen!" Sie schob sich kaum merklich vor, sodass ihre Schulter jetzt vor Delias lag.

„Oh, bitte, Alisa!" Delia warf ihrer Freundin einen giftigen Blick zu. „Nummer drei ist immer noch schlecht. Du weißt ganz genau, dass Viktoria jetzt Sinas Platz am Kopf der Parade einnehmen wird. Es muss schon mehr passieren, als dass Sina stirbt, damit du Anführerin der Truppe wirst."

„Ihr habt Sina nicht sonderlich gemocht, oder?", mutmaßte ich.

„Sie war in Ordnung." Delia winkte ab.

„Sie war nett“, beteuerte die kleinere, von der ich noch immer den Namen nicht kannte. „Wirklich. Aber bei ihr gab es immer Drama. Ihr Kostüm hat gezwickt, ihr Partner war zu schwach, Lana nicht im Takt.“

„Und seiner besten Freundin zu sagen, dass sie nicht im Takt ist … ganz ehrlich, dann kannst du sie auch gleich auf TikTok bashen“, meinte Alisa und reckte das Kinn.

„Die beiden haben also gestritten?“, schlussfolgerte ich interessiert.

Verschwörerisch lehnte Delia sich vor. Witzig, wie redselig sie auf einmal war, seit es darum ging zu beweisen, wer den höheren Rang in ihrer Hackordnung besetzte.

„Gestritten ist nicht das richtige Wort. Sie hatten einen richtigen Catfight. Sina hat Lana vor zwei Wochen die Position als erster Goldfunke weggenommen. Eigentlich sollte Lana an der Spitze tanzen und die meisten Hebefiguren bekommen – aber dann hat Sina Sebastian dazu überredet, stattdessen sie zu nehmen. Das war *Verrat*.“

Alle nickten zustimmend.

„Ich schätze, Lana war wütend?“

„So wütend, dass sie hingeschmissen hat“, meinte Delia selbstgefällig. „Ist nicht mehr zum Training gekommen, tritt bei keinem Umzug mit auf.“

„Oh, wow. Und wer von den Frauen hier ist Lana?“, wollte ich unschuldig wissen und stellte mich auf die Zehenspitzen, um einen besseren Blick auf all die wippenden Pferdeschwänze und schwingenden Zöpfe zu erhaschen.

„Oh, die habe ich noch gar nicht gesehen", meinte die Mittlere, Namenlose.

„Sie ist nicht hier", stimmte Delia zu.

„Ist sie überhaupt mit zum Polizeipräsidium gekommen?", wollte Alisa wissen. „Ich dachte, ich hätte sie vorhin beim Umzug kurz gesehen, aber … keine Ahnung, ob sie das mit der Leiche überhaupt mitbekommen hat."

„Torben hat sie vorhin angerufen – er ist ihr Freund", fügte sie mit Seitenblick auf mich zu. „Aber hat sie wohl nicht erreicht."

„Aha. Und wo ist Torben?", hakte ich nach.

„Mhm …", machte sie und ihr Blick wanderte über meine Schulter. „Genau da." Sie zückte ihren Zeigefinger und deutete auf etwas hinter mir. „Der Ron Weasley Wannabe."

Neugierig wandte ich den Kopf und wusste sofort, wen sie meinte. Den großen, schlaksigen Kerl, dessen orangefarbenen Haare sich ganz wunderbar mit seiner rot-goldenen Goldfunkenuniform bissen. Er trottete gerade einem mir fremden Polizisten hinterher.

Alisa schürzte die Lippen. „Anscheinend wird er als Nächster von diesem düsteren Kommissar Riposo – oder wie auch immer er heißt – befragt."

„Risotto", korrigierte ich sie ernst und sah Torben mit verengten Augen nach, bevor er in einem der Flure verschwand. Ihn würde ich wohl erst mal nicht befragen können. „Sein Name ist Kommissar Risotto. Und danke, ihr habt mir sehr geholfen. Gibt es sonst noch irgendwen hier, der Sina nicht leiden konnte?"

Eine Menge, wie sich herausstellte.

Ihr Tanzpartner behauptete, dass Sina ihn emotional missbraucht habe. Der junge Trainer Sebastian meinte, dass sie zwar eine fantastische Tänzerin, aber auch ein sehr anstrengender Mensch gewesen sei. Niemand hatte Sina wirklich gehasst, aber gemocht wiederum auch nicht. Sie wäre zu ehrgeizig, zu zielgerichtet gewesen. Hätte zu große Erwartungen gehabt.

Es fiel mir jedoch sehr schwer, die einzelnen Aussagen den Leuten zuzuordnen. Denn in ihren Kostümen sahen sich alle furchtbar ähnlich. Nach einer halben Stunde hatte ich das Gefühl, doch betrunken zu sein und doppelt zu sehen.

Ich war unfassbar erleichtert, als ich es zurück zum Ausgang geschafft hatte und an die frische Luft treten konnte. Sauerstoff anstelle von verbrauchtem Atem in die Lungen sog.

Meine Schwester saß bereits auf den Stufen vor der Wache, den Fußknöchel über ihr Knie gelegt, den Blick stur geradeaus gerichtet.

„Hast du was herausgefunden?", wollte ich wissen und sank neben sie.

„Ja! Niemand mochte die Tote – und Teenager sind gemein, Lou!", stellte sie schockiert fest.

Meine Mundwinkel zuckten. „Das ist wahrlich kein Geheimnis, Emmi."

„Doch! Ich war auch mal ein Teenager – und ganz bestimmt nicht so ein Teufelsbalg."

Hastig wandte ich den Blick ab. „Mhm", machte ich vage.

Schockiert sog Emmi die Luft ein. „Nimm sofort diesen grässlichen Ton zurück! Ich war ein Engel!"

„Das ist die größte Lüge, seit der Kinderriegel mit der Extra-Portion Milch geworben hat", stellte ich sachlich fest. „Du hast mir, als du elf warst, nachts die Haare geschnitten."

„Ich wollte dich hübsch machen!"

„Ich sah aus, als wäre ich in einen Mixer geraten, Emmi!", meinte ich ungläubig. „Du hast Mama einen Monat lang Käfer ins Essen gemischt, um zu sehen, wann sie es bemerkt ..."

„Hey, die Wette habe ich mit dir abgeschlossen!"

„Und trotzdem warst du es, die die Käfer reingemischt hat", sagte ich weise. „Außerdem hast du andauernd beim Schulleiter gesessen, dich nachts aus dem Haus geschlichen, die Nachbarskatze blau gefärbt ..."

„Oh Gott", stöhnte Emily entsetzt und vergrub das Gesicht in den Händen. „Du hast recht. Du hast vollkommen recht. Ich war schrecklich! Und wenn mein Baby genauso schlimm wird wie ich ... *scheiße*."

„Emmi", sagte ich sanft und tätschelte ihren Hinterkopf. „Man kann nie wissen, wie ein Kind sich entwickeln wird – und sieh dich an! Du magst eine Menge Blödsinn im Leben gemacht haben, aber jetzt ...? Du hast einen Job, du beendest bald deine Ausbildung, du hast eine Wohnung ... du stehst mitten im Leben."

„Floristen verdienen scheiße, Lou!", sagte sie gequält und tauchte aus der Versenkung auf. „Du musst das doch wissen. Obwohl nein, dir gehört der Laden, wahrscheinlich verdienst du mehr, aber ..." Zitternd sog sie Luft ein. „Gott, ein Kind bedeutet so viel Verantwortung. Und ich dachte immer, es wäre besser, wenn ich sie noch nicht tragen würde, aber ... aber ..."

„Aber was, Emmi?", murmelte ich und strich ihr beruhigend über den Rücken. Ehrlich gesagt bestürzte es
mich, wie aufgelöst sie auf einmal wirkte. So kannte ich
meine Schwester gar nicht. Emily war immer so
schrecklich von sich selbst überzeugt, dass ich nie in
Betracht gezogen hatte, wie furchtbar unsicher sie sich
vielleicht wirklich fühlte.

Sie zog ihre Nase hoch und hob den Kopf von ihren
Armen, um mich mit glänzenden Augen anzusehen.
„Lou: Mir hat gerade ein kleiner Pimpf einen Stuhl angeboten, weil ich aussähe, als könnte ich einen gebrauchen! Ich bin Mitte zwanzig. Ich dachte immer, ich bin
nicht alt. Ich meine ... ich bin doch nicht *du*!"

„Danke, Emmi", erwiderte ich seufzend. „Und du bist
siebenundzwanzig, nicht alt ... aber älter als die Kids da
drinnen." Ich nickte zum Präsidium.

„Ja. Ja, du hast recht", meinte sie fahrig und presste die
Hände auf ihren Bauch. „Alt genug, um ein Kind zu
kriegen, auf jeden Fall."

Vorsichtig legte ich ihr einen Arm um die Schultern.
„Heißt das, du willst das Baby behalten?"

„Ich schätze", wisperte sie. „Ich mag Kinder. Unsere
Nichten vergöttern mich. Und es ist von Finn, das Baby
wird also unfassbar süß ... und ich werde zwar scheiße
bezahlt, aber ich bin ja nicht allein und ich könnte es
schon irgendwie hinkriegen."

„Du würdest es *auf jeden Fall* hinkriegen", bestätigte
ich und sah sie ernst an. „Und ich bin für dich da, Emily.
Egal, wie du dich entscheidest. Egal, wie Finn reagiert.
Aber du weißt, dass er verrückt nach dir ist. Außerdem
hat auch er einen Job, sodass er dich unterstützen kann,
also ..." Ich hob die Schultern.

Sie nickte fest und reckte das Kinn. „Du hast recht. Und wenn er dieses Wochenende noch versucht, mich ins Bett zu bekommen, dann weiß ich, dass er mich wirklich mag."

Ich verzog das Gesicht. Oh Gott. Diesen Plan hatte ich schon wieder verdrängt. „Emily, du warst es, die diese Nicht-Beziehung mit ihm angefangen hat! Die ihm gesagt hat, dass sie nichts Ernstes will", meinte ich vorsichtig. „Du kannst ihn auch einfach fragen, ob er wieder wirklich mit dir zusammen sein will und ihm dann erzählen, dass du schwanger ..."

„Ich will, dass er *mich* will, Lou", unterbrach sie mich scharf und wischte sich die Tränen von den Wangen. „Nicht das Baby." Sie runzelte die Stirn. „Obwohl er das natürlich auch wollen soll. Später. Aber erst mal eben nur mich."

Ich seufzte schwer und ließ den Arm von ihren Schultern sinken. „In Ordnung. Mach es so, wie du willst."

Auch wenn es dämlich war. Aber es war ihre Sache und ich würde ... ähm, versuchen, mich nicht einzumischen.

Für den Mordfall galt das natürlich nicht. Da würde ich mich definitiv einmischen. Das stand schon mal fest. Da Leonie aber noch immer nicht aufgetaucht war und sie wahrscheinlich nach diesem schrecklichen Tag erst einmal ihre Eltern und nicht ihre neugierige Chefin brauchte, würde ihre Befragung noch ein wenig warten müssen.

„Ich bin stolz auf dich, Emmi", murmelte ich fest, stand auf und zog meine Schwester auf die Füße. „Und hast du was über Sina herausgefunden?"

Kapitel 4

Zumindest ihren Nachnamen, wie sich herausstellte.

Sina Trautenheim.

Das war der Name, den ich zwei Stunden später auf ein Blatt Papier schrieb, bevor ich darunter notierte, mit wem ich heute alles gesprochen hatte und was die- oder derjenige mir über die Tote erzählt hatte.

Eine Tiefkühlpizza später verstand ich, warum Josh immer Notizblock und Stift mit sich herumschleppte. Ich hatte mir nämlich erschreckend wenig gemerkt. Was überraschend war, weil ich meine Nichten min- destens jedes zweite Mal beim Memory schlug. Ich hatte meinem Gedächtnis mehr zugetraut.

Zugegebenermaßen war es aber auch ziemlich schwer, sich zu konzentrieren. Draußen vor dem Fens- ter grölten die Betrunkenen und es erklangen im Zwei- Minuten-Takt die Polizeisirenen, nur unterbrochen von kölscher Musik. Doch nach dem Schock am Mor- gen hatte ich nicht wirklich viel Lust, wieder feiern zu gehen.

Ich würde Montag auf jeden Fall zum Rosenmontags- zug und Dienstag zur Nubbelverbrennung gehen – das letzte Event in der Karnevalszeit, bei dem eine manns- große Stoffpuppe repräsentativ für alle menschlichen Sünden, die man über das Karnevalswochenende be- gangen hatte, verbrannt wurde – es lag also noch im- mer genug Karneval vor mir.

Es gab sonst nicht viel, was ich heute noch hätte tun können. Der Laden war geschlossen, Lana wurde wahrscheinlich gerade von der Polizei gesucht, um dann verhört zu werden. Sinas Eltern wurden informiert, Spuren gesichert und die grundlegenden Daten in Polizeiakten festgehalten.

Ich hatte keinen weiteren Anhaltspunkt, die meisten Straßen waren gesperrt, mit dem Auto irgendwo hinzufahren, wäre die reinste Tortur ... deswegen saß ich schlussendlich den Rest des Tages auf dem Sofa, schrieb auf, was mir einfiel und sah auf Netflix eine Backshow nach der anderen, während ich darauf wartete, dass Josh nach Hause kam und mir mehr erzählte.

Um neun Uhr piepte mein Handy schließlich mit einer Nachricht von ihm.

Warte nicht auf mich.

Seufzend warf ich das Telefon auf den Wohnzimmertisch, schwang die Beine auf die Couch und ließ den Kopf gegen die Armlehne sinken. Anscheinend würde die Befragung noch etwas länger dauern. Das war eine Schande. Ich hätte nämlich wirklich gern noch mehr über Sina herausgefunden. Aber fürs Erste gab ich mich damit zufrieden, herauszufinden, ob man ein Boot aus Kuchen bauen konnte ... und vielleicht ein wenig die Augen zu schließen ... nur für ein paar Minuten ...

Ich wachte auf, weil die Erde bebte.

Verwirrt öffnete ich ein Auge und mein Blick fiel sogleich auf ein mit Büchern beladenes Brett an der Wand. Oh Gott. Das ganze Regal vibrierte!

Mein Herz sprang mir in den Hals und schockiert blinzelte ich.

Ein Erdbeben. Ein Erdbeben in Köln! Ach du Scheiße. Quietschend ruderte ich mit den Armen, um das Gleichgewicht zu halten. Denn ich schwebte über den Boden! War die Pizza mit Marihuana belegt gewesen, oder was?

Ein Keuchen drang über meine Lippen und ... Moment, nein. Das Keuchen kam nicht von mir. So tief war meine Stimme nicht. Und kein Erdbeben war so heftig, dass es die Gravitationskraft aussetzen ließ und mir die Fähigkeit zum Fliegen gab.

„Hör auf, zu zappeln, Lou", bemerkte eine dunkle, genervte Stimme an meinem Ohr. „Ich will dich ins Bett bringen und vor schlimmen Nackenschmerzen bewahren, nicht mit einem Kissen ersticken."

Automatisch hielt ich inne, bevor ich blinzelnd meinen Kopf wandte.

Oh. Die Erde war es gar nicht, die bebte. Ich war es. Weil Josh mich offenbar vom Sofa gehoben hatte und ins Schlafzimmer trug. Den einen Arm um meine Schultern gelegt, den anderen unter meine Kniekehlen. Automatisch breitete sich ein Lächeln auf meinem Gesicht aus. Das hier war die einzige wahre Art zu reisen. Joshs Arme um meinen Körper, meine Hände um seinen Hals, meinen Kopf auf seiner Schulter.

Es gab nur eines, was diesen romantischen Moment störte ... „Warum schnaufst du so?", wollte ich wissen. „Du bist schwer", kam die direkte Antwort.

Missmutig sah ich zu ihm auf. „Du musst wirklich lernen, in den richtigen Momenten zu lügen, Josh“, meinte ich und gähnte. „Und ich hab keine Ahnung, wovon du redest. Ich bin federleicht. Ich bin ein zarter Birkenast.“ Josh schnaubte amüsiert, während er die Schlafzimmertür mit seiner Schulter öffnete. „Du weißt doch: Ich bin Fan von chronischer Ehrlichkeit. Wir könnten uns auf einen jungen Eichenstamm einigen.“

Nein, konnten wir nicht. Entweder war ich ein junger Birkenast oder gar kein Baum! Jetzt, da ich darüber nachdachte, erschien mir der Vergleich auch nicht gut durchdacht.

„Weißt du, vielleicht bin ich nicht zu schwer, sondern du zu schwach“, gab ich zu bedenken.

„Du hast recht, das wird es sein“, murmelte Josh und legte mich mit einem angestrengten Stöhnen vorsichtig auf die Matratze.

Mhm, vielleicht hatte ich zu schnell geurteilt. Es sah aus, als könnte er doch in den richtigen Momenten lügen.

„Sag mal, warum guckst du Backshows, wenn du selbst nicht backst?“, wollte er wissen und zog den Arm unter meiner Kniekehle weg.

„Aus demselben Grund, warum ich Magic Mike gucke, obwohl ich keine Stripperin bin – es sieht alles so hübsch und lecker aus.“ Ich küsste ihn auf die Schulter, bevor ich die Arme um seinen Hals sinken ließ. „Wie viel Uhr ist es?“, wollte ich wissen und rieb mir über die Augen.

„Kurz nach eins – und ich mach das Licht an, ja? Jetzt, da du ohnehin wach bist ...“

Ich nickte gähnend und setzte mich in eine aufrechte Position, während ich den Reißverschluss des Käsekostüms öffnete und es mir über den Kopf zog. „Hast du bis gerade eben Leute befragt? Und wie lief's?"

Josh antwortete nicht. Er stand neben der Nachttischlampe, die er soeben angeschaltet hatte und starrte mich mit offenem Mund an.

„Was ist?", fragte ich verwundert.

„Du warst die ganze Zeit *nackt* da drunter?", sagte er schockiert und deutete zu meinem bloßen Oberkörper.

„Der BH hat nicht gepasst, der Goudalaib war sehr eng geschnitten", meinte ich achselzuckend.

„Shit." Josh rieb sich kopfschüttelnd übers Gesicht. „Ich nehme alles zurück. Mittelalter Gouda *ist* ein sexy Kostüm."

Ich musste lachen. „Hab ich doch gesagt." Ich fischte mein Schlafshirt unterm Kopfkissen hervor. „Aber wie war es denn jetzt?"

Josh antwortete erst, als ich das Shirt über den Kopf gezogen hatte. Ich verdrehte die Augen. Ernsthaft. Männer und Brüste! Was an den Teilen so faszinierend war, würde ich nie verstehen.

„Anstrengend. Es war anstrengend", murmelte er und fuhr sich durch die Haare. „Eine Mordermittlung gestaltet sich recht schwer, wenn der Großteil potenzieller Zeugen bei der Befragung besoffen ist."

„Kann ich mir vorstellen", gab ich zu und schob die gelben Leggings von meinen Beinen, um sie neben das Bett zu werfen.

„Ach und ich soll dich von Marvin grüßen. Ihm hat dein Käsekostüm gefallen."

„Oh." Meine Wangen liefen pink an und hastig wandte ich das Gesicht ab. Was wirklich schade war, denn Josh hatte sich soeben das T-Shirt ausgezogen – und es lohnte sich immer, ein paar Minuten am Tag darin zu investieren, seine Bauchmuskeln zu bewundern. War gut fürs Seelenheil.

„Lou: Woher weiß Marvin, wie dein Kostüm aussah?", fragte Josh im Plauderton.

„Mhm ..." Nachdenklich wiegte ich meinen Kopf von der einen auf die andere Seite. „Seine geheime Kraft als mächtiger Wahrsager von Colonia muss endlich erweckt worden sein."

„Lou ...", knurrte Josh.

Ich seufzte schwer und schlüpfte unter die Decke, bevor ich ihn wieder ansah. „Jaja, schon klar: Fan von chronischer Ehrlichkeit", meinte ich und winkte ab. „Aber du weißt doch längst, dass ich auf dem Präsidium war und Goldfunken befragt habe. Marvin wird es dir erzählt haben. Er vergöttert dich viel zu sehr."

„Kann man mich *zu sehr* vergöttern?", bemerkte Josh zweifelnd, warf Portemonnaie und Handy aufs Bett und entledigte sich seiner Jeans.

„Ja, kann man", versicherte ich ihm, auch wenn mein hungriger Blick, der über seinen Körper glitt, meiner Argumentation vermutlich nicht sehr half. Aber was sollte ich machen? Josh war einfach so verdammt wunderschön. Ich wurde nie müde, ihn anzustarren.

Egal, es gab gerade Wichtigeres.

„Es wird dich vielleicht freuen, zu hören, dass ich nichts Illegales getan habe", meinte ich stolz. „Ich war nur auf dem Präsidium, um emotionalen Beistand für die Goldfunken zu leisten."

Josh hob eine einzelne Augenbraue, die laut *Bullshit* schrie, doch er wirkte nicht wütend. Stattdessen neigte er den Kopf und wollte wissen: „Hast du was herausgefunden?"

„Ein wenig", meinte ich gähnend. „Größtenteils, dass niemand sie wirklich mochte und sie ihre beste Freundin Lana hintergangen hat, indem sie ihr den ersten Platz als Goldfunken weggenommen hat."

„Was?" Verdutzt sah Josh mich an. „Das höre ich gerade zum ersten Mal."

„Niemand hat dir das erzählt?", fragte ich ungläubig. Er fluchte leise und zog sich die Socken aus. „Ich habe zwölf Stunden mit all den Funkenmariechen geredet – und habe nur herausgefunden, was für ein toller Mensch Sina und dass Lana ihre beste Freundin war. Shit. Warum mag niemand die Polizei?"

„Niemand gibt gern zu, das Opfer einer Mordtat nicht gemocht zu haben, Josh", gab ich zu bedenken. „Nachher steht man selbst plötzlich unter Verdacht. Und was ist denn jetzt mit Lana – habt ihr sie ebenfalls befragt?"

Josh verengte die Augen. „Nein. Wir haben sie nicht finden können. Aber diverse Zeugen meinten, sie hätten sie auf dem Umzug gesehen ... bis kurz bevor die Leiche aufgetaucht ist."

„Hm." Ich kratzte mich am Kinn und lehnte mich gegen den Bettkopf. „Das ist schon etwas ... verdächtig."

„Könnte man so sagen. Aber ich glaube nicht, dass sie die Mörderin ist."

„Warum?"

Er seufzte und setzte sich auf die Matratze. „Der Körper von Sina wurde unter die Karosserie geschleift, über die Radachse gelegt und mit einem Seil dort befestigt. Sina ist zierlich und leicht gewesen." Er hob einen Mundwinkel. „Ein junger Birkenast, könnte man behaupten. Aber es braucht trotzdem ordentlich Muskelkraft, um einen toten Körper vom Tatort zum Umzugswagen zu schleppen und dann auf der Radachse zu fixieren." Er kratzte sich zögerlich den Nacken. „Zugegeben, es war eine sehr wacklige Konstruktion. Die Leiche musste irgendwann fallen. Aber das sagt uns zumindest drei Dinge: Der Täter muss stark oder nicht allein gewesen sein – und er war kein Pfadfinder. Sonst wären seine Knoten besser gewesen."

Mhm.

Ich dachte ein paar Momente lang über seine Worte nach und fragte mich unwillkürlich, was wohl der geeignetste Knoten zur Leichenbefestigung war. Ich war drei Tage lang Mitglied der Pfadfinderinnen gewesen, war dann jedoch gebeten worden, die Gruppe zu verlassen. Ein paar der exzentrischeren Eltern hatten ein Problem damit gehabt, dass ich ihren Kindern erklärt hatte, mit welchen Pflanzen sie ihre Geschwister umbringen und mit welchen sie bei ihnen lediglich Durchfall verursachen könnten. Dennoch meinte ich mich daran zu erinnern, in meiner kurzen Trainingszeit von einem Festmacherknoten gehört zu haben. Der erschien mir sinnvoll. Aber auch andere von Joshs Worten waren in meinem Kopf hängen geblieben.

„Was meinst du mit … *toten Körper vom Tatort zum Umzugswagen schleppen*?", wollte ich stirnrunzelnd wissen. „Ist der Umzugswagen nicht der Tatort?"

Er schüttelte den Kopf. „Nein. Denn jetzt kommen wir zum wirklich interessanten Teil an diesem Fall: die Todesursache." Ein Lächeln zupfte an seinen Mundwinkeln und seine Augen glitzerten merkwürdig auf. Als würde er von einem Rockstar erzählen, den er vergötterte.

Das war ein wenig gruselig – und süß. Niemand konnte sich so für verrückte Mordgeschichten begeistern wie Josh. Außer Trudi vielleicht, aber die zählte nicht. Sie konnte sich auch für ein Stück Plastik, welches sie am Straßenrand fand, begeistern.
„Ihr hat jemand auf den Kopf geschlagen, oder nicht?“, meinte ich und dachte an das vertrocknete Blut an ihrer Stirn.

„Ja. Aber das war nicht die Todesursache“, meinte er leise.

„Was dann?“

„Sie ist *ertrunken*.“

Verwirrt blinzelte ich ihn an. „*Was?*“

Sein Lächeln wurde breiter. „Ich weiß. Es ist lächerlich – aber wahr.“
„Aber das Blut … wie kann sie ertrunken sein und Blut am Kopf gehabt haben? Hätte das Wasser es nicht weggespült?“

„Nicht, wenn ihr jemand die Wunde zugefügt hat, *nachdem* sie ertrunken war“, sagte Josh langsam.

Mir wurde flau im Magen und ich spürte, wie mir das Blut aus dem Gesicht wich. Jemanden zu ertränken und dann noch auf seinen Kopf einzuschlagen, kam mir ein wenig exzessiv vor. „Oh Gott“, hauchte ich. „Jemand muss sie *wirklich* gehasst haben.“
Josh hob eine Schulter. „Ja, vielleicht … oder der Täter wollte den Tatort verschleiern. Uns auf eine falsche Fährte führen. Warum sonst schlägt man auf eine ertrunkene Tote ein?“

Ich hatte absolut keinen Schimmer. Ehrlich gesagt ergab aber auch kein einziger der anderen Punkte Sinn für mich. Am allerwenigsten die Sache mit dem Umzugswagen. Es gab so viele Orte, an denen man eine Leiche entsorgen konnte. Warum sich die wahrscheinlich bereits blutverschmierte Kleidung noch schmutziger machen, indem man unter einen Lastwagen kletterte?

„Oh Mann", murmelte ich und rieb mir übers Gesicht. „Der Mörder scheint nicht sehr nett zu sein."

„Du meinst, nicht so wie alle anderen Mörder, die meistens tolle Menschen mit liebenswürdigem Charakter sind?", bemerkte Josh trocken.

Ich verdrehte die Augen. „Du weißt, was ich meine. Wisst ihr denn schon, wo der Tatort ist? Womit auf die Leiche eingeschlagen wurde?"

„Noch nicht, aber wir haben ein paar Vermutungen."

„Oh Mann", wiederholte ich. Auch wenn ich nicht überrascht war, dass die Polizei Vermutungen hatte. Mich erstaunte eher der Haufen an Informationen, den Josh mir gerade praktisch in den Rachen gestopft hatte. Das war sehr untypisch für ihn. Normalerweise ging er nämlich in seiner Rolle als Datenschutzbeauftragter auf. Plötzlich misstrauisch verengte ich die Augen. „Warum erzählst du mir all das, Josh?"

Rispo zog sein Knie aufs Bett und beugte sich langsam zu mir vor. „Lou, ist dir klar, dass du ein sehr expressives Gesicht hast?", wisperte er gefährlich leise. „Und du rote Flecken vor Aufregung bekommst, sobald du entscheidest, dass du in einem Fall recherchieren wirst?"

Ich spürte, wie expressive, rote Flecken meine Wangen eroberten, ignorierte sie jedoch fachmännisch. „Die Flecken bekomme ich, weil ich allergisch gegen die düsteren Blicke bin, die du mir zuwirfst, sobald wieder einmal eine Leiche im Umkreis von zwanzig Metern zu mir aufgetaucht ist", unterrichtete ich ihn sachlich und räusperte mich. „Aber ja, möglicherweise hatte ich überlegt, mir den Mord mal anzusehen ..."

„Was du nicht sagst", erwiderte er trocken. „Ich rechne also bereits seit heute Morgen damit, dass eine meiner Polizeiakten verschwindet oder mich ein Kollege anruft und fragt, wer wohl die verrückte Brünette ist, die sich gerade an meinem Auto zu schaffen macht."

„Einmal! Einmal habe ich versucht, in dein Auto einzubrechen", wehrte ich verärgert ab. „Und ich bin doch dann noch zur Vernunft gekommen."

Er schnaubte laut. „Weil ich dich erwischt habe!"

Nun ... ja. Und weil ich keine Ahnung hatte, wie man ein Schloss knackte. „Es ist doch auch egal", sagte ich hastig, denn dieses Thema würde niemandem helfen – mir am allerwenigsten. „Wie du vielleicht bemerkt hast, habe ich wie versprochen nichts Illegales getan."

„Ja, und ich dachte, das bleibt vielleicht so, wenn ich dir freiwillig ein paar Infos gebe, die deine Neugier stillen."

Oh, da unterschätzte er aber meine Neugier, wenn er wirklich glaubte, dass mir die paar Wissensschnipsel genug waren.

„Und für den Fall, dass dir das noch nicht reicht", fuhr er fort, als hätte er meine Gedanken gelesen. „Ich könnte morgen tatsächlich deine Hilfe bei ein paar Recherchen gebrauchen."

„Oh", erwiderte ich etwas dümmlich. Aber wer hätte schon mit diesem Satz gerechnet? Josh bat nicht um Hilfe. Schon gar nicht, wenn es um einen Mordfall ging.

„In Ordnung", sagte ich dennoch gelassen, als wäre diese Unterhaltung vollkommen normal. „Wobei?"

„Ich muss morgen früh zur Rheinländer Rundschau."

„Der Zeitung, wo deine Mutter gearbeitet hat?", stellte ich perplex fest.

„Jup", meinte er und zog sich die Socken aus. „Einer der Journalisten hat gestern ein Interview mit Sina Trautenheim geführt und ist vielleicht die letzte Person, die sie lebend gesehen hat. Ich würde ihm gern ein paar Fragen stellen ... und habe das Gefühl, dass dein freundliches Gesicht ihn eher zum Reden animiert als meines."

Da stimmte ich ihm voll und ganz zu. Ich war mir ziemlich sicher, dass Rispos düstere Blicke der einzige Grund waren, warum Steine schwiegen.

Dennoch machte mich das Ganze skeptisch. „Ist das der einzige Grund, du Fan von chronischer Ehrlichkeit?", hakte ich misstrauisch nach.

Josh seufzte. „Mir gefällt es nicht, wie aufmerksam du bist. Aber schön. Ich kenne den Journalisten. Ich kenne *alle* Journalisten dort. Ich war innerhalb der letzten Monate unfassbar oft da, um alten Spuren nachzugehen und ... sagen wir einfach, dass ich keinen sympathischen Eindruck hinterlassen habe und niemand mehr Lust hat, mir irgendetwas zu erzählen."

Ah, darum ging es also. Ich schnaubte laut. „Hinterlässt du *je* einen sympathischen Eindruck, Josh?"

„Na ja, bei dir offenbar schon, oder?", meinte er vielsagend und hob die Augenbrauen. „Sonst wärst du jetzt nicht mit mir zusammen."

Ich dachte an den Tag unseres Kennenlernens zurück, verzog das Gesicht und wiegte meinen Kopf von der einen auf die andere Seite. „Oh, du hast bei unserem ersten Aufeinandertreffen definitiv einen Eindruck hinterlassen. Aber *sympathisch* war nicht das Wort, das ich mit dir in Verbindung gebracht habe." *Arschloch* war da schon präsenter gewesen.

Josh lachte leise, kniete sich auf die Matratze und küsste mich auf den Kopf. „Du bist sympathisch genug für uns beide – also kommst du mit?"

„Natürlich komm ich mit", erwiderte ich augenverdrehend. Was für eine Frage. „Ich bin nur verwundert. Normalerweise involvierst du mich nicht in deine Recherchearbeiten. Normalerweise würdest du Marvin mitnehmen."

„Marvin hat genug damit zu tun, weitere Leute zu befragen und Lana zu finden", meinte er, bevor er zögerlich hinzusetzte: „Und ich mag den Gedanken, dir zu zeigen, wo Mama gearbeitet hat. Du wirst sie niemals kennenlernen, aber ... na ja." Er räusperte sich und rutschte wieder von der Matratze. „Ich geh noch kurz duschen. Ich stinke nach Alkohol, obwohl ich keinen Tropfen getrunken habe."

Keine Sekunde später schlüpfte er aus dem Zimmer und ließ mich mit warmem, süßem und schwerem Herzen zurück.

Josh war eher der brachiale, nicht der sentimentale Typ und sprach nicht gern über seine Mutter. Seit ich ihm gesagt hatte, dass er aufhören musste, ihrem Mörder nachzujagen, wenn er mit mir zusammenbleiben wollte, noch weniger als ohnehin schon.

Es bedeutete mir also viel, dass er zugab, dass es *ihm* viel bedeuten würde, wenn ich das Leben seiner Mutter besser kennenlernte. Ich ließ mich zurück in die Kissen sinken und schloss die Augen, während das Rauschen des Wassers der Dusche zu mir hinüberwehte, mich sanft einlullte ... und mich ein aggressives Piepen zusammenzucken ließ.

Ich schlug meine Augen auf und sah, dass das Display von Joshs Handy grässlich hell aufblinkte. Stöhnend griff ich danach und robbte dann über die Matratze, um es mit dem Display zuerst auf Joshs Nachttisch zu legen.

Ich hatte nicht vor, die WhatsApp-Nachricht, die aufgeploppt war, zu lesen. Wirklich nicht. Ich wusste, was das Wort Privatsphäre bedeutete und konnte es sogar buchstabieren. Aber das Display war so verdammt hell und ich war zu müde, um meine überstimulierten Augen unter Kontrolle zu halten ... und so fing mein Blick die zwei Zeilen wie von selbst auf.

Ist das dein beschissener Ernst? Wir lassen Mamas Fall nicht in Ruhe, egal, was du sagst!

Mir wurde flau im Magen und hastig ließ ich das Telefon auf den Nachttisch fallen.

Die Nachricht kam von Moritz. Joshs Bruder, der die letzten Monate über genauso ehrgeizig und wahnsinnig wie Josh nach dem Mörder ihrer Mutter gesucht und sich dabei fast hatte umbringen lassen.

Und wie es aussah, war er wütend.

Ich schluckte, zog mich zurück auf meine Seite und kuschelte mich unter die Decke. Doch die Unruhe, die meine Brust erfüllte, konnte nicht von den weichen Daunen erstickt werden.

Denn was würde Josh wohl tun, wenn Mo nicht lockerließ?

Wenn er ohne ihn weiter recherchierte? Sich womöglich allein in Gefahr brachte?

Er hatte mir versprochen, dass er den Fall in Ruhe ließ. Aber Mo hatte nichts versprochen und die Rispos waren nun einmal allesamt Dickköpfe. Loyale Dickköpfe, die sich niemals hängen ließen.

Ich presste die Augen zusammen.

Es ist egal, redete ich mir ein.

Josh hatte es mir versprochen. Ich vertraute Josh. Er würde sich nicht weiter in Gefahr bringen. Er hatte den Fall an einen Kollegen abgegeben und er würde Mo zur Vernunft bringen.

Er war wieder er. Wir waren wieder wir.

Alles würde gut werden.

„Scheiße", wisperte ich.

Kapitel 5

„Das ist also Lana? Lana Kern – beste Freundin und jetzt womöglich größte Feindin von Sina?"

Rispo schnalzte missbilligend mit der Zunge, zog mir die Akte, die ich aus dem Handschuhfach gefischt hatte, aus den Händen und warf sie auf die Rückbank. „Polizeiakten sind tabu, Lou – egal, ob in der Badewanne oder in meinem Wagen."

„Mhm", machte ich, denn für die Standpauke war es viel zu spät. Ich hatte das Bild schon gesehen. Lana Kern war eine hübsche Frau mit auffällig dunkelroten Haaren und dunkelbraunen Augen, der Schuhgröße 40 und einer Körpergröße von 175 cm.

Okay, Letzteres hatte ich nicht dem Foto, sondern dem angehefteten Steckbrief entnommen – ich war aufmerksam, aber keine Wahrsagerin.

Sie sah freundlich aus. Hatte ein Grübchen in der rechten Wange und eine Menge Sommersprossen im Gesicht. Ob sie besonders muskulös und somit fähig war, eine Leiche von einem Ort, an dem es Wasser gab, bis zum Umzugswagen zu schleppen, hatte ich jedoch leider nicht erkennen können.

Stirnrunzelnd sah ich aus der Windschutzscheibe, während Josh das Stadtschild passierte, das stolz verkündete, wir befänden uns nun in Hürth. Man musste einen gewissen Respekt vor dem Schild haben. Denn es gab nicht viele, die bei dieser Ankündigung ihren Stolz bewahren konnten.

Hürth war eine Stadt mit knapp 60.000 Einwohnern, die fälschlicherweise oft für einen Stadtteil Kölns gehalten wurde. Es gab ein Schwimmbad, den Stadtteil Efferen, in dem nur Studenten und Studentinnen wohnten, die zur Universität zu Köln gingen, ein Einkaufszentrum – und die Rheinländer Rundschau. Das war es dann aber auch schon.

„Danke, dass du mitkommst“, murmelte Josh, während er an einer Ampel hielt.

„Kein Problem. Ich hab nichts Besseres vor“, bemerkte ich lächelnd – und es war die Wahrheit.

Ich hielt den Laden heute geschlossen. Emily hatte ihre privaten Probleme, ich die Recherchearbeit mit Josh und Leonie eine Tote zu betrauern. Ein Tag Pause würde uns allen guttun. Außerdem war immer noch Karneval und niemand kaufte Blumen an Karneval, ich verlor also nicht viel Kundschaft.

Mein Handy klingelte und ich fischte es aus meiner Jeanstasche.

Nicht *Mama,* sondern *Trudi* blinkte auf, also hob ich bedenkenlos ab.

„Hey, Trudi“, begrüßte ich sie. „Was gibt's?“

„Louisa, Manni und ich haben einen Termin für die Hochzeit festgelegt“, kam die Seniorin direkt zum Punkt.

„Oh, wow. Das ging schnell“, sagte ich überrascht.

„Ja, sie ist am Dienstag.“

„*Dienstag?*“, echote ich laut. „Ihr wollt *Dienstag* heiraten? *Diesen* Dienstag?“

„Weißt du, Louisa. Manchmal glaube ich, dass du die Schwerhörige von uns beiden bist“, bemerkte Trudi und schnalzte ungeduldig mit der Zunge. „Dienstag ist wirklich kein allzu schwer zu verstehendes Wort. Und natürlich *diesen* Dienstag. Wir sind alt, wir haben keine Zeit zu verlieren. Außerdem dachten wir, dass es romantisch wäre, uns während der Nubbelverbrennung trauen zu lassen. Nachts zu heiraten, ist zwar etwas unüblich, aber ich stell mir die Stimmung toll vor. Du weißt schon: der Mond am Himmel, sinnlicher Feuerschein, laute Karnevalsmusik im Hintergrund ...“

„Im Feuerschein der Dutzenden Stoffpuppen, die in einem Metallkäfig verbrannt werden, meinst du?“, fragte ich perplex. Denn vielleicht hatte Trudi es ja vergessen. Ihr Gedächtnis war nicht mehr das Beste.

„Ja, genau“, erwiderte sie fröhlich. „Es hat etwas Symbolträchtiges, meinst du nicht? Wir werfen all unsere Sünden zu denen vom Nubbel in den Käfig und lassen sie in Flammen aufgehen. Um mit einer reinen Weste und einer leichten Seele in die Ehe zu starten.“

„Klar“, sagte ich etwas überfordert und warf Josh einen Seitenblick zu, der einen merkwürdigen Prust-Laut von sich gegeben hatte.
Ich vermutete, dass er jedes Wort mitanhören konnte.

„Aber Trudi ... kriegt ihr bis dahin überhaupt einen Termin beim Standesamt? Ihr müsst euch doch dort erst anmelden und –“

„Ach, Manni kennt da wen“, unterbrach meine ehemalige Angestellte mich unwirsch. „Wir haben alles schon abgesprochen. Der Standesbeamte wird zur Verbrennung kommen und uns direkt vor Ort trauen. Alles gar kein Problem!“

„Oh, okay. Ja, schön, es ist nur ... es ist *sehr* spontan, Trudi!“

Was, wenn sie Montag schon feststellte, dass ihr das Akkordeon-Spiel von Manfred auf die Nerven ging? Oder sie es furchtbar fand, dass er sein Gebiss zu ihrem in dasselbe Glas tat? Die Hochzeit wirkte schon recht überstürzt.

„Ach, Louisa! Wenn du erst mal so alt bist wie wir, kann es gar nicht schnell genug gehen“, unterrichtete Trudi mich im großmütterlichen Tonfall. „Da kann man es sich gar nicht leisten, so einen Terz wie Josh und du anzustellen. *Will ich, will ich nicht, verzeih ich ihm, dass er mir einen Peilsender untergejubelt hat oder nicht* ... lächerlich! Während ihr noch diskutiert, liegen wir schon längst in der Kiste. Also im Sarg jetzt, nicht im Bett. Obwohl, in dem auch.“ Sie kicherte mädchenhaft. „Egal: Dienstag zu heiraten, erscheint mir wie ein guter Termin.“

Josh runzelte die Stirn, bevor er murmelte: „Du bist nicht ernsthaft noch sauer, weil ich dir mal einen Peilsender untergejubelt habe, oder?“

„Nein, aber es ist nie klug, mich daran zu erinnern“, bemerkte ich leise, bevor ich lauter für Trudi hinzufügte: „Alles klar, Trudi. Dann Dienstag. Josh und ich werden auf jeden Fall da sein!“

„Das hoffe ich doch“, echauffierte sich die alte Dame. „Du bist meine Trauzeugin.“

„Echt?“, rutschte es mir heraus und meine Wangen liefen pink an. „Ich meine. Wow. Danke. Es wäre mir eine Ehre.“

Das war die volle Wahrheit. Ich liebte Trudi! Jeder sollte eine quirlige Seniorin in seinem Leben haben, die einen mit Keksen mästete, den grausten Himmel in bunten Farben malte und einem das Gefühl gab, dass Altwerden gar nicht so schlimm war.

Aber es ging alles so schnell. Sie war noch so jung ... also ihre Beziehung zu Manni jetzt.

„Gott sei Dank", meinte Trudi erleichtert. „Ich hatte ein wenig Angst, dass du zu neidisch wärst, um meine Trauzeugin zu sein. Du weißt schon ..." Sie senkte kaum merklich die Stimme. „Weil ich schon zum zweiten Mal einen so stattlichen Mann heirate und du es mit deinem noch immer nicht hinbekommen hast."

„Ich komm klar", sagte ich angesäuert und schlug Rispo mit der Faust gegen den Oberarm. Der Verräter hatte nämlich angefangen zu lachen.

„Wunderbar! Das heißt natürlich auch, dass du mich dabei unterstützen musst, ein Kleid zu finden. Außerdem wirst du eine Rede halten müssen – und über einen Junggesellinnenabschied würde ich mich auch freuen. Aber das kriegen wir wohl bis zur Hochzeit nicht mehr hin."

Das war beruhigend. Der letzte Junggesellinnenabschied, den ich besucht hatte, war mit einer Leiche auf meiner Couch und meinem Freund im Gefängnis geendet. Ich war nicht allzu scharf drauf, das zu wiederholen.

„Ja, natürlich. Kein Problem. Das hört sich alles gut an", versicherte ich ihr deswegen mit einer Menge Enthusiasmus.

„Gut, dann sei heute um elf bei *Tüll und Traumhochzeit*, der Laden ist direkt am Heumarkt. Dann kann ich dir auch die Stichpunkte für deine Rede geben."

„Ich kriege Stichpunkte?", erwiderte ich verdattert. „Kann ich mir nicht einfach aussuchen, was ich über euch sagen will?"

„Auf gar keinen Fall. Nachher erzählst du noch irgendeine peinliche Anekdote."

Na ja, zugegebenermaßen gab es eine Menge zur Auswahl, was Trudi betraf. Es wäre doch unfair, sie nicht mit möglichst vielen Menschen zu teilen.

„Ich gebe dir grobe Stichpunkte und sag dir, wie lang du sprechen darfst. Die Einzelheiten der Rede überlasse ich dir. Also, passt elf Uhr?"

„Ähm …"

„Super, dann sehen wir uns gleich."
Im nächsten Moment legte sie auf.

Leicht überfordert starrte ich das Handy an. „Sie heiraten *Dienstag*, bei der Nubbelverbrennung", sagte ich steinern.

„Hab ich gehört", meinte Josh und bog in eine Seitenstraße. „Hast du was anderes als eine dramatische, übereilte Trauung mit einer Menge Feuer und Glitzer von Trudi erwartet?"

Na, wenn er das jetzt so sagte …

Nichtsdestotrotz flog das Wort *Wow* in circa zehn verschiedenen Fonts und Farben in meinem Kopf herum. Das ganze Gerede über Hochzeit erinnerte mich nur wieder daran, dass ich Josh irgendwann einen Heiratsantrag machen musste und er fantastisch sein sollte.

Nervös wippte ich mit meinem Fuß auf dem Boden, blickte zu Josh und dann wieder aus der Windschutzscheibe.

Trudi fand es romantisch, den Mann ihrer Träume neben einem Haufen brennender Stoffpuppen zu heiraten. Emmi fand es romantisch, von dem Mann ihrer Träume dazu überredet zu werden, mit ihm zu schlafen. Meine Mutter fand es romantisch, einen Staubsauger zum Geburtstag geschenkt zu bekommen.

Wusste ich womöglich überhaupt gar nicht, was das Wort *Romantik* bedeutete?

„Sag mal, was findest du eigentlich romantisch, Josh?", fragte ich beiläufig.

„Kannst du knicken", erwiderte er trocken. „Ich helfe dir nicht bei deinem Antrag."

Ach, Mist.

Die Rheinländer Rundschau befand sich in einem hohen gläsernen Gebäude, das der Traum eines jeden Kindes und Welpen war. Es sah nämlich aus wie ein Legobaustein oder aber die zitzenbesetzte Unterseite einer läufigen Hündin.

Wie ein Haus das hinbekam?

Indem es sechs runde Balkone besaß, die in unglücklich gleichmäßigen Abständen aus der gläsernen Fassade ragten.

Mir blieb jedoch nicht allzu viel Zeit, das ästhetische Versagen des zuständigen Architektenteams zu bewundern, denn Josh hatte lange Beine und offenbar ein Ziel.

Hastig folgte ich ihm durch die automatische Schiebetür, hinter der wir von einem Schwall warmer Luft und einer verchromten Rezeption begrüßt wurden. Ein junger Mann mit gestreifter Krawatte und schwarzem Headset saß dahinter und klackerte beschäftigt auf seiner Tastatur. Doch als Josh beide Unterarme auf den Tresen legte und mit der Hand darauf klopfte, sah er sofort auf.

„Kommissar Joshua Rispo, ich will Simon Trimovitz sprechen."

Der Kerl blinzelte, blickte hastig zu einer gläsernen Tür zu seiner Linken, und sah dann zurück zu Rispo. „Haben Sie einen Termin?", wollte er schließlich wissen.

„Nein."

„Oh, dann kann ich Sie nicht durchlassen", meinte er entschuldigend.

Rispo zog die Augenbrauen zusammen. „Sie sind neu hier, oder?"

„Ähm, ja." Nervös spielte er mit dem Ende seiner Krawatte. „Ich hab gestern angefangen."

„Aha. Wissen Sie, ich möchte Ihnen wirklich nicht auf den hässlichen Schlips treten, aber ich werde jetzt durch diese Tür gehen und Sie werden mich nicht aufhalten", sagte Josh sachlich und nickte nach links.

„Ähm …", machte der Jüngling.

„Schönen Tag."

Im nächsten Moment schlenderte Josh einfach an ihm vorbei.

Mit großen Augen sah der Rezeptionist ihm hinterher.

„Sie wissen es nicht, aber das war gerade *sehr* höflich von ihm", beteuerte ich dem verdutzt aussehenden Rezeptionisten mit hastigen, leisen Worten, bevor ich Josh hinterhereilte.

„Weißt du, mir verbietest du immer, einfach so in fremde Gebäude zu spazieren und mich durch geschlossene Türen zu stehlen“, meinte ich und schlüpfte hinter ihm in einen langen Flur, der mit grauem Kurzflorteppich ausgelegt war.

„Ich habe einen Polizeiausweis, Lou. Es ist nicht dasselbe.“

„Hm. Wenn ich mir also deinen Polizeiausweis *leihe*, dann darf ich das?“, schlussfolgerte ich.

Rispos Augenbrauen zogen sich zu einer geraden Linie zusammen, auf der problemlos ein Kleinkind hätte balancieren können. „Du bist nicht witzig, Lou.“

Ich grinste breit. „Ein bisschen schon.“

Josh wurde glücklicherweise die Möglichkeit genommen, mir unhöflich zu widersprechen, denn ein silberbärtiger Mann mit Glatze und Wohlstandsbäuchlein, das sich auf seinem etwas zu engen Anzug abzeichnete, schlenderte durch den Gang. Als er Josh erblickte, blieb er abrupt stehen.

„Och nee“, sagte er.

Meine Mundwinkel zuckten. Witzig. Er hörte sich an wie ich vor zwei Jahren.

Herr Silberbart schüttelte den Kopf und kam langen Schrittes auf uns zu. Was tatsächlich nicht allzu schnell war, denn er war so groß wie ich und *lange* Schritte deshalb noch immer recht kurz.

„Joshua Rispo – nehmen Sie es nicht persönlich, aber: Nicht schon wieder!“, verkündete er und knöpfte sich das Jackett zu.

„Ich bin nicht wegen meiner Mutter hier“, sagte Rispo knapp, seine Stimme ungewohnt angespannt, bevor er hinzufügte: „Lou, das ist Hubert Klein. Er ist Chefredakteur der Rheinländer Rundschau und hat mir viel bei den Recherchen zum Mord meiner Mutter geholfen. Er

…“ Rispo brach ab, als er bemerkte, wie ich mir bei der Erwähnung des Mordes seiner Mutter unwohl auf meiner Unterlippe herumbiss. „Aber darüber möchte ich jetzt überhaupt nicht reden“, setzte er hastig hinzu. „Herr Klein, das ist meine Partnerin Louisa Manu.“

Meine Augenbrauen wanderten automatisch nach oben.

Interessante Wortwahl. Mir war nicht entgangen, dass Josh suggerierte, ich wäre ebenfalls Polizeibeamtin – aber gleichzeitig nicht log, indem er das Wort *Partnerin* benutzt hatte. Kluger Typ, der Kommissar Risotto.

„Sehr erfreut“, sagte ich höflich.

Der untersetzte Mann nickte nur. „Wenn Sie nicht wegen Frau Rispo hier sind … weshalb dann?“

„Ich suche Simon Trimovitz“, meinte er knapp.

„Warum?“

„Das geht Sie nichts an.“

Die Lippen von Herrn Klein formten sich zu einer schmalen Linie. „Soso. Nun, dann weiß ich nicht, ob ich Ihnen helfen kann.“

Ich seufzte leise. Ich musste Josh dringend mal ein Paar Samthandschuhe schenken. Denn er besaß offenbar keine und mit dem Vorschlaghammer kam man nicht immer weit.

„Wir verstehen, dass Sie Ihre Mitarbeiter schützen wollen, Herr Klein“, sagte ich freundlich. „Aber Herr Trimovitz hat vorgestern eine junge Frau interviewt, die gestern tot aufgefunden wurde. Er war womöglich der Letzte, der sie gesehen hat, deswegen würden wir sehr gern mit ihm sprechen.“

„Oje." Er weitete die Augen und legte bestürzt die Hand auf die Brust. „Dazu haben wir heute bereits eine Story gebracht. Fantastisches Foto – schreckliche Geschichte. Natürlich können Sie Simon sprechen." Hastig trat er beiseite. „Ich bin mir sicher, er hat nichts dagegen. Die letzte Tür links."

Ich lächelte. „Danke. Wir wollen Sie auch nicht weiter aufhalten. Einen schönen Tag noch."

„Natürlich. Viel Glück Ihnen."

Er nickte Rispo zu, dann wuselte er an uns vorbei. Ich wartete, bis er die Glastür passiert hatte, dann fragte ich kopfschüttelnd: „Warum genau konntest du ihm das nicht sagen?" Erwartungsvoll sah ich Josh an.

„Je weniger Details Leute über einen Mordfall wissen, desto besser", war seine sachliche Antwort.

„Nicht immer", widersprach ich. „Und meine Güte, er ist ja ein richtiger Fan von dir."

Josh kratzte sich den Nacken und hob eine Schulter. „Er ist eigentlich ganz nett. Er kannte meine Mutter. Arbeitet hier schon seit dreißig Jahren. Er ... hat wohl nur seine Geduld verloren."

Ich konnte es ihm nicht verdenken. Das passierte manchmal, wenn man mit Kommissar Rispo konfrontiert wurde. „Hat er mit deiner Mutter zusammengearbeitet?", wollte ich wissen.

„Jup. Ich kenne ihn deshalb auch schon ziemlich lang."

„Weil er ein Freund von ihr war?", mutmaßte ich stirnrunzelnd.

„Nein. Weil ich als Kind sehr oft hier war", erklärte er knapp, lief mir voran den Gang hinunter und blieb dann an einer weißen Tür stehen, die einen Spaltbreit offen stand.

„Ihr Büro war dieses hier", meinte er langsam und nickte zu dem Streifen grauen Teppich, den man dadurch erkennen konnte. „Immer, wenn mein Vater eine Extraschicht im Krankenhaus antreten musste und sie keinen Babysitter für Mo, Finn und mich gefunden haben, hat sie uns einfach mit zur Arbeit genommen." Ein Lächeln breitete sich auf seinem Gesicht aus, sodass sich kleine Falten um seine Augen auffächerten. „Ich glaube nicht, dass es erlaubt war, denn sie hat uns öfter mal gebeten, Verstecken zu spielen, wenn jemand an die Tür geklopft hat, aber was hätte sie tun sollen? Als Florian und Jonas geboren wurden, waren Mo und ich schon alt genug, um selbst auf sie aufzupassen. Dann hatten meine Eltern das Problem nicht mehr."

Ich starrte auf den Türspalt, durch den man nichts wirklich erkennen konnte ... aber in dem ich trotzdem so unfassbar viel sah.

Es war schwer, sich Josh als Kind vorzustellen. Er hatte mit sechzehn die Verantwortung für vier Geschwister übernehmen müssen und war seitdem kein Paradebeispiel für einen ausgelassenen, lockeren Mann.

Aber der Gedanke, dass er zumindest eine zum Teil sorglose Kindheit gehabt hatte, bei der er sich im Büro seiner Mutter versteckt und ihr beim Arbeiten zugesehen hatte, war schön.

Ich tastete nach seiner Hand und drückte kurz seine Finger.

„Ich wette, deine Mutter hat es genossen, euch hier zu haben."

Er lachte leise. „Das bezweifle ich stark. Mo hat Finn mal an ihren Schreibtisch getackert, als sie kurz auf der Toilette war – also nur sein T-Shirt, er hat die Haut verfehlt, aber sie war trotzdem nicht amüsiert."

Ich grinste. „Und du hast einfach danebengestanden und nichts dagegen unternommen?"

„Was glaubst du, wessen Idee es war?", wisperte er an meinem Ohr.

Ich lachte. „Wirklich? Der ernste, regelverliebte Kommissar Rispo hat seine Brüder dazu angestachelt, sich an den Schreibtisch zu tackern?"

„Na ja, Mama hat sich immer darüber beschwert, dass Finn zu viel gezappelt hat. Ich dachte, das wäre eine gute Möglichkeit, ihr bei diesem Problem zu helfen", sagte er leichthin, bevor er mich an den Schultern vom Büro wegdirigierte und weiter den Gang entlangschob.

Mein Lachen wurde lauter. „Okay, das hört sich schon eher nach deiner verantwortungsbewussten Helfernatur an."

„Oh ja, ich lebe, um zu dienen", erwiderte er trocken und blieb vor der letzten Tür zu unserer Linken stehen, bevor er zweimal klopfte.

„Herein", rief eine männliche Stimme und Josh drückte die Klinke. Sein Gesicht war wieder ernst. Das Lächeln von seiner Miene verschwunden. Seine Haltung wieder sehr ... aufrecht. Als hätte jemand eine Metallplatte an seinem Rücken befestigt.

Wow. Ich war immer wieder fasziniert darüber, wie er von Privat-Josh zu Bullen-Josh wurde. Als hätte er eine multiple Persönlichkeit.

Rispo öffnete die Tür und ein kleines quadratisches Büro kam zum Vorschein. Es wurde von einer Reihe

Regale, gefüllt mit Aktenordnern, dominiert, die einem das Gefühl gaben, dass die Wände stetig näherrückten.

Der Schreibtisch war ein billiges Ikea-Modell und mit diversen Notizen, Müsliriegelverpackungen und USB-Sticks, in Gestalt von Star-Wars-Charakteren, zugemüllt. Der Raum sah genauso aus wie der dünne, um die vierzigjährige, Lockenkopf, der hinterm Schreibtisch saß – rundum zerzaust und ein wenig durcheinander.

„Oh, hallo, Sie kenne ich doch", sagte er überrascht, den Blick auf Josh gerichtet, und schob im nächsten Moment die Tastatur von sich, sodass einige der Papiere über die Schreibtischkante rutschten und zu Boden schneiten. „Ach, Mist." Eilig stieß er den Stuhl zurück und robbte unter seinen Schreibtisch, um sie wieder aufzuklauben. „Sie sind von der Polizei, oder? Gestern hat schon irgendwer angerufen und gemeint, dass Sie wahrscheinlich vorbeikommen würden. Anscheinend bin ich der Letzte, der die tote Karnevalsmarie gesehen hat. Ein wenig gruselig, wenn ich ehrlich bin."

Er fasste die Papiere zusammen, wollte sich wieder aufrichten, stieß sich den Kopf an der Tischplatte, fluchte laut auf und krabbelte einen weiteren Meter nach hinten. „Entschuldigen Sie", sagte er und hektische, rote Flecken erschienen auf seinen Wangen. „Ich bin etwas in Eile. Dutzende Termine heute. Eine Abgabefrist. Korrekturlesen ... aber setzen Sie sich doch einfach." Er machte eine ausschweifende Bewegung zu den beiden Bürostühlen vor uns, bevor er die Papiere wieder achtlos auf den Tisch warf und in seinen Bürostuhl sank. „Was kann ich für Sie tun?" Sein Blick schweifte von mir zu Rispo, bevor er die Augen verengte. „Sie waren schon öfter hier, oder?"

„Ja, das stimmt", sagte Rispo gelassen. „Aber wegen einer anderen Angelegenheit, die gerade nicht weiter von Belang ist. Jetzt würde ich Ihnen gerne einfach nur ein paar Fragen stellen, Herr Trimovitz."

„Oh, natürlich." Der Journalist räusperte sich und faltete die Hände auf dem Tisch. „Was wollen Sie wissen?"

Rispo zuckte seinen Notizblock und musterte den Mann ihm gegenüber, der automatisch die Schultern höher zog.

„Kannten Sie Sina Trautenheim, bevor Sie das Interview mit ihr geführt haben?"

„Nein, nein." Er schüttelte hastig den Kopf. „Hab sie noch nie getroffen, aber da sie der erste Goldfunk ist, hat ihr Trainer sie als Interviewpartnerin vorgeschlagen und sie war auch eine dankbare Wahl, also ..." Er brach ab und leckte sich nervös die Lippen. „Sorry ... stehe ich unter *Verdacht*? Mordverdacht?" Die Farbe wich aus seinem Gesicht. „Nur, weil ich sie als Letztes gesehen habe? Ich hab nichts mit der Sache zu tun. Ich hatte lediglich das Glück, ein letztes Interview mit ihr zu führen, bevor sie gestorben ... nein, nein", unterbrach er sich selbst und schluckte. „Kein *Glück* natürlich! Aber ich kannte sie wie gesagt nicht. Wir haben nur dieses eine Interview miteinander geführt und dann bin ich wieder gefahren. Sie ist im Vereinsheim geblieben, wollte noch irgendetwas machen. Das Gespräch zwischen uns hat nur eine halbe Stunde gedauert. Mehr nicht!"

„Beruhigen Sie sich, Herr Trimovitz“, sagte Josh gelassen. „Ich bin nicht hier, um Sie zu verhaften – ich will Ihnen Fragen stellen. Mehr nicht.“

„Aha“, sagte er, anscheinend nicht sehr überzeugt, und knetete nervös seine Finger.

„Es ist reine Routine, Herr Trimovitz“, sagte ich mit weicher Stimme und beugte mich etwas vor. „Natürlich müssen wir mit Ihnen reden. Sie haben sie als Letzter gesehen und Sie sind Journalist – dementsprechend natürlich sehr aufmerksam. Wir können uns glücklich schätzen, dass Sie es sind, die Sina vor ihrem Tod noch mal gesehen haben. Wenn jemandem etwas Merkwürdiges aufgefallen ist, dann doch Ihnen!“

„Oh.“ Der Mann sank erleichtert zurück und strich sich ein paar dunkle Locken aus dem Gesicht. „Natürlich. Entschuldigung. Ich bin wohl etwas nervös.“ Tief atmete er durch – und Josh gab einen Ton von sich, den ich sofort als Schnauben enttarnte, jeder andere jedoch leicht mit einem Räuspern verwechseln konnte.

„Herr Trimovitz“, fing er auf ein Neues an, doch diesmal gab er sich Mühe, seine Stimme leise und freundlich zu halten. Interessant. Das konnte er? „Hat Sina beim Interview irgendwie abwesend oder wütend oder auf andere Art und Weise seltsam auf Sie gewirkt?“

Der Journalist runzelte die Stirn und tippte sich mit dem Zeigefinger gegen’s Kinn. Er sah aus wie eine Cartoonversion eines Menschen, der nachdachte. „Also, abwesend oder seltsam könnte ich nicht sagen – aber sie war definitiv wütend.“

„Tatsächlich?“ Josh hob eine Augenbraue und schlug eine Seite seines Notizblocks um. „Auf wen?“

„Oh, auf alle“, sagte Trimovitz schlicht. „Auf ihre Eltern, die nicht verstehen, wie wichtig ihre Rolle als erster Goldfunke ist. Auf ihren Trainer Sebastian, der seinen Job und überhaupt Verantwortung nicht ernst genug nimmt. Auf ungefähr alle ihre Mittänzerinnen.“ Er lachte nervös auf. „Wirklich. Ich bin da in der Erwartung hingefahren, eine süße Geschichte über ein paar junge Frauen mit Liebe zu Karneval und dem Tanzen zu schreiben. Aber bekommen habe ich ein reißerisches Interview über den Konkurrenzkampf unter Teenagerinnen. *Ich wünsche dir Hals- und Beinbruch.* Das ist mein derzeitiger Arbeitstitel.“ Er grinste – dann fiel ihm offenbar ein, dass wir über ein totes Mädchen sprachen, und beschämt schüttelte er den Kopf. „Tatsache ist, dass Sina Trautenheim nicht viele gute Worte für ihre Kolleginnen übrighatte“, fügte er leiser hinzu.

„Was hat sie genau erzählt?“, wollte Josh wissen.

„Nun ja.“ Trimovitz beugte sich vor. „Eine gewisse Alisa ist furchtbar arm und kann sich keine vernünftige Uniform leisten. Katharina hat mit der Hälfte der männlichen Tanzpartner geschlafen. Delia hat Juckpulver in Sinas Anzug getan, damit sie sich zum Affen macht ... solche Sachen. Alle Mädels lügen, ihr Trainer ist ein elendiger, treuloser Mistkerl, der keine Ahnung von nichts hat, die Eltern mischen sich zu sehr oder zu wenig ein ... Sie hat ordentlich ausgepackt.“

„Was ist mit Lana?“, wollte ich wissen.

„Was?“ Der Journalist wandte den Kopf und blinzelte mich verwirrt an.

„Lana. Lana Kern. Hat Sina etwas über sie gesagt?“

Trimovitz runzelte die Stirn. „Nein. Nicht dass ich wüsste. Der Name sagt mir nichts.“

Verwirrt öffnete ich die Lippen.

Ernsthaft?

Sie hatte über jeden hergezogen, aber Lanas Name war nicht gefallen? Hatte sie ihr nicht hinterlistig den Platz als erster Goldfunke weggenommen? Wieso dann nicht ein paar peinliche Geheimnisse an einen Reporter weitergeben?

„Hat Sina irgendetwas gesagt, das jemanden wirklich und wahrhaftig in Bedrängnis bringen könnte?", hakte Rispo nach, sodass Trimovitz' Aufmerksamkeit von meinem verwirrten Gesicht auf ihn gelenkt wurde.

„Was meinen Sie?" Er blinzelte mehrfach. „Etwas, für das es sich lohnen würde, sie umzubringen? Nein. Denn das hätte ich definitiv in den Artikel mitaufgenommen."

„Haben Sie den Artikel schon fertig?" Rispo ließ den Blick über den Papierhaufen vor ihm schweifen.

„So gut wie, er soll Montag veröffentlicht werden. Hier …" Er drehte seinen Computer-Bildschirm um und klopfte obendrauf. „Falls Sie ihn lesen wollen."

Ich beugte mich vor, doch es war nicht die Schlagzeile oder der Text, die meinen Blick anzogen. Es war das große Bild in der Mitte.

Sina lächelte uns in ihrem Goldfunkkostüm entgegen, das Kinn auf ihre Hand gestützt. Ihre blonden Haare wallten um ihr herzförmiges Gesicht und an ihrem schmalen Handgelenk baumelte das geknüpfte Armband mit rotem Herz. Das gut sichtbare, nicht mit schwarzem Edding durchgestrichene Herz.

Ich strich über mein eigenes Handgelenk und hob den Blick. „Wann wurde das Foto aufgenommen?", wollte ich wissen.

„Auch vorgestern. Kurz vorm Interview. Harry, der Fotograf, hat Bilder vom Training und dann das hier gemacht.“

Mhm. Das ließ nicht viel Zeit, um das schöne Armband anzumalen.

„Könnten Sie mir den Artikel zuschicken?“, fragte Rispo, dessen Blick ebenfalls über das Foto huschte.

„Ja, klar. Er ist ziemlich gut geworden, wenn ich das bemerken darf.“ Trimovitz lächelte selbstzufrieden. „Ich musste natürlich noch einiges anpassen, weil sie ja gestorben ist und es nicht mehr bloß ein Interview, sondern eine dramatische Titelstory geworden ist. Mann, mir tut das Mädel ja echt leid, aber dieser Artikel wurde dadurch ...“ Er brach ab. Das hätte ich auch, wenn Josh *mich* angesehen hätte, als wäre er kurz davor, seine Dienstwaffe zu ziehen.

„Ich meine, es tut mir wahnsinnig leid um sie!“, ruderte der Journalist hastig zurück. „*Wahnsinnig* leid.“

„Mhm“, machte Rispo nur schroff. „Sie haben das Interview im Vereinsheim der Goldfunken in Merheim geführt?“

„Ja.“

„Allein?“

„Ja, ja. Alle anderen waren schon weg. Wir hatten den Termin absichtlich nach dem Training von Frau Trautenheim anberaumt. Damit sie nichts verpasst.“

„Okay ...“ Josh notierte etwas, bevor er fragte: „Und Sie sind dann allein gegangen? Sina blieb zurück?“

„Ja. Sie wollte noch irgendeine Übung durchgehen oder die Sporteinrichtung nutzen oder ... irgendetwas. Ich habe ehrlich gesagt nicht richtig zugehört. War mit dem Kopf schon voll beim Artikel.“

„Und auf dem Weg zu Ihrem Auto haben Sie niemanden mehr getroffen?“

„Nein, der Parkplatz war vollkommen leer. Da war niemand“, beharrte der Journalist.

„Im Vereinsheim auch nicht?“

„Keine Ahnung.“ Er zuckte die Achseln. „Das Gebäude ist relativ groß. Aber ich habe nichts gesehen oder gehört. Da hat auch kein Licht gebrannt. Ich dachte mir nämlich noch: Mann, ist das dunkel hier.“

„Okay, dann …“

Ein Klopfen an der Tür stahl Rispo die Worte von den Lippen und im nächsten Moment steckte jemand den Kopf ins Büro. „Wir müssen los, Simon! Und ist mein Stativ noch im Auto, ich –? Oh, sorry.“ Der Glatzkopf, der gesprochen hatte, zog eine Grimasse. „Wusste nicht, dass du Besuch hast. Trotzdem: Die Zeit rennt.“ Er tippte sich aufs Handgelenk.

Simon warf einen Blick auf seine eigene Uhr und stieß einen Schwall Luft aus. „Meine Güte, was für ein Tag. Aber du hast recht. Und ja, ich hab das Stativ gestern einfach drin gelassen. Ach, bevor ich es vergesse, Harry: Larissa lässt dich grüßen, sie fand es schön, dass du mal wieder zum Essen da warst – und bringt mich um, wenn ich es dir schon wieder nicht ausrichte.“

„Gern.“ Der Typ lächelte knapp. „Ich bin nur froh, dass es ihr wieder besser geht. Und jetzt beeil dich.“ Er warf uns einen kurzen neugierigen Blick zu, dann verschwand er wieder.

Simon Trimovitz hob die Augenbrauen in unsere Richtung und fragte, sobald die Tür ins Schloss fiel: „Haben Sie noch irgendwelche Fragen? Sonst würde ich mich auf den Weg machen. Hab noch viel Zeug zu erledigen."

„Kein Problem", sagte Josh und stand auf. „Wir sind hier fertig." Er zog eine Visitenkarte aus seiner Brieftasche und reichte sie Trimovitz. „Falls Ihnen noch irgendetwas einfällt, melden Sie sich gern. Meine Mailadresse steht auch drauf. Dahin können Sie den Artikel schicken. Und alle Fotos, die gemacht wurden."

„Klar, klar", sagte der Lockenkopf und steckte die Karte ein. „Ich hoffe, ich konnte helfen."

Ich nickte und hob die Hand, dann folgte ich Josh aus der Tür.

Wir sprachen nicht, während wir den grauen Gang entlang und an dem jetzt sehr schüchtern wirkenden Rezeptionisten vorbeiliefen, der gezielt Rispos Blick mied.

Erst, als wir wieder an die frische Luft traten und uns ein eisiger Wind ins Gesicht fegte, öffneten wir zeitgleich den Mund: „Das Armband."

Rispo hob beeindruckt eine Augenbraue.

Ich lächelte breit. „Ich bin immer wieder überraschend gut in deinem Job, oder?"

„Ich glaub, du hast als Kind einfach zu viele Drei-Fragezeichen-Kassetten gehört", bemerkte er kopfschüttelnd.

Schuldig. Aber ich hielt es für besser, das Thema nicht zu vertiefen, sonst würde er mich nur wieder daran erinnern, dass Peter, Justus und Bob fiktiv waren und sie deshalb kein vernünftiges Vorbild für mich sein konnten.

„Das Zeitfenster, in dem jemand das Herz auf dem Armband durchgestrichen haben kann, war nicht

besonders groß", murmelte ich und lief neben ihm her
zu seinem Audi A5, der komischerweise noch immer
seine Türen für mich öffnete, obwohl ich ihm bereits
diverse Dellen und ein Pinkes-Flammen-Makeover be-
schert hatte.

„Nein", stimmte Josh zu. „Sie muss es selbst zwischen
dem Interview und ihrem Tod durchgestrichen haben
… oder der Mörder oder die Mörderin hat selbst Hand
angelegt."

Ich fiel in den Beifahrersitz und ließ den Kopf nachdenklich gegen die Lehne sinken. „Neidische Freundin?
Ex-Freund?"

„Sie hatte weder einen Ex- noch einen Jetzt-Freund,
das haben mir zumindest zwanzig Goldfunkenmarie-
chen versichert. Aber andererseits haben die ja auch
behauptet, dass Sina ein toller Mensch gewesen sei",
meinte Josh schroff. „Ich fahre ohnehin jetzt noch mal
bei den Eltern vorbei und werde sie fragen."

Ich nickte und war froh darum, dass mir dieser Teil
des Jobs erspart blieb. Ich hatte Josh mal gefragt, ob es
schlimm für ihn sei, mit den Angehörigen der Toten zu
reden – und er hatte nur die Schultern gezuckt und gemeint, dass er seine Emotionen bei seinem Job zu
Hause ließ. Sie also nur Zeugen wie alle anderen für ihn
seien.

Die Vorstellung war für mich so absurd, wie die, nie
wieder meiner Mutter zu widersprechen und Keksen
komplett abzuschwören.

Aber ich schätze, es war notwendig, seine Emotionen
zu Hause zu lassen, wenn man täglich mit Gewaltver-
brechen zu tun hatte.

„Was meinst du, wieso Sina nichts über Lana gesagt hat?", fragte ich nachdenklich und schnallte mich an. „Ich meine: Wenn die beiden sich am Ende wirklich gehasst haben, dann wäre das doch die perfekte Möglichkeit gewesen, ihr öffentlich eins auszuwischen."

„Ich habe keine Ahnung", murmelte Josh kopfschüttelnd. „Ich weiß nur, dass wir sie wirklich finden müssen. Aber sie ist gestern Abend nicht nach Hause zurückgekehrt und selbst ihr Freund hat keine Ahnung, wo sie ist."

„Unpraktisch", sagte ich etwas lahm.

„Jap", bestätigte Josh und startete den Wagen. „Soll ich dich am Heumarkt rauswerfen? Ich muss sowieso in die Gegend, Sinas Eltern wohnen in der Südstadt."

Seufzend nickte ich. „Gern. Es ist frustrierend, weißt du? Mehr über einen Fall herauszufinden – und doch das Gefühl zu haben, immer weniger zu wissen."

„Na, jetzt weißt du zumindest, wie ich mich gefühlt habe, als ich dich kennengelernt habe", sagte Josh abwesend und setzte rückwärts aus der Parklücke aus.

Ich verdrehte die Augen. „Du warst viel geheimnisvoller als ich!"

„Ich bin nicht geheimnisvoll – ich bin privat. Und kann ich davon ausgehen, dass das hier deinen heutigen Mordfall-Wissensdurst gestillt hat?"

„Du musst dir keine Sorgen machen", versprach ich. „Ich geh mit Trudi ein Hochzeitskleid kaufen und muss dann in den Laden, um für die Müller-Hochzeit morgen Sträuße zu binden und den Van zu beladen. Ich habe also gar keine Zeit, mich in Schwierigkeiten zu bringen."

„Berühmte letzte Worte", murmelte Josh und fuhr los.

Kapitel 6

Ich war noch nie in einem Brautmodengeschäft gewesen.

Doch immer, wenn ich an einem der hell beleuchteten Schaufenster und den viel zu dünnen Schaufensterpuppen mit der kühlen Ausstrahlung vorbeilief, stellte ich mir drei Fragen:

1. War schon einmal jemand an einem Berg von Tüll erstickt?
2. Hatte jemals eine Braut ihre Hochzeit überstanden, ohne ihr superreines, weißes Kleid mit einem Fleck zu besudeln?
3. Wieso taten wir Frauen es uns an, ein schulterfreies Kleid zu kaufen, wenn wir den Rest des Abends damit verbrachten, den Stoff hochzuziehen, damit unsere Brüste nicht an die wohlverdiente Freiheit drängten?

Als ich jetzt jedoch *Tüll und Traumhochzeit betrat, wurden diese drei Fragen merkwürdigerweise durch drei gänzlich andere ersetzt.*

1. Warum trug Trudi eine Kappe mit der Inschrift *First Class B***** auf ihrem Kopf?
2. Wieso stand Finn neben ihr und hielt sich ein Brautkleid an den Körper, so als wollte er gucken, ob es ihm passte?

3.   Wusste Emily, die auf einer kleinen Couch gegen-
     über einem riesigen Spiegel saß, dass ihr Gesicht
     pure Panik ausstrahlte, mit der sie jeder Regisseur
     sofort als Hauptrolle eines jeden Horrorfilms ge-
     castet hätte?

Ich kam jedoch nicht dazu, auch nur eine einzige der
Fragen zu stellen, denn meine Schwester hatte mich
entdeckt und pflasterte sich ein Lächeln auf ihre
Miene.

„Guck mal, Lou. Wie schön: Finn ist da", sagte sie gepresst. Sie hatte die Augen aufgerissen wie ein Reh im
Scheinwerferlicht und sah mich erwartungsvoll an.

Als wäre es meine Pflicht, sofort einen vernünftigen
Grund aus meinem Ärmel zu schütteln, aus dem Finn
nicht hier sein durfte. Doch in meinen Ärmel befanden
sich lediglich meine Arme. Nichts weiter.

Deswegen kam nur: „Oh. Hey, Finn", über meine Lippen.

„Louisa! Du bist da. Dann kann die Party ja steigen",
sagte Trudi begeistert und zog mich in eine hastige Umarmung.

Trudi zu umarmen, war ein wenig so, als würde man
ein Kissen an die Brust drücken, in dem jemand eine
Menge Cent-Stücke versteckt hatte. Denn irgendetwas
an ihrer Kleidung klimperte immer. Ihr rosa Kleid, das
an die hundert Reißverschlüssen ein Zuhause bot, ent-
täuschte da nicht.

„Jap", bestätigte ich freundlich und klopfte Trudi
sacht auf den Rücken. Ich wollte die Umarmung nicht
zu stark erwidern, aus Angst ein paar Knochen zu

brechen. „Aber ich dachte, wir wären allein. Was tut ihr hier?“ Erwartungsvoll sah ich von Finn zu Emmi.

„Trudi hat erzählt, dass sie dich zum Kleidershoppen mitnimmt und ich meinte, dass du keinen Geschmack hast und sie mich braucht“, verkündete Emily. „Und ich finde, ich lag mit meiner Einschätzung nicht so verkehrt.“

Sie deutete vielsagend an meinem Outfit hinab, das aus meiner Keksjeans – einer Hose mit sehr losem Bund – einem schwarzen Kapuzenpullover und einem dunkelblauen Wintermantel bestand, der nur noch die Hälfte seiner Knöpfe besaß.

„Mir war einfach nur langweilig“, meinte Finn.

Seine Erklärung gefiel mir um Längen besser als Emmis.

„Aber je mehr Leute, desto mehr Spaß!“, meinte Trudi begeistert und rückte sich ihre Kappe zurecht.

Mein Blick blieb an den pinken Strasssteinen haften, die das B zierten, und ... ich musste einfach fragen: „Trudi, wieso die Bitch-Kappe?“

„Die Was-Kappe?“ Ihre Augen wurden groß.

„Die Kappe auf deinem Kopf“, erklärte ich.

Ihre Miene erhellte sich. „Oh, die habe ich letzte Woche auf dem Flohmarkt entdeckt! Ziemlich raffiniert, oder? Eine Kappe, die die Kreativität fördert.“

Ich runzelte die Stirn und wechselte einen Blick mit Emmi, die nur die Achseln zuckte.

„Inwiefern fördert sie die Kreativität?“

„Na ja, es steht nur das B drauf“, erklärte sie geduldig, so als bräuchte ich wirklich lang für eine extrem einfache Matheaufgabe. „Jeder kann also selbst entscheiden, wie er den Satz beenden möchte! First Class Bäckerin.

First Class Businesswoman. First Class Braut ..." Vielsagend hob sie die Augenbrauen. „Ich fand sie also recht passend für heute."

Meine Mundwinkel zuckten und ich presste hastig meine Lippen zusammen, damit sie sich nicht verselbstständigten. Finn war nicht so beherrscht. Er grinste bereits breit.

„Trudi", sagte ich vorsichtig. „Das B und die Sternchen stehen für *Bitch*. Das englische Wort für Schlampe."

„Was?" Sie sah mich an, als hätte ich soeben verkündet, ihre Backkünste seien höchstens annehmbar.

„Es heißt Bitch", wiederholte ich.

Einige Sekunden lang starrte Trudi mich irritiert an, dann fing sie an zu lachen. „Nein, Louisa, ich bin mir sicher, du liegst falsch. Warum sollte man sich selbst als Schlampe bezeichnen? Das tut doch keiner." Nachsichtig lächelte sie mich an, als würde sie mir großzügig für meine Dummheit verzeihen.

„Ja, Lou, wo deine Gedanken schon wieder hinwandern", stimmte Finn grinsend zu.

Emmi lachte, bevor sie hinzufügte: „Du fluchst wirklich zu viel, wenn du ein B direkt mit Bitch verbindest! Nur, weil die Kappe Trudi so gut steht, musst du sie nicht gleich schlecht machen."

Ich sah sie düster an, während Finns Grinsen noch eine Spur breiter wurde.

Warum wollte ich die beiden eigentlich wieder zusammenbringen? Zusammen waren sie eine Gefahr für die Menschheit!

Aber größtenteils für mein Seelenheil.

„Ist ja nicht schlimm. Kann jedem Mal passieren", verkündete Trudi. „Möchte wer Champagner?" Sie reckte eine bereits geöffnete Flasche Moët in die Luft. „Oh, ich", rief Emily sofort und sprang mit hastigem Blick zu Finn auf.

Es war offensichtlich, dass sie versuchte, so zu reagieren, wie es ihr Nicht-schwangeres-Ich tun würde. Wie sie darum herumkommen wollte, ihn tatsächlich zu trinken, war mir jedoch schleierhaft.

„Klar", sagte Finn.

„Ich auch", meldete ich mich. Ein Glas würde niemandem schaden.

„Knorke", sagte Trudi, bevor sie vier Gläser vom Tisch nahm und sie allesamt füllte. „Ich muss kurz mal nach der Verkäuferin sehen, die wollte ein paar Kleider für mich raussuchen, und dann kann die Modenschau beginnen." Sie klatschte freudig in die Hände und es war schwierig, bei ihrer begeisterten Miene nicht ebenfalls zu lächeln.

„Wir freuen uns, Trudi", rief Emmi ihr hinterher und Finn sagte „Jo", bevor er auf die Couch neben Emmi sank und sich über die Zeitschriften beugte, die dort auslagen.

Ich sah, wie meine Schwester sich auf die Unterlippe biss und sein Profil studierte, während sie mit dem Zeigefinger abwesend über ihren Bauch strich.

Da lag so viel Sehnsucht in ihrem Blick, wie ich es sonst nur von mir selbst kannte, wenn ich an dem hübschen Schaufenster einer Konditorei vorbeiging.

Oh Mann. Wenn Finn wüsste, was für eine schwere Zeit Emily gerade hatte, wäre er sofort an ihrer Seite, das wusste ich. Wenn sie sich nur dazu überwinden könnte, ihm zu sagen …

„Ey, guck mal, du bist mal wieder in der Zeitung, Lou“, meinte Finn in diesem Moment und wedelte mit einer der Zeitungen, die auf dem flachen Wohnzimmertisch auslagen, grinsend über seinem Kopf herum.

„Was?“

Nein, das konnte nicht sein. Dann hätte meine Mutter mich schon längst angerufen und beschuldigt, ein zu aufregendes und nicht familienfreundliches Leben zu führen.

Stirnrunzelnd trat ich vor und zog sie ihm aus den Fingern. Es war die *Rheinländer Rundschau*, deren Schlagzeile auf der Titelseite lauter schrie als eine Braut, deren Schleier sich in einem Rasenmäher verfangen hatte.

Funkenmariechen-Mord: Leiche fällt vom Umzugswagen.

„Oh Mann“, murmelte ich und setzte mich auf Emilys andere Seite. „Die Zeile würde mich bei Facebook definitiv zum Clickbait-Opfer machen.“

„Du benutzt noch Facebook?“, sagte Finn schockiert. „Ich dachte, du bist letztens dreißig, nicht fünfzig geworden!“

Das ignorierte ich mal geflissentlich. Ich war sowieso zu beschäftigt damit, das Bild zu studieren, das den Großteil der Seite einnahm.

Es zeigte den Umzugswagen der Goldfunken zu genau dem Moment, als die Leiche zum Vorschein gekommen war. Da war der Trompeter, der entsetzt auf den toten Körper sah. Da war ich, die mit vor den Mund geschlagener Hand zu Sina hinabsah. Und dann war da natürlich die Leiche selbst, die zugegebenermaßen einen sehr dramatischen Anblick bot.

Das war eine verdammt gute Momentaufnahme. Mein Blick flog über die Zeilen bis zur rechten unteren Ecke der Zeitung.

Der Artikel war von Simon Trimovitz geschrieben worden. Natürlich. Er war wahrscheinlich beauftragt worden, den Auftritt der Goldfunken zu begleiten, um ihn in sein Interview mit Sina einfließen lassen zu können.

„Oh, du siehst ganz schön käsig auf dem Bild aus, Louisa", bemerkte Emily, die mir über die Schulter guckte. „Also, auch ohne das Käsekostüm." Dann setzte sie leiser hinzu: „Darf ich ein Bild machen und es Mama schicken? Dann wird sie nicht so schockiert sein, wenn ich ihr erzähle, dass ich ein Baby im Ofen habe – weil sie zu entsetzt von deinem Leben sein wird."

„Das kannst du vergessen", erwiderte ich freundlich, faltete den Artikel zusammen und steckte ihn in meine Handtasche.

Es konnte nie schaden, ein Bild vom Tatort zu haben. Oder Nicht-Tatort, da Sina ja offenbar ertränkt worden war.

Ich erschauderte allein bei dem Gedanken daran.

„Geht es dir gut, Louisa?", wollte Trudi wissen, die soeben zurückgekehrt war, und drückte mir eines der Champagnergläser in die Hand, die noch unberührt auf dem Tisch gestanden hatten. „Oder machen die ganzen Brautkleider dich nervös?"

Nein, nicht *alle* Brautkleider.

Aber das, was Trudi in den Armen trug, definitiv.

Ich nahm hastig einen Schluck aus dem Glas, damit Trudi die Grimasse, die ich zog, nicht mitbekam. Aber das Stoff-Ungetüm war erschreckender als der Gedanke daran, ertränkt zu werden.

Es war an einigen ungünstigen Stellen äußerst durchsichtig, während andere so schwer mit glitzernden Schmucksteinen beladen waren, dass die Sterne am Himmel klagen würden. Denn sie hatten sicherlich Angst um ihren Job.

„Mir geht es wunderbar, Trudi", sagte ich, sobald ich den Alkohol heruntergeschluckt hatte, und lächelte sie breit an. Aber wahrscheinlich sah sie das gar nicht, weil das Glitzern der Fake-Diamanten sie blendete. „Und ich bin gespannt, wie … ähm … manche der Kleider an dir aussehen."

„Ich auch", sagte Trudi mit leuchtenden Augen. „Weißt du, auf meiner ersten Hochzeit habe ich kein weißes Kleid getragen. Mein Günter fand es nicht passend, da wir ja schon vor der Ehe Sex hatten und Weiß doch für Unschuld und dergleichen steht. Aber jetzt werde ich alle Register ziehen."

Ja, jetzt, da sie noch so viel schuldiger war, tat die kleine Sünde, unrechtmäßig Weiß zu tragen, auch nichts mehr zur Sache. Da gab ich ihr vollkommen recht.

„Darauf trinke ich", sagte ich und stieß mit ihr an.

Trudi kicherte und reichte auch Finn und Emmi ein Glas, um die Prozedur zu wiederholen.

Finn leerte sein Glas in einem Zug, Emmi führte ihres an die Lippen … ließ es jedoch sofort wieder sinken, sobald Finn den Blick abwandte.

„Finn, kannst du mir dabei helfen, in das Kleid zu kommen?", fragte Trudi einen Augenblick später und nickte zur Umkleide neben dem Spiegel.

Finn wurde bleich. „Was?", krächzte er.

„Ich bin keine sechzig mehr, junger Mann", sagte Trudi ernst. „Ich kann meine Arme nur noch bedingt über meinen Kopf heben und brauche Hilfe bei den Knöpfen und Reißverschlüssen." Sie winkte ihn zu sich heran, bevor sie in der Umkleidekabine verschwand.

Entsetzt sah Finn ihr hinterher, bevor er sich uns zuwandte und das Wort *Hilfe* mit den Lippen formte.

Ich musste lachen. „Es ist eine ehrenwerte Aufgabe", meinte ich und klopfte ihm aufmunternd auf die Schulter.

„Du arbeitest im Zoo, Finny", sagte Emmi unschuldig. „Du weißt also, wie du mit wilden Tieren umzugehen hast."

„Aber Trudi ist schlimmer als ein wildes Tier!", zischte er panisch. „Und sie wird sich *ausziehen*."

Emmi grinste breit und machte eine ausladende Bewegung zur Umkleide hin. „Viel Spaß."

„Finn? Wo bist du? Das ist wirklich die Aufgabe für einen echten Mann", rief Trudi durch den Stoff.

„Genau, Finn. Sei ein echter Mann", meinte ich ernst.

„Verräterin", grummelte er, bevor er widerstrebend aufstand, mehrfach schluckte und zur Umkleide schlenderte.

Sobald er hinter dem Stoff verschwunden war, beugte sich Emily vor und griff nach meinem Unterarm.

„Trink meinen Champagner, Lou!", zischte sie und hielt mir das Glas ins Gesicht.

„Was? Nein! Ich habe meinen eigenen."

„Irgendwer *muss* ihn trinken", wisperte sie hektisch.

„Du hättest einfach sagen sollen, dass du nichts
willst!"

Sie schnaubte ungläubig. „In welcher Welt würde ich
Nein zu kostenlosem Alkohol sagen? Dann hätte ich
Finn gleich den Schwangerschaftstest in die Hand drü-
cken können."

Da war was Wahres dran, aber trotzdem: „Emmi ..."

„Nein!", unterbrach meine Schwester mich und sah
hektisch zur Umkleidekabine. „Trink ihn. *Jetzt!* Du
schuldest es mir."

„Wofür?", fragte ich ungläubig.

„Dafür, dass ich Mama damals nicht verraten habe,
dass du den Schokokuchen gegessen hast. Und Jannis
habe ich auch nie erzählt, dass du zuerst dachtest, seine
wunderschöne Tochter Isabel sähe aus wie ein rosa
Fleischklops, der auf den Grill gehört!"

„Das ist beides Ewigkeiten her!"

„Gefallen unter Geschwister verjähren nicht!"

„Tatsächlich schon", widersprach ich und zitierte
Josh: „Alles außer Mord verjährt."

„Lou." Emily biss die Zähne aufeinander. „Hör auf,
blödes Zeug zu quatschen, und betrink dich für mich.
Solange Finn noch weg ist. Das ist wirklich nicht zu viel
verlangt."

„Aber ..."

„Lou! Ich bin noch nicht bereit, es ihm zu sagen." Ihre
Stimme war so flehentlich, dass ich eine Gänsehaut bekam ... und im nächsten Moment das Champagnerglas
exte.

Die Flüssigkeit prickelte in Mund und Rachen, bevor
sie sich warm in meinen Magen legte. „Zufrieden?",
meinte ich seufzend.

Erleichtert ließ sie die Schultern sinken und nahm mir das Glas ab. „Danke."

Zu mehr Worten war keine Zeit, denn der Vorhang der Kabine wurde nach hinten gerissen und ein leicht traumatisiert aussehender Finn taumelte heraus.

Doch er hielt meine Aufmerksamkeit nicht lang. Denn Trudi trat aus seinem Schatten und stieg auf das Podest vor dem riesigen Spiegel.

Ich war froh, dass ich den Champagner geext hatte, denn ansonsten hätte ich mich jetzt mit Sicherheit verschluckt.

„Oh, wow", sagte Emmi tonlos. „Du siehst ... toll aus, Trudi. Sehr ..." Sie räusperte sich und neigte kritisch den Kopf. „Glänzend? Jung?"

„Ja ... wieder wie sechzig", stimmte Finn zu.

Ich öffnete den Mund, doch kein Ton kam hervor. Ich war zu sprachlos.

Dieses Kleid war wirklich umwerfend ... umwerfend gut darin, sämtliche Problemzonen Trudis zu betonen!

Die falschen Brillanten warfen unschmeichelhaftes Licht auf jeden einzelnen von Trudis Altersflecken. Die Puffärmel lenkten die Aufmerksamkeit auf die schlackernde Haut ihrer Oberarme. Und die durchsichtigen Stoffelemente zeigten ihren *Bauchnabel.* Man sollte bei einer Hochzeit gar keinen Bauchnabel sehen können. Weder den der betagten Braut noch von irgendwem! Außer vielleicht ein Baby wurde parallel getauft. Aber dann auch nur, wenn man sich in einer katholischen Kirche befand, in der nicht nur der Kopf mit Wasser benetzt wurde, sondern man in einen Weihwasser-Whirlpool steigen musste.

„Du … du bist definitiv eine … Erscheinung", brachte
ich schließlich hervor. Auch wenn die Antwort etwas
gewürgt klang. Als hätte ich mich mehrfach an ihr verschluckt. Was der absoluten Wahrheit entsprach.

„Ja, oder? Ich finde es sehr geheimnisvoll!", murmelte
Trudi und drehte sich um die eigene Achse.

Ich musste ihr widersprechen. Nichts an dem Kleid
war geheimnisvoll. Dafür *zeigte* es viel zu viel. Aber ich
wollte ihr auch nicht die Stimmung vermiesen. Ebenso
wenig konnte ich sie jedoch ein Kleid kaufen lassen,
das Dutzende von Schaulustigen sich an ihrem Essen
verschlucken und einen grässlichen Erstickungstod
sterben ließ.

„Vielleicht solltest du noch was anderes anprobie-
ren?", schlug ich diplomatisch vor. „Nur damit die anderen Kleider sich nicht schlecht fühlen?"

„Oh, auf jeden Fall – aber erst noch einen Champagner! Finn und Emmi sind ja schon fertig … und Lou, jetzt
sei kein Spielverderber und trink aus."

Pflichtbewusst leerte ich mein eigenes Glas, bevor ich
erwartungsvoll zu Emmi sah und darauf wartete, dass
sie verkündete, einer würde ihr reichen.

Doch der Moment kam nicht.

Stattdessen meinte meine Schwester strahlend: „Klar!
Immer her damit."

Ungläubig öffnete ich den Mund, doch als ich ihren
bittenden Blick bemerkte, sank mein Magen.

Na gut. Noch ein Glas war sicherlich okay.

Es konnte nicht schaden.

Eine Stunde und zehn Champagnergläser später war
meine Welt in Ordnung.

Nein, was redete ich da?

Die Welt war *toll!*

Und vielleicht war es der Alkohol oder die Tatsache, dass das Licht schlechter geworden war, weil draußen Wolken aufzogen, aber die Kleider, die Trudi anzog, wurden immer schöner.

Klar, es war nicht jedermanns Sache, ein Hochzeitskleid zu haben, das mit der Betätigung nur eines Schalters in hundert Lichtern erglomm und somit aussah wie ein besonders frommer Weihnachtsbaum. Oder aber auch ein Kleid, das mit Dutzenden Troddeln versehen war, sodass es sich auch wunderbar als Couchkissen geeignet hätte.

Aber das Meerjungfrauenkleid, das Trudi gerade trug, das mit Dutzenden Muscheln versehen war, die bei jedem Schritt geräuschvoll aneinander klackten, war ganz hübsch. Es ließ sie aussehen wie Arielle die Alte Jungfer.

Ich nippte zufrieden an meinem Champagner und wiegte den Kopf von rechts nach links, im Takt der Musik, die seit mehreren Minuten in meinem Kopf spielte. Ich war mir ziemlich sicher, dass es sich um *Bitch* von Meredith Brooks handelte. Aber vielleicht dachte ich das auch nur, weil Trudi noch immer ihre Kappe trug.

„Und? Was meint ihr?“, wollte Trudi wissen und wedelte mit ihrem Kleidersaum.

„Wundervoll!“, sagte ich laut und ahmte einen Regenbogen mit meinen Händen nach, um meine Begeisterung zu betonen. Das brachte Emmi aus einem unerfindlichen Grund zum Lachen. Egal, sie war ein komischer Kauz. Sie lachte über viele Dinge. „Aber weißt du, jetzt, da ich darüber nachdenke, war das erste Kleid auch gar nicht so schlimm", fuhr ich fort. Meine Aversion gegen Bauchnabel auf Hochzeiten verstand ich zumindest längst nicht mehr. Jeder hatte einen Bauchnabel. Jeder sollte ihn zeigen dürfen. „Trudi, du hast eine glitzernde Persönlichkeit. Du solltest glitzern. Oh!" Ich streckte die Hand in die Luft und wartete darauf, dass mich jemand drannahm – doch dann ging mir auf, dass wir nicht in der Schule waren und ich auch einfach weiterreden konnte. „Ich weiß was. Trudi: Du solltest dir ein Discokugelkleid kaufen! Das würde deiner Persönlichkeit entsprechen."

Trudi kicherte und Finn klopfte mir auf die Schulter. „Du hast tolle Ideen, Lou. Willst du noch etwas Champagner?", fragte er grinsend.

„Immer", sagte ich erfreut und reichte ihm mein Glas. Das Zeug war lecker. Und es prickelte auf meiner Zunge. Und es wärmte mich, was gut war, da es draußen ja kalt war. Auch wenn es hier drinnen nicht kalt war. Aber irgendwann würde ich rausgehen müssen. Wo es kalt war. Und da war es besser, wenn mir warm war.

Richtig?

Moment, wo war es noch mal kalt und wo warm?

„Oh, ich auch!", verkündete Emily.

Super. Mehr für mich!

Sie reichte Finn ihr Glas und ließ es etwas in ihrer Hand wackeln.

Sie tat schon die ganze Zeit so, als wäre sie etwas betrunken. Dabei war ich die Einzige, die ... nein, betrunken war ein zu starkes Wort. Ich war besinnungslos betüdelt?   Nein.   Aufmerksamkeitsheischend angeschippert. Begeistert beschwipst. Beharrlich blau. Beispiellos berauscht. Beklagenswert benebelt.

Wieso zur Hölle gab es so viele Synonyme von betrunken, die mit B anfingen? Das erschien mir nicht fair gegenüber den anderen Buchstaben. Und warum sprach ich nicht viel öfter in innovativen Alliterationen? Das war ein schreckliches Versäumnis meinerseits. Nein. Ein verachtenswertes Versäumnis.

Ich trank einen weiteren Schluck von meinem neuen Champagner und ließ den Blick durch den Raum schweifen.

Hochzeitskleider waren schon wirklich hübsch. Andererseits … „Weiße Kleider sind nicht für schlechte Motorbiker geeignet", stellte ich laut fest.

„Motorbiker?", fragte Finn verwirrt.

„Äh, Motoriker!", korrigierte ich mich. „Wenn ich ein weißes Kleid zu meiner Hochzeit anziehen würde, dann wäre es nach der Vorspeise bunt."

„Ist doch cool", meinte Emily grinsend. „Dann hast du einen Kleiderwechsel, ohne Kleider wechseln zu müssen."

„So …", verkündete die kleine, braunhaarige Verkäuferin, die innerhalb der letzten Stunde immer wieder ins Lager und zurückgewuselt war. Sie hatte ein sehr spitzes Gesicht und erinnerte mich an eine Maus. Eine Maus mit dem schönsten Kleid in den Armen, das ich je gesehen hatte.

Es war schlicht und cremeweiß. Mit weit auslaufendem Rock und einer spitzenbesetzten Schulterpartie, die in lange, grazile Ärmel überging, ebenfalls vollkommen aus Spitze.

Ich war kein modischer Mensch.

Mode interessierte mich nur, wenn man noch ein M dranhängte und ich herausfinden musste, warum das Internet nicht funktionierte.

Aber dieses Kleid war so ... so filigran ... so zeitlos schön ... so ...

„Wow", hauchte ich.

„Das gab es leider nur noch in Größe vierzig, Frau Freimann", meinte die Verkäuferin bedauerlich. „Ich fürchte, das wird ihnen nicht passen."

„Das macht nichts", meinte Trudi und winkte ab. „Es ist mir ohnehin zu schlicht."

„Was?", rutschte es mir heraus und ich sprang auf. „Es ist perfekt! Es ist ... wie aus Sternenlicht genäht."

Die Verkäuferin blinzelte verwirrt. „Nun, nein. Ich bin mir sehr sicher, dass es zu hundert Prozent aus Spitzenstoff und Seide besteht."

„Wenn du so begeistert bist, dann zieh du es doch an, Lou!", schlug Trudi vor. „Ich bin sowieso müde vom vielen Armheben und könnte eine Pause gebrauchen."

Sie ließ sich auf meinen Platz sinken und nickte zufrieden.

„Neee, aber ich heirate doch gar nicht!", sagte ich kopfschüttelnd.

„Na, wenn es nach Josh geht, schon recht bald", meinte Finn achselzuckend.

„Und vierzig ist deine Größe, oder nicht?", fügte Emily hinzu.

Sie hatte recht. Und das Kleid war schön – und oh mein Gott, ich wollte es anziehen!

Noch dringender als ich ein weiteres Glas Champagner trinken wollte.

„Okay, aber nicht Josh sagen! Das könnte falsche Signale senden!", sagte ich hastig, schnappte mir das Kleid und verschwand in der Umkleide.

„Soll Finn dir helfen?", rief Trudi.

„Nein. Nur *ein* Rispo darf mich nackt sehen – und das ist nicht Finn", verkündete ich, schlüpfte aus Sweatshirt und Jeans und zog das Kleid über den Kopf.

Der Stoff war so unendlich weich und leicht, dass ich aufseufzte. Es war, als würde ich eine Wolke überziehen.

Obwohl, nein, Wolken waren nass.

Es war, als würde ich mich in warme Wattepads kleiden.

Nein, das gefiel mir auch nicht. Watte blieb überall hängen.

Egal. Mein Kopf funktionierte irgendwie gerade nicht richtig. Es fühlte sich auf jeden Fall toll an!

Ich zog den Reißverschluss an der Seite zu und trat aus der Umkleidekabine.

Der Rock war ein wenig zu lang, da ich noch meine normalen Straßenschuhe trug, deshalb raffte ich ihn mit meinen Händen nach oben, aber ansonsten …

„Scheiße, Lou", stieß Finn aus.

„Louisa, du siehst fesch aus!", meinte Trudi anerkennend.

„Mann, Lou", stellte Emmi fest. „Ich wollte eigentlich einen dummen Witz machen – aber du siehst echt schön aus."

Meine Wangen wurden heiß und vorsichtig drehte ich mich zum Spiegel.

Oh, wow.

Das Kleid saß überraschend gut. Meine braunen, welligen Haare bildeten einen hübschen Kontrast zum Weiß und meine Taille sah ziemlich dünn aus. Obwohl sie normalerweise die Breite von fünf Prinzenrollenpackungen hatte.

Ich strich vorsichtig über meine Seiten, während weiteres Blut in meinen Kopf strömte.

Mir war klar, dass ich nicht vollkommen hässlich war. Aber das Wort *schön benutzten* nicht viele Leute.

Außer Josh. Aber der schlief auch mit mir und wurde von den Pheromonen vernebelt, die meine Haut ausdünstete.

Vorsichtig drehte ich mich nach links und rechts. Mann, ich sah echt nicht schlecht aus. Alle anderthalb Versionen von mir.

Ich blinzelte mehrfach, bis ich nur noch einen Kopf hatte.

Okay, ich war möglicherweise wirklich etwas angeschickert. Aber auf die beste Art und Weise!

Denn meine Wangen glühten und meine Augen irgendwie auch ... ah nein, das war nur das Deckenlicht, das sich in meinen Pupillen gespiegelt hatte.

Aber hey, ich sah wirklich sehr ... brauthaft aus.

„Du solltest es kaufen", verkündete Emmi. „*Irgendwann* wirst du ja schließlich heiraten, oder?"

„Ich kann es nicht kaufen", sagte ich ungläubig. „Wir sind für Trudi hier."

„Ich fände es okay, wenn wir beide ein Kleid kaufen", sagte die alte Dame und machte eine wegwerfende Handbewegung.

„Nee", widersprach ich und trat vom Spiegel zurück.

„Ja, hast recht", sprang Finn ein. „Das könnte Josh etwas verwirren, wenn du mit Brautkleid nach Hause kommst." Er stand vom Sofa auf und lief an mir vorbei. „Ich geh kurz auf die Toilette."

Das war ein valider Punkt.

Aber es war so *hübsch*. Und mein Kopf fühlte sich so leicht an und ...

Moment.

Ich blinzelte und starrte mit offenem Mund aus dem Fenster.

Was zur *Hölle*?

Keine fünf Meter vom Schaufenster entfernt stand eine rothaarige junge Frau, die an ihrem Daumennagel knabberte und von rechts nach links sah. Und sie trug ein golden-rotes Kostüm.

Das Kostüm der Goldfunken.

„Lou, ist dir schlecht?", fragte Emily vorsichtig.

Ich beachtete sie nicht.

Mein Magen zog sich nervös zusammen und hastig ging ich näher ans Fenster.

Das *konnte* nicht sein.

Wie besoffen war ich?

Die Frau drehte sich um, sodass ich einen guten Blick auf ihr Gesicht erhaschte ... braune Augen, Sommersprossen; scheiße, das war Lana Kern!

Diejenige, die alle suchten. Die beste Freundin oder größte Feindin von Sina.

„Da draußen steht eine Mordverdächtige", hauchte ich.

„Was?" Emmi stand auf und gesellte sich zu mir. „Ich hätte dir den letzten Champagner nicht mehr geben dürfen."

„Emily!", sagte ich scharf. „Die Rothaarige ist Lana Kern."

„Nein!", sagte meine Schwester schockiert. „Lana – die, der Sina den Platz weggenommen hat?"

„Ja. Die Polizei sucht sie. Niemand weiß, wo sie ist."

„Nun ... sie steht da! Du solltest sie festnehmen."

„Ich hab nur die Autorität Blumen zu verkaufen – nicht Verbrecher festzunehmen", zischte ich. „Ich besitze noch nicht mal Handschellen!"

„Nun, meine sind zu Hause in meinem Nachttisch", murmelte Emmi nachdenklich. „Aber wir können sie vielleicht in den Laden locken?"

„Wie?", fragte ich verdattert.

„Keine Ahnung, wir ... können eine Würstchenspur die Treppen hochlegen, der sie dann folgt."

„Sie ist keine Hündin, Emmi!", stellte ich das Offensichtliche fest, während sich in meinem verklärten Hirn langsam die dichten Wolken lichteten. Das musste das Adrenalin sein, das auf einmal durch meine Adern pumpte.

„Dann Schokolade?"

„Das würde bei mir, aber niemand anderem funktionieren", murmelte ich. „Außerdem bin ich nur zu achtzig Prozent sicher, dass sie es ist."

„Was tuschelt ihr denn dahinten?", wollte Trudi verärgert wissen und trippelte unter einer Menge Tüllgeraschel zu uns herüber. „Warum starrt ihr das arme rothaarige Mädchen an?"

„Es könnte sein, dass sie eine wichtige Zeugin in dem Fall des toten Funkenmariechens ist", flüsterte ich – auch wenn mir nicht ganz klar war, warum. „Lana

Kern. Sie sieht aus wie auf dem Foto in Rispos Akte, aber ... ach, vielleicht ist sie es nicht."

Ich hatte das Bild schließlich nur ein paar Sekunden lang gesehen und nur weil sie rote Haare hatte und das Kostüm trug ...

„Na, ist doch ganz einfach herauszufinden, ob sie Lana heißt", sagte Trudi knapp, lief an mir vorbei und riss die Tür auf, bevor sie laut: „Lana!", schrie. „Lana! Huhu!"

Das Mädchen drehte sich erschrocken um, starrte Trudi einige Sekunden lang an ... und eilte dann über den Platz auf eine der Gassen zu, die in Richtung Rhein führten.

„Trudi!", rief ich bestürzt. „Sie läuft weg!"

„Ups. Ja. Das sehe ich", sagte sie achselzuckend. „Man sollte sie wohl verfolgen, was? Wenn sie eine so wichtige Zeugin ist."

Sehr gute Idee. „Emmi!", rief ich und gestikulierte nach draußen. „Lauf ihr nach!"

„Ich?" Meine Schwester machte große Augen. „Nein. Mein Uterus wird zurzeit bewohnt, Lou. Was ist, wenn ich zu schnell renne, und mein Baby zu Rührei wird?"

Frustriert sah ich zu Trudi.

„Oh, ich darf nicht rennen. Meine Hüfte", sagte sie entschuldigend. „Das weißt du doch."

Oh, nein ...

Es war kalt und rutschig draußen und es hatte angefangen zu nieseln ...

Scheiße!

Scheiße, scheiße, scheiße.

Mein Blick flog hektisch durch das Schaufenster zu der Gasse, in die Lana gerade verschwand, und dann an meinem Kleid hinab ...

„Fuck, ruft Josh an! Sie ist auf dem Weg zum Rhein", fluchte ich und raffte im nächsten Moment meinen Kleidersaum nach oben.

Alles halb so wild.

Ich war krass. Ich konnte Lana hinterherrennen und das Kleid weiß lassen. Gar kein Problem. Ich war die verdammte Blumendetektivin. Ich lief schneller als die Welt sich drehte.

Obwohl sie innerhalb der letzten halben Stunde beängstigend schnell geworden zu sein schien und das Adrenalin noch nicht jeden Tropfen Alkohol aus meinen Adern gedrängt hatte.

„Hey!", rief die Verkäuferin schockiert, als ich zur Tür stürmte. „Sie können nicht einfach mit dem Kleid abhauen!"

„Keine Sorge", hörte ich Trudi sagen. „Sie stellt nur kurz einer Verdächtigen nach. Ich bin mir sicher, danach kommt sie sofort zurück. Könnte ich noch etwas Champagner ..."

Den Rest hörte ich nicht mehr, denn die Tür schlug bereits hinter mir zu.

Kapitel 7

Wenn es eins gab, was ich hasste, dann war es Rennen.

Denn Rennen war ein Zeichen von Zuspätkommen. Rennen war ein Zeichen von zu viel Energie und dem Wunsch, seine Brüste schmerzhaft zum Wackeln zu bringen.

Rennen war das Beschwingtgehen der armen Deppen, die glaubten, mit genügend Schritten ihre Seele reinigen und ihren Kopf leeren zu können.

Nein, ich hasste Rennen und ich war auch nie besonders gut darin gewesen.

Wenn die Sportlehrerin angekündigt hatte, dass wir heute den Achthundertmeterlauf trainieren würden, hatte ich sofort schlimme Unterleibsschmerzen bekommen, die mich leider daran gehindert hatten, mitzumachen.

Kein Champagner der Welt konnte mich das vergessen lassen.

Umso überraschter war ich, als meine Füße blitzschnell über den Pflasterstein donnerten.

Der weiße Kleidersaum flatterte im Wind und die kalte Luft biss in mein Gesicht, doch meine Schritte waren lang und stetig und jetzt hatte ich bereits den Heumarkt überquert und die Gasse erreicht und war immer noch nicht hingefallen.

Das war definitiv eine Schlagzeile in der Rheinländer Rundschau wert! Ich würde Simon Trimovitz anrufen müssen. Sobald ich wieder genug Luft hatte, verstand sich. Und das würde etwas dauern, denn so flink meine Beine auch waren – meine Lunge war heillos überfordert.

Sie brannte, als hätte ich entzündete Streichhölzer geschluckt. Eisige Februarluft und keinerlei Kondition waren keine gute Mischung.

Und trotzdem lief ich weiter die Gasse hinab, an deren Ende ich jetzt das golden-rote Kostüm der Goldfunken erkennen konnte.

Meine Schritte hallten wie Donnerschläge von den Wänden wider und es überraschte mich nicht im Geringsten, dass Lana sich entsetzt zu mir umdrehte, sah, dass eine verrückte Braut sie verfolgte – wortwörtlich – und ebenfalls anfing zu rennen.

„Nein! Lana! Ich bin ein … Freund …“ Das letzte Wort kam leider so atemlos aus meinem Mund hervor, dass man es leicht mit *Feind* hätte verwechseln können. Ich nahm es ihr also nicht wirklich übel, dass sie mich ignorierte und nach links bog, auf die Parallelstraße zum Rhein, auf der die Cocktails 14 Euro kosteten und niemand außer den blauäugigen Touristen was essen ging. Aber sie war noch immer in meinem Sichtfeld und … Ich konnte sie nicht entkommen lassen!

Also beschleunigte ich erneut, stieß einen Mönch beiseite – Echt? Verkleidet? Keine Ahnung! Ich würde zu Weihnachten was in die Kollekte tun – und wich einer Milka-Kuh aus.

Mein Magen rumorte, weil der Champagner darin von der einen auf die andere Seite schwappte, als befände ich mich auf hoher See. Meine Seiten stachen, meine Lunge brannte … so mussten sich betrunkene Olympioniken fühlen! Da war ich mir sicher.

Der Dom kam in Sichtweite und ich sprintete weiter die Rheinpromenade entlang, an der Dutzende junge Leute in Verkleidungen mit Bier in der Hand saßen und mir hinterherjohlten.

„Die Braut, die sich nicht traut, Alter!"

„Wo ist dein Bräutigam?"

Ich achtete nicht auf sie. Mein Blick haftete auf Lana, die zwar noch immer rannte, aber deren Schritte trotzdem merkwürdig vorsichtig waren. Als hätte sie Angst, zu stolpern. Außerdem sah sie immer wieder über die Schulter zu mir zurück, was sie zusätzlich verlangsamte.

Meine Fresse, ich würde sie einholen!

Ich, Lou-kriegt-eine-Teilnehmerurkunde-Manu, würde eine sehr junge, sehr sportliche Frau einholen.

„Lana!", rief ich. „Bleib stehen. Ich will nur reden!"

Natürlich blieb sie nicht stehen. So wie niemand in der Geschichte der Verbrecherjagd jemals stehen geblieben war, wenn man ihn darum gebeten hatte.

Stattdessen machte sie einen Schlenker nach links, auf den Rheingartenbrunnen zu. In Richtung der Treppen, die zum Dom, nicht zu vergessen zum Hauptbahnhof, hinaufführten.

Oh, nein. Die würde sie niemals erreichen. Nicht, wenn es nach mir und meinen bleiernen … äh, athletischen Beinen ging!

Sie war jetzt nur noch zehn Meter vor mir, doch ich hatte den Vorteil, dass ich schräg über den Platz laufen und meinen Weg somit verkürzen konnte.

Also änderte ich die Richtung und rannte mitten in die Brunnenlandschaft hinein, meinen Rock fest in den

Armen haltend, damit der Saum nicht beschmutzt wurde.

Der Rheingartenbrunnen war eine hügelige Landschaft aus Betonklötzen, Bodenwellen und Wasser, an der im Sommer gerne Kinder spielten.

Auch jetzt konnte ich einige Mütter mit Kinderwagen erkennen, aber vor allem sah ich die Schaumbläschen auf dem Wasser, die sichergingen, dass niemand auch nur einen Fuß dort hineinsetzen wollte. Vor allem, wenn man wie jeder Kölner wusste, dass eigentlich im Winter kein Wasser in dem Brunnen floss. Was die Grütze noch fragwürdiger machte.

Igitt.

Es roch nach Bier und Karneval und obwohl es lange nicht so voll war wie gestern oder aber auch wie jeden Rosenmontag, musste ich trotzdem einer Menge Leuten ausweichen.

Doch Lana ging es ebenso und jetzt waren es nur noch fünf Meter.

Wenn ich geradewegs durch das Bierwasser rannte, könnte ich sie kriegen.

Doch das Wasser würde spritzen. Es würde das Kleid versauen. Das Kleid, das *nicht* mir gehörte.

Was tat ich?

Was tat ich?

Meine Gedanken zuckten von einem Punkt zum nächsten, während mich meine Beine stur weitertrugen und mein Atem nur noch ein flaches Pfeifen war.

Ich konnte nicht durchs Wasser rennen. Es war rutschig, es war dreckig, ich trug ein verdammtes weißes Kleid!

Lana hatte mittlerweile den äußeren Rand der Brunnenlandschaft erreicht. Sie war zum Greifen nah. Ich könnte sie in zwei Schritten kriegen. Und wenn ich nicht durch die zwei Meter breite Wasserlache laufen konnte ... dann konnte ich einfach hinüberspringen.

Die Lösung lag auf einmal glasklar vor mir!

Ich konnte so weit springen!

Überhaupt gar kein Problem.

Ich war so schnell gerannt wie noch nie. Ich würde so weit springen wie noch nie.

Es war eine vollkommen logische Schlussfolgerung.

Josh wäre stolz auf mich!

Ich beschleunigte ein letztes Mal, sprintete zum Rand, sprang ab ... und flog durch die Luft.

Ich war mir ziemlich sicher, dass ich von Weitem wie ein Ninja aussehen musste.

Warum hatte ich mir Sorgen gemacht? Springen war leicht. Ich war eine verdammte Super-Athletin! Hopste wie ein Pferd über den Wassergraben.

Lana war wirklich *sehr* nah. Sie war *direkt vor mir.*

Was konnte schiefgehen?

Ach, und wie landete man am besten?

Oh Shit.

Meine Fußsohlen knallten schmerzhaft auf den Asphalt und ich taumelte nach vorn gegen Lana, die stolperte und mich im nächsten Moment vehement von sich stieß.

Mir fiel der weiße Rock aus der Hand, da ich meine Hände brauchte, um das Gleichgewicht nicht zu verlieren.

„Uff", machte Lana.

„Argh", machte ich ... und dann drang ein hohes, schrilles Quietschen aus meinem Mund, weil ich drohte nach hinten zu kippen.

Meine Hände fuhren instinktiv nach vorn. Ich klammerte mich an Lana fest, um nicht zu fallen.

Doch Lana wog höchstens sechzig Kilo und ich ... nun, wer wollte sich schon in Einzelheiten verlieren? Unterm Strich wog ich *mehr*!

Sie hatte keine Chance.

Überrascht von meiner Attacke fuchtelte sie mit den Armen herum, knickte, von meinem Gewicht heruntergezogen, zur Seite weg und flog zusammen mit mir seitwärts in die Brunnen-Kuhle.

Meine Schulter traf schmerzhaft auf Stein. Wasser, Bier und Dreck spritzten auf. Ich verlor einen Schuh und die Pailletten von Lanas Kostüm, nach dem ich gegriffen hatte, gruben sich unter meine Nägel. Das Johlen von umherstehenden Menschen hallte zusammen mit Wasser-Geplätscher in meinen Ohren wider.

„Was zur Hölle!", schrie Lana und ich zuckte zusammen, weil ihr Mund unfassbar nah an meinem Ohr war. „Lassen Sie mich los!" Sie schlug auf meine Arme ein und versuchte, sich meinem Griff zu entwenden, sodass weiteres Wasser aufspritzte. „Sie verrückte Furie! Sie ... tragen Sie ein *Brautkleid?*"

Ihre Augen quollen ungläubig hervor.

Ich sah an mir herab. Scheiße, wie sah das Kleid aus? Das hier war nur Wasser, richtig? Das ging wieder raus. Jaja. Nur Wasser ... und ein wenig Bier und Schmutz.

„Ich ... also ... du hättest nicht weglaufen müssen!", sagte ich laut und umklammerte ihre Oberarme, damit sie aufhörte, mich zu schlagen, während ich versuchte, meinen Oberkörper aus dem Wasser zu hieven. „Ich wollte nur reden. Du wirst gesucht."

Oh Gott, das hier war ein Desaster! Aber wenigstens hatte ich Lana gefunden. Und ich würde sie sicher nicht loslassen. Egal, wie sehr sie versuchte, mir die Augen auszukratzen.

„Du hast mich niedergewalzt", fuhr sie mich an und wand sich in meinem Griff. Ihre Beine lagen unter meinen und jetzt versuchte sie, mich von ihr herunterzurollen, indem sie ihre spitzen Nägel in meine nackten Beine grub, die unter dem Rock, der mir leider unter den Achseln hing, hervorlugten.

Scheiße, war das kalt. Das fiel mir jetzt erst auf.

„Wer zum Teufel bist du überhaupt?", fuhr Lana wütend fort. „Du bist definitiv keine Polizistin, also lass mich los! Du hast nicht das Recht, mich hier festzuhalten."

„Hör auf, mich zu kneifen! Und ich schlafe mit einem Polizisten", keuchte ich. „Das Recht, Mordverdächtige zu verfolgen und festzuhalten, geht also auf mich über!"

Ein Schatten fiel über uns und überrascht blickte ich auf. Eine große, dunkle Gestalt ragte über uns auf.

„Nein, tut es nicht, Lou", sagte Rispo trocken, die Arme vor dem Oberkörper verschränkt. „Das verwechselst du mit Geschlechtskrankheiten. Sie hat recht. Du darfst sie nicht hierbehalten – ich allerdings ..." Er brach abrupt ab.

Sein Blick war auf Lana gerichtet gewesen, die aschfahl geworden war. Doch jetzt war er zu meiner Erscheinung gehuscht. Zu meinem Gesicht, meinen Körper hinab ...

Perplex öffnete er den Mund. Blinzelte. Schüttelte den Kopf. Blinzelte erneut, bevor er merkwürdig hohl sagte: „Ist das ein *Brautkleid*?"

Oh, nein.

Stöhnend kniff ich die Augen zusammen.

Ich wollte, dass dieser Moment vorbei war.

Ich war nass und mir war kalt und das hier war unglaublich peinlich! Selbst ohne das weiße, verdreckte Kleid, das an meinem Körper klebte.

Rispo hatte mich schon bei diversen Tiefpunkten meines Lebens begleitet – obwohl nein, viel eher hatte er mich dabei beobachtet, wie ich mich hineinritt.

Er hatte gesehen, wie ich in einem Fenster stecken geblieben war. Mir dabei zugeschaut, wie ich praktisch auf eine Leiche getaumelt war. Und trotzdem war mein Kopf noch nie so rot geworden wie in diesem Moment.

„Können wir uns auf die wichtigen Dinge konzentrieren?", bat ich gequält.

„Ja!", stimmte mir Lana wütend zu. „Nehmen Sie endlich diese Verrückte von mir herunter."

„Hey!", sagte Rispo scharf. „Pass auf, was du sagst. Ich bin der Einzige, der sie verrückt nennen darf. Und wenn du nicht getürmt wärst, Lana, befändest du dich jetzt nicht in dieser Situation. Aber ja, steht am besten erst mal auf."

Ich zog meine Beine von Lanas und versuchte mich aufzurappeln, dabei traf mein Ellbogen Lana in die Seite.

Sie keuchte erschrocken auf und stieß mich mit beiden Händen von sich, sodass ich beinahe wieder ins Wasser fiel. „Passen Sie doch auf", fuhr sie mich an. „Ich bin *schwanger, verdammt noch mal*!"

Schockiert sah ich sie an und kam endlich auf die Füße. „Du bist ... schwanger?"

„Hm", machte Josh. „Interessant."

Auch Lana stand mittlerweile wieder aufrecht und stieg mit geröteten Wangen aus dem Wasser. „Ich ... na ja, ich ... ich bin es eben!", sagte sie etwas gehetzt.

Josh nickte nur und blieb, wo er war, während ich mich schüttelte und den Rock auswrang, bevor ich aus dem viel zu kalten Wasser watete.

Er machte keine Anstalten, Lana Kern festzuhalten. Aber sie sah ehrlicherweise auch nicht aus, als wollte sie weglaufen.

Dafür wirkte sie viel zu ... erschöpft. Erschöpft und traurig.

Ihre Mundwinkel zitterten und Tränen standen in ihren Augen. Sie hatte die Schultern hochgezogen, die Hände krampfhaft ineinander verschlungen und sah rundum aus, als hätte sie die schlimmsten Tage ihres Lebens hinter sich.

„Lana", sagte Josh überraschend sanft. „Wir haben dich gesucht."

Sie schniefte und nickte. „Ich weiß. Das weiß ich doch!"

„Aber du wolltest nicht mit der Polizei reden?", hakte Josh nach.

Sie schüttelte heftig den Kopf.

„Warum nicht?", wollte er wissen, seine Stimme fest, aber noch immer nicht so hart, wie ich sie sonst von ihm kannte, wenn er eine Verdächtige vernahm. „Lana, ich will ehrlich sein. Ich bin Kommissar Rispo, der leitende Ermittler bei Sinas Mordfall, und es macht keinen guten Eindruck, vor der Polizei wegzulaufen.

Gerade, wenn es um den Mord an jemandem geht, der einem sehr nahestand."

„Was?" Ihre Augen wurden groß und Tränen quollen daraus hervor. „Ihr glaubt, dass *ich* Sina umgebracht habe! Habt ihr sie noch alle? Sie war meine beste Freundin!"

Nachdenklich verengte ich die Augen. „Einige deiner Kolleginnen bei den Goldfunken haben erzählt, dass ihr euch gestritten hättet. Dass sie dir deinen Platz als erster Funke weggenommen hat und du deswegen alles hingeschmissen hast."

„Nein!", rief sie laut und schüttelte den Kopf. Schüttelte immer wieder den Kopf. „So war das nicht. Wir haben nicht gestritten! Sie hat mir geholfen."

„Was?", rutschte es mir heraus.

„Inwiefern geholfen?", fragte Rispo ruhig.

Ach ja. Das war die professionelle Art und Weise, Fragen zu stellen.

Lana fuhr sich mit ihrer Hand über die laufende Nase und schloss die Augen. „Sie hat so getan, als würde sie mir den Platz wegnehmen ... aber doch nur, weil ich sie darum gebeten habe. Damit ich einen Grund hatte, hinzuschmeißen. Ich ... ich bin schwanger. Das habe ich doch gerade gesagt. Ich kann nicht mehr so wild tanzen und alles. Aber ich wollte nicht, dass es alle wussten und sich das Maul darüber zerreißen. Also haben Sina und ich diesen Plan geschmiedet, dass es so aussieht, als würde sie mich rausekeln." Zitternd atmete sie ein. „Sie hat es für *mich* getan. Ich hatte also gar keinen Grund, wütend auf sie zu sein. Ich würde niemals ... Sie war meine *beste* Freundin. Ich hätte alles für sie getan." Sie zog ihre Nase hoch und kratzte sich das Kinn ...

sodass ein aus blauem Stoff geknüpftes Armband mit rotem Herzen darauf ihr Handgelenk hinabrutschte.

Ein Freundschaftsarmband.

Das gleiche Armband, das Sina getragen hatte. Nur mit einem kleinen Unterschied.

„Hast du Sina am Abend ihres Todes gesehen?", fragte Josh ruhig.

Sie schüttelte den Kopf. „Nein. Sie hatte dieses Interview und wollte danach bei mir anrufen – hat sich aber nie gemeldet. Ich dachte, dass sie vielleicht die Zeit vergessen hat. Sie ist nach dem Training oft noch schwimmen gegangen in dem Bad direkt im Vereinsheim."

Mein Herz machte einen Hüpfer.

Wasser. Sina war ertrunken. War sie im Schwimmband ihres Vereinsheims ermordet worden?

Ich warf einen hastigen Blick zu Josh, der keine Miene verzog. Er sah nicht im Mindesten überrascht aus.

Natürlich nicht. Der Blödmann wusste wahrscheinlich längst, wo der Tatort war, und hatte es mir nur nicht verraten!

Lana schniefte laut. „Ich habe es ihr nicht übel genommen. Das passiert schon mal. Ich wusste ja nicht, dass sie … dass sie …" Sie brach ab, kniff die Augen zusammen und wischte mit dem Armband ihre Tränen weg.

„Sina hatte das gleiche Armband, nicht wahr?", fragte ich vorsichtig und deutete auf ihren Arm.

Sie schluckte und nickte.

„Es war euer Freundschaftsarmband?"

„Ja. Sina hat es selbst geknüpft. Ich weiß, viele mochten sie nicht, aber … sie hat ein sehr großes Herz gehabt. Für mich zumindest."

„Könntest du dir vorstellen, warum Sina das Herz auf eurem Armband mit Edding hätte durchstreichen sollen, Lana?", wollte ich sanft wissen.

„Was?" Verwirrt blinzelte sie mich an. „Wovon reden Sie?"

„Das Herz auf Sinas Armband war durchgestrichen."

„Was?", wiederholte sie. „Das ergibt keinen Sinn. Sina würde niemals ... es ist *unser* Armband." Sie riss die Augen auf, als müsste ich das doch verstehen. „Das würde sie niemals tun."

„Vielleicht jemand anderes? Jemand, der eifersüchtig auf eure Beziehung war", schlug ich vor.

„Wer denn bitte?", sagte Lana kopfschüttelnd. „Es wusste doch niemand, dass wir immer noch Freundinnen waren. Und ... na ja, Sina war nicht sehr beliebt. Sie hatte niemand anderen. Keinen Freund, keine andere beste Freundin. Ihre Eltern sind auch nicht die geilsten, also ... nein. Das ergibt überhaupt keinen Sinn."

„Was ist mit deinem Freund, Lana?", erinnerte Josh sie. „Könnte er ..."

„Nein! Gott, nein." Sie hickste und lachte gequält. „Torben hat keine Ahnung ... von nichts." Sie deutete auf ihren Bauch.

„Okay." Josh rieb sich das Kinn. „Und wer weiß noch, dass du schwanger bist, Lana?"

„Niemand!" Abwehrend hob sie die Hände. „Ich ... hab es nur Sina erzählt. Meine Eltern wissen nichts. Torben weiß nichts, ich ..." Sie sog scharf die Luft ein. „Bitte sagen Sie es ihm nicht!" Flehentlich sah sie zu Rispo hoch. „Ich weiß noch nicht, ob ich das Baby behalte, und er ist sowieso ..." Sie blinzelte und schüttelte den Kopf.

„Niemand muss irgendetwas wissen. Ich bin achtzehn. Erwachsen. Es ist meine Sache."

Rispo seufzte schwer. „Schön. Es ist nicht meine Aufgabe, es irgendwem zu erzählen. Ich muss dich trotzdem mit auf die Wache nehmen. Du musst eine Aussage machen."

Lana biss sich auf die Unterlippe, nickte jedoch. Wahrscheinlich war ihr klar, dass sie keine Wahl hatte.

„Lana, kann ich dir noch eine Frage stellen?", sagte ich ruhig. „Warum bist du weggelaufen, wenn du unschuldig bist? Wenn du Sinas beste Freundin bist und nichts mit ihrem Mord zu tun hast?" Ich hob die Augenbrauen. „Willst du den Mörder nicht finden? Wenn ihr so gut befreundet wart, kannst du womöglich helfen." Lana wandte das Gesicht ab und zog die Arme fest um ihren Oberkörper.

Ich verstand es – denn ich fror auch unfassbar. Aber als sie sich keine Sekunde später schüttelte, hatte ich nicht das Gefühl, dass es etwas mit der Kälte zu tun hatte.

„Ich habe Angst, okay?", wisperte sie. „Wer immer sie umgebracht hat … er ist wahrscheinlich auch hinter mir her! Denn ich weiß *alles*, was Sina auch wusste. Wir hatten keine Geheimnisse voreinander. Und ich glaube nicht, dass sie irgendwer aus reinem Hass umgebracht hat. Wir schütten uns Juckpulver ins Kostüm und streuen gemeine Gerüchte untereinander. Aber wir bringen uns doch nicht *um*."

„Aha. Und?", fragte ich und versuchte nicht allzu neugierig zu klingen. „Wusstet ihr beide irgendetwas, für das es sich lohnen würde, zu morden?"

Sie schluckte hörbar und ihr Blick flackerte eine Hundertstelsekunde zu Josh, bevor sie den Kopf schüttelte. „Eigentlich nicht. Ich meine: Ich weiß es nicht. Vielleicht. Es sind alles Kleinigkeiten. Nichts Schlimmes eigentlich, aber ... keine Ahnung, ich ..." Sie zögerte, strich sich über den Bauch, doch führte den Satz nicht zu Ende.

„Du ...?", hakte ich nach.

Denn da war irgendetwas in ihrem unsicheren Blick, in ihren hektischen Gesten. Sie erzählte uns nicht die ganze Wahrheit. Die Art und Weise, wie ihr Blick von ihren Fingerspitzen zu unseren Gesichtern und zurück huschte ... Ich kannte diesen Blick.

Ach, Herrgott, ich hatte diesen Blick erfunden!

„Na ja ..."

„Ich bin hier!", unterbrach ein Keuchen sie laut. „Ich bin ... ich bin ... hier!"

Wir blickten auf und sahen Marvin, der die Treppen von der Domplatte zu uns herunterhetzte.

„Ich bin so schnell gekommen, wie ich konnte", hauchte er und stützte sich mit den Händen kurz auf die Knie, bevor er sich wieder aufrichtete. „Ich hab sogar illegal in der zweiten Reihe geparkt!" Stolz reckte er das Kinn. „Wie ein richtiger Polizist."

„Sie *sind* ein richtiger Polizist, Marvin", erinnerte Rispo ihn ungeduldig.

Seine Wangen liefen rosa an. „Oh ja. Natürlich, ich meinte ja nur ... ich hab mich noch nie einfach irgendwo auf die Straße gestellt. Polizist oder nicht. Deshalb ... das ist ein Fortschritt."

Lana sah verdattert zu dem Recherchisten. Er trug einen bodenlangen schwarzen Wintermantel, der vermuten ließ, dass er der Auserwählte war, der die Matrix zerstören würde.

Leider war ich mir ziemlich sicher, dass das kein Kostüm, sondern einfach sein richtiger Mantel war.

Lana schien beeindruckt oder aber auch verunsichert von seiner Erscheinung. Auf jeden Fall sah sie nicht mehr aus, als würde sie noch etwas sagen wollen.

Schade.

Rispo schien jedoch zu demselben Schluss zu kommen, denn er seufzte leise und meinte: „Marvin, wären Sie so freundlich, und würden Frau Kern mit zur Wache nehmen? Dort kann sie uns alle restlichen Fragen beantworten. Ich komme gleich nach. Ich möchte noch kurz mit Lou reden."

„Oh, nein, das ist nicht nötig!", sagte ich hastig. „Ich hab überhaupt nichts Interessantes zu erzählen, ich ..."

„Ist das ein Brautkleid?", unterbrach Marvin mich verwundert.

Ach, Mist. Dass sich alle an dieser Kleinigkeit aufhielten!

„Geh einfach, Marvin", kapitulierte ich erschöpft. Ich würde Josh ja doch nicht dazu überredet bekommen, mit ihm zu verschwinden.

„Oh, okay", sagte er beschwingt und lächelte Lana an, bevor er mit ausladender Handbewegung zur Treppe hinzufügte: „Hier entlang. Mein Auto steht beim Hauptbahnhof. In der zweiten Reihe. Aber das ist okay, weil ich Polizist bin."

Lana nickte nur, warf einen letzten verabscheuenden Blick in meine Richtung, und lief dann Marvin voran die Treppen hinauf.

„Sooo", sagte Josh gedehnt, sobald sie außer Hörweite war, und wippte auf seinen Hacken und zurück. „Du bist ganz schön nass und dreckig." Er betrachtete mich einige Sekunden lang nachdenklich, bevor er aus seinem Mantel schlüpfte und ihn mir um die bibbernden Schultern schlang. „Wie seid ihr überhaupt da unten gelandet?" Er nickte zum Bierwasserkanal.

Ich seufzte und zog seinen herrlich körperwarmen Mantel enger um mich. „Ich bin über das Wasser auf sie draufgesprungen und … möglicherweise habe ich meine Muskelmasse etwas überschätzt."
Belustigt hob Josh die Augenbrauen. „Welche Muskelmasse, Lou?"

„Die, die ich davon kriege, dich zu schlagen", sagte ich verärgert und boxte ihn in die Seite. „Ich hab das Gleichgewicht verloren." Ich atmete tief ein und stieß einen Schwall Luft aus. „Das kann jedem passieren."

„Lou? Hast du getrunken?", fragte Josh ungläubig. „Du riechst nach Alkohol."

„Das ist das Bier im Wasser", sagte ich hastig und nickte zum Brunnen, in dem ich gerade gebadet hatte.
„Du hast eine Fahne, Lou."
Ich zog eine Grimasse. „Okay, schön, ich hatte etwas Champagner. Aber nur ein ganz kleines bisschen", murmelte ich und ließ Zeigefinger und Daumen fast aufeinandertreffen. Möglicherweise redete ich etwas lauter als im Flüsterton. Aber ich hatte immer noch Wasser im Ohr, konnte meine Stimme also nicht wirklich gut einschätzen. „Aber nur aus heroischen Gründen."
„Oh, sicher. Hast du aus denselben heroischen Gründen das Kleid angezogen? Ich könnte nämlich schwören, dass du heute Morgen noch etwas anderes anhattest."

Angesäuert sah ich zu ihm hoch. „Das ist sehr aufmerksam von dir."

„Ich gebe mein Bestes", sagte er betont bescheiden. „Also ... das Kleid." Er runzelte die Stirn. „Bist du sicher, dass du noch damit warten willst, mich zu heiraten? Du sendest nämlich gemischte Signale."

Stöhnend ließ ich den Kopf in den Nacken sinken. „Ich hab es nur anprobiert, weil es so hübsch und ich etwas angeschickert war und ... es erschien mir wie eine gute Idee. Interpretiere da jetzt nicht zu viel rein."

„Nein, nein", sagte er sofort und schmunzelte. „Wie sollte ich? Ich hab nur noch eine letzte Frage: Hast du das Kleid zufällig gestohlen?"

Sein Blick huschte über meine Schulter und als ich mich ruckartig umwandte, sah ich, wie die gehetzt wirkende Verkäuferin von *Tüll und Traumhochzeit* den Rhein entlang auf uns zu lief.

Doch sie war nicht allein. Trudi, Emmi und Finn folgten ihr auf dem Fuß. Sie sahen jedoch um einiges fröhlicher als die Maus-Frau aus.

„Sie!", rief die Verkäuferin erbost. Offenbar hatte ihre Mutter ihr nie beigebracht, dass es unhöflich war, mit dem Finger auf Leute zu zeigen, und so landete ihr Zeigefinger zielsicher auf meinem Gesicht. „Was *erlauben* Sie sich? Wie können Sie ..." Sie brach ab, denn offenbar war sie nun nah genug dran, um den ... ähm ... desolaten Zustand des Kleides zu erkennen. Schockiert presste sie sich eine Hand auf den Mund. „Was haben Sie *getan*?", fuhr sie mich an, während ... Oh mein Gott, lachte Rispo?

Seine Schultern vibrierten und er hatte die Lippen fest aufeinandergepresst.

„Das ist nicht witzig", zischte ich.

„Doch, das ist es", widersprach er todernst.

„Das Kleid gehört Ihnen nicht!", echauffierte die Verkäuferin sich mit hochrotem Kopf. „Und Sie haben es *zerstört*!"

Also, das Wort *zerstört* erschien mir jetzt etwas hart. Die Spitze war noch heil, das Kleid besaß zumindest keinen Riss. „Es ist nur etwas dreckig geworden", sagte ich deswegen hastig und klopfte den versifften Rock ab. Als würde er so auf magische Art und Weise wieder blütenweiß werden.

„Potzblitz", verkündete Trudi unzufrieden. „Ich wusste doch, dass wir etwas verpasst haben!"

„Ich werde die Polizei rufen!", rief die Verkäuferin erzürnt und zerrte ein Handy aus ihrer Hosentasche. „Das geht so nicht, das ist …"

„… nicht nötig", vollendete Rispo ihren Satz und trat vor. „Ich bin zufällig Polizist – und wenn es das ist, was Sie wollen, nehme ich Frau Manu herzlich gerne fest. Ich habe Übung darin."

Ungläubig sah ich ihn an. Hatte er gerade die Worte *herzlich gerne* benutzt?

„Allerdings müssten Sie mit auf die Wache kommen, um Anzeige zu erstatten und sich mit einer Menge Papierkram herumschlagen." Er verzog das Gesicht. „Ich schlage deswegen vor, dass wir alle einmal tief durchatmen und Sie Louisa mit zurück zu Ihrem Laden nehmen, in dem sie das entwendete Kleid selbstverständlich bezahlen wird."

Meine Brust war auf einmal furchtbar eng. Ich wollte kein *zerstörtes* Hochzeitskleid kaufen. Aber ich hatte nicht wirklich eine Wahl, oder?

Also sagte ich hastig: „*Natürlich* bezahle ich es."

„Es kostet eintausendvierhundert Euro!"

Oh Shit.

„Meine Fresse", sagte Finn entsetzt. „Es ist ein Kleid! Kein Kilo Meth."

„So viel Meth kriegt man für eintausendvierhundert?", fragte Emmi nachdenklich. „Also, so knapp drei Kilo Gras, klar, wenn man jetzt von einem Massenrabatt ausgeht. Aber Meth?"

Finn kratzte sich den Nacken. „Na ja, es war jetzt nur ein Beispiel, für genauere Zahlen müsste ich bei meinem ..." Er brach ab und sah mit erhitzten Wangen zu seinem Bruder, der ihn starr und düster ansah. „Ähm, meinem besten Freund Google nachfragen."

„Eintausendvierhundert Euro", wiederholte die Verkäuferin, die die beiden nicht beachtet hatte, bissig. „Das ist es, was es kostet und das ist es, was Sie bezahlen werden." Wütend sah sie mich an. „Dann werde ich auf eine Anzeige verzichten. Aber nur, wenn Sie *jetzt sofort* mitkommen!"

Eintausendvierhundert Euro ... Shit. Dafür konnte ich hundert Flaschen Tequila kaufen! 140 Schachteln halbwegs gute Pralinen ...

Wieso hatte ich mich bei der Schul-Leichtathletik nicht mehr angestrengt? Dann hätte ich den Salat jetzt nicht.

„In Ordnung", gab ich nach und schluckte. „Kann ich auch in Raten zahlen?"

„Nein!", erwiderte die Frau giftig.

Natürlich nicht. Mist. Mein Konto würde fast leer sein, aber schön. „Gehen wir", meinte ich erschöpft, ließ

Rispos Mantel von meinen Schultern gleiten und reichte ihn zurück. „Wir sehen uns dann heute Abend?"

„Ja. Kann spät werden."

Ich nickte, denn das hatte ich mir schon gedacht. „Okay. Und du wirst mich nicht wieder wegen des Hochzeitkleides aufziehen?"

Josh grinste breit, bevor er meine Schulter drückte. „Ich würde es dir gern versprechen – aber ich gebe keine Versprechen, die ich nicht halten kann", flüsterte er.

Dann hob er die Hand in Richtung der anderen und verschwand die Treppe zur Domplatte hinauf.

„Bist du einfach nur hingefallen oder hast du Lana auch geschnappt?", fragte Emmi interessiert, während wir der Verkäuferin folgten, die strammen Schrittes voranging.

„Ich hab sie geschnappt", sagte ich stolz und raffte den Rock. Ich wollte nicht, dass der Saum riss, denn ich würde das Kleid in die Reinigung geben und das beste hoffen. Nie im Leben hätte ich mir ein Kleid für so viel Kohle gekauft – egal, ob Hochzeitskleid oder nicht – aber da ich jetzt praktisch dazu gezwungen wurde … würde ich retten, was zu retten war.

„Echt? So schnell warst du?", fragte Finn zweifelnd.

Ich warf ihm einen verärgerten Blick zu. „Ich gehe regelmäßig joggen, okay?" Einmal im Jahr war immer noch regelmäßig.

„Sorry." Entschuldigend hob er die Hände. „Bin nur hart beeindruckt."

Ja, war ich auch. Allerdings lag mein Triumph wohl nicht nur an meinen muskulösen Beinen. „Sie … ist schwanger“, erklärte ich. „Deswegen ist sie, glaube ich, nicht allzu schnell gerannt.“

„Ah.“ Meine drei Kumpanen nickten unisono. Als würde das alles erklären.

„Ist sie denn die Mörderin?“, fragte Trudi neugierig.

Gute Frage. „Nein, ich glaube nicht“, murmelte ich. „Sie ist schwanger und ...“

„Schwangere Frauen können auch morden, weißt du?“, fügte Trudi etwas hochnäsig hinzu. „Es ist diskriminierend von dir, etwas anderes zu behaupten.“

Ich seufzte. „Darum geht es nicht. Sie hat erzählt, dass Sina ihre beste Freundin war. Dass sie gar keinen Streit hatten. Dass Sina sie absichtlich aus den Goldfunken gedrängt hat, weil sie schwanger nicht mehr mit ihnen auftreten konnte und es niemand wissen sollte. Und ich glaube ihr.“

„Oh, vielleicht ist der Mörder dann ihr Macker“, schlug Finn vor. „Weil er nicht wollte, dass Lana weitererzählt, dass sie schwanger ist – und Sina gedroht hat, es seinen Eltern zu verraten.“

„Wenn man Lana Glauben schenkt, weiß ihr Freund nicht einmal, dass sie schwanger ist“, meinte ich achselzuckend.

Finn prustete laut und sah mich mitleidig an. „Ernsthaft, Lou? Das glaubst du? So was merkt man doch! Ob seine Freundin sich komisch verhält, nicht mehr trinkt und hormonell einen an der Waffel hat.“ Er schüttelte den Kopf. „Wenn ihr Freund ernsthaft nicht mitbekommen hat, dass sie schwanger ist ... was für ein Volldepp ist er dann?“

Ich presste die Lippen zusammen und gab mir Mühe, nicht zu Emily herüberzusehen.

Ja. Was für ein Volldepp war er dann?

Kapitel 8

Ich war froh, dass ich noch immer etwas angetrunken war – denn wie sehr würde es wohl sonst schmerzen, eintausendvierhundert Euro auf einen Schlag an ein dreckiges Kleid zu verlieren?

Mir war trotzdem etwas übel, also beschloss ich, vom Heumarkt aus zu meinem Laden in der Südstadt zu laufen, in dem ich noch zwei Dutzend Sträuße für die morgige Hochzeit binden musste.

Ich war etwas neben der Spur und brauchte deswegen länger als sonst. Um fünf Uhr bekam ich dann auch noch stechende Kopfschmerzen. Möglicherweise, weil der Alkohol abklang und ich einen ausgewachsenen Tages-Kater hatte. Das passierte schon mal zu Karneval. Vielleicht aber auch, weil ich mir den Kopf darüber zerbrach, was ich mit den neuen Informationen, die ich bekommen hatte, anfangen konnte.

Niemand hatte Sina gemocht – aber niemand hatte sie genug gehasst, um sie zu ermorden.

Sie hatte nur so getan, als würde sie Lana in den Rücken fallen, um zu vertuschen, dass sie schwanger war.

Niemand anderes wusste, dass Lana schwanger war. Und wenn Torben wirklich herausgefunden hatte, dass seine Freundin schwanger war und er das Baby panisch unter der Decke halten wollte – hätte er dann nicht eher Lana umgebracht, die das Kind nun einmal in sich trug? Nicht etwa ihre beste Freundin?

Dann war da noch die Sache mit dem Armband, die mich vollkommen verwirrte.

Das Armband war während des Interviews noch unberührt gewesen und musste entweder kurz vor oder kurz nach Sinas Tod mit Edding verschandelt worden sein. Und wenn Sina es wirklich nicht selbst gewesen war, musste es die Mörderin oder der Mörder gewesen sein.

Aber wenn Sina wirklich keinen Freund gehabt hatte, keine andere enge Freundin … wer hätte sich dann die Mühe gemacht, das hübsche Herz durchzustreichen?

Und warum ertränkte man jemanden und band ihn dann an einen Umzugswagen, anstatt ihn einfach im Wasser zu lassen?

Wasser war ein hervorragendes Mittel, mögliche Spuren zu verwischen. Wasser wusch Fingerabdrücke und DNA fort – wieso sich die Mühe machen, sie aus dem Wasser zu hieven, ihr eine Platzwunde auf der Stirn zuzufügen und sich dann der Gefahr auszusetzen, einen Fehler zu machen, während man sie durch ein nicht abgeschlossenes Vereinsheim schleppte, um die Radachsen des Umzugswagens mit dem toten Körper zu verschönern?

Vorausgesetzt der Tatort war wirklich das Schwimmbad im Vereinsheim, das ich nicht einmal zu Gesicht bekommen hatte.

Mist.

Ich verfrachtete den letzten Blumenstrauß in mein Kühlfach, schulterte die Kleiderhülle mit dem dreckigen Hochzeitskleid, und trat dann seufzend aus dem Laden, den ich hinter mir abschloss.

Ich brauchte mehr.

Ich wusste noch nicht einmal, wo genau der Tatort war! Wie er aussah. Ich würde dort hinfahren müssen. Morgen, nachdem ich mit der Hochzeit fertig war.

Aber wie konnte ich unauffällig dort herumschnüffeln?

Stirnrunzelnd lief ich zur nächstgelegenen Bahnstation, da ich heute Morgen ja bei Rispo mitgefahren war und nicht mein eigenes Auto genommen hatte.

Wie es Leonie wohl ging?

Bei ihr hatte ich mich eigentlich schon heute Morgen melden wollen, um nachzufragen, wie sie mit dem Mord zurechtkam. Außerdem war Leonie Teil der Goldfunken. Sie hatte Zutritt zum Vereinsheim. Sie war der Grund, warum ich in diesem Fall überhaupt recherchierte.

Und sie war es, die nach dem dritten Klingeln abhob.

„Hallo?", meldete sie sich. Sie hörte sich müde an und mein Herz zog sich automatisch vor Mitgefühl zusammen.

Leonie war das ganze Drama, das sich um einen Mord herum entfaltete, nicht gewohnt. Emmi meinte immer, sie sei so unschuldig wie ein frischgeborener Welpe mit Mönchskutte.

„Hey, Leonie, hier ist Lou", sagte ich sanft. „Wie geht es dir?"

„Oh, hallo. Ach ja ..." Sie seufzte. „Es geht. Ich meine, es war schrecklich. Aber ... na ja, man muss weitermachen, oder? Und keine Sorge. Ich denke, dass ich Dienstag wieder zur Arbeit kommen kann, ich ..."

„Nein, nein", unterbrach ich sie hastig. „Deswegen rufe ich nicht an. Wirklich. Nimm dir so viel Zeit, wie du brauchst. Ich meine, du kanntest Sina bestimmt ganz gut ... und es muss schwer sein."

„Ich kannte sie *okay*", sagte Leonie zögerlich. „Ehrlich gesagt war sie mit niemandem von uns wirklich befreundet. Aber es ist trotzdem traurig."

„Natürlich", murmelte ich.

„Sag mal, stimmt es, dass du in dem Fall ermittelst? Alisa und ein paar andere meinten, dass du herumgeschnüffelt und Fragen gestellt hast."

„Ähm, ja. Das stimmt", sagte ich ehrlich. „Das ist auch der Grund, warum ich anrufe. Ich will nicht taktlos sein, oder so, aber ... meinst du, es gibt die Möglichkeit, mir das Vereinsheim anzusehen? Ich glaube, dort befindet sich der Tatort."

„Oh ja", sagte sie. „Die Polizei war noch gestern Abend da und hat das ganze Schwimmbad abgesperrt. Ist sie ... ist sie da gestorben?" Ihre Stimme hörte sich auf einmal etwas brüchig an.

„Ich fürchte, ja", erwiderte ich leise.

„Oh Mann. Was für ein trauriger Ort, um zu sterben. Aber sie ist gerne geschwommen, also ..." Sie schluckte hörbar, bevor sie tief durchatmete. „Aber ja. Wir trainieren morgen Nachmittag für den Rosenmontagszug. Da wir ja jetzt den ersten Goldfunken neu besetzen und die Choreo anpassen mussten, hielt Sebastian das für wichtig. Ich glaub, es ist okay, wenn du vorbeikommst. Solange du nicht störst. Wenn ich dir damit helfen kann, dann gern. Ich meine ... diesen Fall mit dem überfahrenen Kerl hast du ja auch gelöst. Vielleicht hast du ja wieder Glück. Schaden kann es nicht, oder?"

„Nein, ich denke nicht.

Und du wirst nicht einmal merken, dass ich da bin", versprach ich, auch wenn ich dabei die Finger hinterm Rücken kreuzte. Nur zur Sicherheit. Man konnte nie wissen, ob man aus Versehen Aufmerksamkeit auf sich zog.

„In Ordnung", sagte sie leise. „Ab vier sind wir da. Wenn du willst, kannst du bestimmt auch beim Training zusehen."

„Klar. Danke, Leonie. Und vergiss nicht durchzuatmen."

„Hilft das dagegen, von Leichen in seinen Träumen verfolgt zu werden?"

„Nein", sagte ich entschuldigend. „Aber es hilft beim Atmen. Ich drück dich, ja? Bis morgen."

Ich legte auf und fühlte mich besser und elend zugleich.

Besser, weil ich wieder einen neuen Anhaltspunkt hatte. Elend, weil es mir leidtat, dass Leonie mit dieser furchtbaren Situation konfrontiert wurde. Sie hatte die Leiche gesehen – und sie würde sie nicht vergessen. Ich hatte auch keinen einzigen der Toten vergessen, über die ich bereits gestolpert war.

Schwer seufzend steckte ich das Handy weg. Ich konnte ihr nicht helfen – aber ich konnte Sinas Mörder fassen. Und das war doch auch schon etwas, oder?

Josh war noch nicht da, als ich zu Hause ankam. Stattdessen begrüßte mich mein Kater Twinky mit einem vorwurfsvollen Maunzen.

Er hatte absolut keinen Grund, vorwurfsvoll zu sein, er hatte heute Morgen ein delikates Thunfischfilet bekommen. Aber Twinky ging immer lieber auf Nummer sicher. Nur für den *Fall*, dass ich für irgendwas ein schlechtes Gewissen bekommen und ihm eine Extra-Portion Essen oder Streicheleinheiten geben würde.

„Nicht heute", murmelte ich und hockte mich hin, um ihn zu streicheln. „Ich habe nichts Illegales getan – außer fast ein Kleid zu stehlen. Aber nur *fast*. Das zählt also nicht."

Twinky nickte, indem er seinen Kopf an meinem Bein rieb, bevor er wieder in Richtung Schlafzimmer verschwand.

Sein Lieblingsplatz war Joshs Kissen.

Josh mochte es nicht sonderlich, wenn er mit Katzenhaaren im Mund aufwachte, aber er war ebenso unfähig, Twinky von seinem Platz zu schmeißen. Er hatte es einmal versucht ... und sich am nächsten Tag ein neues Kissen kaufen müssen.

Meistens schlossen wir die Schlafzimmertür ... aber manchmal vergaßen wir es. Und da Twinky schon länger in meinem Leben war als Josh, hatte er doch auch irgendwie ein Vorrecht auf das Bett, oder?

Unterm Strich rannte ich ihm nicht nach, um die Tür rechtzeitig zu schließen und ließ ihn einfach machen.

Weil es sein Recht war – nicht, weil ich faul war.

Ich gähnte, legte das Hochzeitskleid samt Verpackung über einen der Barstühle und zog Mantel und Schuhe aus. Ich war unfassbar müde und überlegte gerade, ob ich mich mit einer Wärmflasche und meinem Laptop ins Bett legen sollte, als es an der Tür klopfte.

Sofort stürmte Twinky wieder aus dem Schlafzimmer und fauchte die Tür an, als hätte sie soeben seine Fellmaserung beleidigt.

„Aus, Twinky", sagte ich scharf und er zog schuldbewusst den Kopf zurück. Ich schnipste und deutete auf die Schlafzimmertür. Er warf mir noch einen verärgerten Blick zu, trottete dann jedoch zurück. Es hatte eben gute und schlechte Seiten, dass er sich die meiste Zeit über für einen Hund hielt.

Es klopfte erneut, diesmal jedoch energischer, und stirnrunzelnd lief ich zur Tür. Hatte Josh seinen Schlüssel vergessen?

Doch als ich öffnete, stand ein gänzlich anderer Rispo vor der Tür.

„Lou, du musst mir helfen." Finn stürmte an mir vorbei, noch ehe ich den Mund aufmachen konnte.

„Hey", sagte ich etwas lahm und schloss die Tür hinter ihm. „Wobei helfen?"

„Emmi zu verstehen!", rief er ungläubig und raufte sich die Haare. „Ich meine … kannst du mir erklären, warum sie den ganzen Tag besoffen gespielt hat, obwohl wir beide wissen, dass sie so viel Alkohol verträgt, dass sie höchstens ein wenig fröhlicher hätte sein sollen? Und dann stellt sie mir andauernd so komische Fragen. Zum Beispiel wie groß mein Kopf als Baby war. Oder wie viel Schlaf die Nacht ich bräuchte. Oder ob ich früher gern mit Puppen gespielt hätte. Ich meine …" Unwirsch fuhr er sich durch die Haare. „Ich bin mir ziemlich sicher, dass sie nicht mal *high* war, als sie mich das gefragt hat, Lou! Emmi fragt immer kranken Scheiß, das ist eine ihrer besten Eigenschaften, aber meistens betrifft der Scheiß nicht mich, sondern die Welt und … als ich ihr nicht richtig geantwortet habe – denn fuck, keine Ahnung, wie groß mein Kopf war! –, ist sie wütend geworden und gegangen." Er kniff die Augen zusammen und sackte gegen die Kochinsel. „Ich hab anscheinend irgendetwas falsch gemacht, aber keine Ahnung, was, und ich hab sie danach angerufen, aber sie ist nicht drangegangen und ... Ich dachte zwischen uns wäre alles *okay*, weißt du?" Flehentlich sah er mich an, als hoffte er, ich würde seine Worte bestätigen. „Ich dachte, wir wären wieder ... wir. Irgendwie. Ich weiß, wir führen diese Nicht-Beziehung und sie schuldet mir nichts, aber ... na ja, ich dachte ... Keine Ahnung!" Er warf die Arme in die Luft. „Ist auch egal. Ein bisschen Emily in meinem Leben ist allemal besser als gar keine, doch ich kann sie jetzt nicht aufgrund der Tatsache verlieren, dass ich nicht weiß, wie groß mein Kopf als Baby war!"

Finn schloss den Mund und sah so hundeelend aus, dass ich das Bedürfnis hatte, ihm einen von Twinkys Leckerli anzubieten und dann seinen Bauch zu kraulen. Ach, Finn ... der Arme hatte keinen Schimmer, was los war, und Angst, Emmi zu verlieren.

Seufzend lehnte ich mich mit dem Rücken an die Wohnungstür.

Er war wirklich nicht das hellste Nachtlicht im Babyzimmer und brauchte offensichtlich Hilfe. Aber ich konnte ihm nicht Emilys Geheimnis verraten. Entweder, er kam selbst drauf, oder Emmi riss sich zusammen und erzählte ihm endlich die Wahrheit.

Was ich allerdings tun konnte, war, ihm einen Schubs in die richtige Richtung zu geben ...

Ich räusperte mich und sah Finn ernst an. „Finn, darf ich dir eine persönliche Frage stellen?"

„Solange sie nichts damit zu tun hat, wie groß diverse Körperteile von mir als Baby waren!", sagte er hitzig.

Ich unterdrückte ein Lächeln. „Hat sie nicht. Ich habe mich nur gefragt … Bist du immer noch in Emmi verliebt?“

Sein Gesicht wurde schlagartig tomatenrot. Als versuche er, eine Ketchupflasche zu imitieren.

„Ähm …“, sagte er und wandte den Blick ab, bevor er sich peinlich berührt an der Nase kratzte. „Muss ich das beantworten?“

„Wenn ich dir helfen soll, dann ja“, sagte ich entschuldigend.

Er seufzte schwer und hob kapitulierend die Hände. „Schön! Ja … schon ein bisschen.“

„Okay.“ Erleichtert atmete ich aus. Das machte die Sache einfacher. „Und hast du schon mal darüber nachgedacht, ihr einfach deine Gefühle zu gestehen? Ihr zu sagen, dass du keine Nicht-Beziehung, sondern eine echte Beziehung haben willst?“

Er schluckte sichtlich. „Das letzte Mal, als ich das getan habe, haben wir fast geheiratet, bevor sie mich in den Wind geschossen und mehrere Monate ignoriert hat.“

Ich verzog das Gesicht.

Ach ja, richtig. Ich erinnerte mich. Puh, kein Wunder, dass er da etwas traumatisiert war.

„Vielleicht solltest du es trotzdem noch mal versuchen?“, sagte ich leise.

Finn rieb sich über die Stirn und schüttelte den Kopf. „Ich will es nicht kaputt machen, Lou. Jetzt gerade ist es nämlich nur halb so katastrophal wie vor ein paar Monaten. Außerdem erweckt Emmi nicht den Eindruck, dass sie wieder ernsthaft mit mir zusammen sein will.“

Ach, Mann. Manchmal könnte ich Emily wirklich verfluchen. „Alles klar", sagte ich erschöpft. „Das verstehe ich. Dann habe ich nur einen letzten Tipp ..." Oh Gott. Ich wollte die Worte nicht aussprechen. Ich *wollte* einfach nicht.

„Ja?" Hoffnungsvoll hob Finn die Augenbrauen.

Gequält lächelte ich ihn an, bevor ich in eng aneinandergedrängten Worten sagte: „Versuch, sie dieses Wochenende ins Bett zu bekommen."

„Was?" Perplex sah er mich an.

„Du hast mich schon verstanden." Er musste. Denn ich würde es ganz sicher nicht noch einmal wiederholen!

„Aber ... *was?*" Sein Gesicht war der Inbegriff von Verständnislosigkeit. „Du sagst doch sonst immer, dass wir uns zusammenreißen und miteinander reden sollen. Du meintest immer ..."

„Ich weiß, was ich gesagt und gemeint habe", unterbrach ich ihn unwirsch. „Aber es ist sehr wichtig, dass du versuchst, mit ihr zu schlafen, Finn." Ich war selbst überrascht davon, dass ich es schaffte, die Worte halbwegs ernst rüberzubringen.

Liebe Güte, so dämlich war ich mir nicht mehr vorgekommen, seit ich meinen Nichten versucht hatte zu erklären, warum in Babyöl keine Babys enthalten waren.

„Und wenn ich mit ihr schlafe ... bringt das was genau?", fragte er verdattert. „Also, versteh mich nicht falsch: Ich bin voll dafür, dass Sex als Lösung für alles eingesetzt wird. Aber ... ich check es nicht."

Nein, wie konnte er auch? Denn es war absolut dämlich! Aber Emmi hatte gesagt, dass das ein Zeichen für sie wäre und ... nun, ihre Hormone spielten verrückt, sie konnte also wirklich nichts dafür, dass dieser Gedanke absolut hirnrissig war.

„Ihr schlaft doch andauernd miteinander, es ist also keine große Sache", meinte ich und winkte ab.

Ich hatte es nicht für möglich gehalten, aber Finns Gesicht wurde noch eine Spur roter.

Ampelrot.

„Na ja, ehrlich gesagt ... also seit ein paar Wochen ist es irgendwie angespannt und wir haben nicht ..." Er brach ab.

Ah. Jetzt verstand ich, warum Emily es als Zeichen sehen würde.

„Ich möchte gar nicht mehr wissen, Finn", sagte ich ehrlich und hob abwehrend die Arme. „Versuch einfach ... du weißt schon." Ich wedelte mit den Händen in seine Richtung. „Und das hast du nicht von mir. Das kommt von dir allein."

„Okay", sagte er langsam und atmete tief durch. „Das ist alles? Mehr Tipps hast du nicht?"

„Nope. Das wars", sagte ich achselzuckend.

„Alter ..." Er schüttelte den Kopf. „Jedes Mal, wenn ich denke, ich verstehe Frauen, kommt so was." Er fuchtelte mit der Hand zu mir hin, zog eine Grimasse und stieß sich von der Theke ab. „Ernsthaft. Das ist einfach nur weird, wie ihr tickt."

„Ihr auch, Finn. Ihr auch", sagte ich ernst.

„Jaja." Er winkte ab. „Okay, danke. Sorry, dass ich hier so ... hereingeplatzt bin." Ein wenig beschämt sah er zu mir auf. „Könntest du vielleicht ... ich mein, Josh muss nicht ..."

„Das bleibt unter uns", unterbrach ich ihn lächelnd und trat von der Tür weg.

Erleichtert ließ er die Schultern sinken. „Cool." Er zog an der Klinke, hielt jedoch noch mal inne, bevor er sich mit gerunzelter Stirn zu mir umdrehte. „Du weißt, dass Mo pissed ist, oder?"

Ich seufzte. „Ich weiß. Er sollte es Josh nicht so übel nehmen, dass er ..."

„Oh, nein, nein." Finn schüttelte mit großen Augen den Kopf. „Er ist nicht wütend auf Josh – er ist wütend auf *dich*."

Sprachlos sah ich ihn an. „Was? Warum?"

„Weil *du* es bist, die Josh ein Ultimatum gestellt und ihn dazu überredet hat, Mamas Fall ruhen zu lassen."

Mein Magen machte einen erschrockenen Hüpfer. „Ich ... was? Aber ... Er kann doch nicht ernsthaft mir in die Schuhe schieben, dass ... Es war *Joshs* Entscheidung!"

Entschuldigend hob Finn eine Schulter. „Theoretisch gesehen schon ... aber Mo ist der Überzeugung, dass er sie ohne dich nie getroffen hätte."

Nun, das war wahrscheinlich die volle Wahrheit.

„Der Fall hat ihn kaputtgemacht!", sagte ich laut und meine Stimme rutschte eine Oktave höher. „Er war besessen, er hat sich in Gefahr begeben, er hatte kein Leben mehr ... ich musste etwas sagen."

„Hey, hey." Abwehrend hob Finn die Hände. „Don't shoot the Messenger. Ich finds voll okay, dass du Josh belabert hast, den Fall aufzugeben."

„Ich hab ihn nicht *belabert*", verteidigte ich mich sofort. „Ich habe ihm nur einen Denkanstoß gegeben, aber er ist selbst zu dem Schluss gekommen, dass ..."

„Ist mir so egal, Lou", sagte Finn und gähnte geräuschvoll. „Ich dachte nur: Hey, sie war nett zu mir und hat mir Infos gegeben. Ich sollte ihr den Gefallen erwidern."

„Nun, vielen Dank, dass du mich darüber informiert hast, dass dein Bruder mich hasst", sagte ich tonlos, während mein Herz sank.

Er zwinkerte mir zu. „Immer gern. Wundert mich, dass Joshi es dir nicht gesagt hat."

Überrascht hob ich die Augenbrauen. „Josh weiß, dass Mo …"

„Natürlich weiß er es", unterbrach Finn mich schnaubend. „Er weiß immer alles, was bei uns abgeht. Er ist ein verdammter Bluthund – und er hat Mo gesagt, dass er es gut sein lassen soll."

„Mich zu hassen?", echote ich.

„Genau."

Nervös lachte ich auf. „Mensch, das ist ja beruhigend. Schön, dass er sich so für mich einsetzt."

„Er kann nicht viel mehr tun, Lou", sagte Finn entschuldigend.

Doch. Er hätte es mir *sagen* können.

Hey, Lou, weißt du, Moritz, der dich eigentlich immer sehr gern hatte, hasst dich zurzeit, weil du mich dazu zwingst, Mamas Fall in Ruhe zu lassen. Dachte nur, dass solltest du wissen.

So schwer war das nicht, oder?

„Mach dir keinen Kopf", sagte Finn leichthin. „Mo ist etwas … dickköpfig? Aufbrausend? Was sagt man noch mal zu Leuten, denen es schwerfällt, ihren Groll loszulassen und die sehr nachtragend sein können? Über Jahre hinweg?"

Oh Gott. Er machte es mit jedem Wort schlimmer.

„Ich hab keine Ahnung", stellte ich tonlos fest. „Bitte geh einfach, Finn. Alles, was du sagst, verunsichert mich zutiefst!"

Seine Miene erhellte sich. „Jetzt weißt du, wie ich mich zurzeit mit Emmi fühle. Aber gut." Er trat aus der Tür und nickte mir zu. „Nur noch kurz was anderes. Bist du Mittwochabend beim Essen dabei?"

„Was für ein Essen?", fragte ich verwirrt.

„Rispo-Familienessen. Flo will uns endlich seinen neuen Freund vorstellen und er hat explizit danach gefragt, ob ‚*die Detonations-Dämpfung*' dabei wäre. Das bist du", erklärte er.

Ich schnaubte. Das hatte Josh natürlich auch vergessen, zu erwähnen. Doch ich nickte, denn es rührte mich, dass Florian – Bruder Nummer drei von Josh – nach mir gefragt hatte.

„Ich werde da sein", sagte ich lächelnd. „Kannst Flo sagen, dass ich in alle unangenehmen Fragen reinreden werde."

„Jo", meinte er zufrieden, dann verschwand er die Treppen hinab.

Einige Sekunden lang sah ich ihm seufzend nach.

Gott, ich hatte Josh und seine Brüder allesamt ins Herz geschlossen. Die ganze Rispo-Familie hatte sich klammheimlich in meiner Brust niedergelassen und ich konnte mich gar nicht mehr richtig an mein Leben vor Josh erinnern.

Flo wollte, dass ich das Essen weniger merkwürdig für ihn machte, Finn brauchte meine Hilfe ... und Mo hasste mich.

Klasse.

Ich nagte an meinem Fingernagel und schloss langsam die Tür. Eine bleierne Unruhe machte sich in meinem Bauch breit.

Hassen war ein so starkes Wort.

Ich für meinen Teil hasste niemanden. Außer alle Leute, die ihre Tiere aussetzten. Aber das war ja nur menschlich.

Und Mo ... *hasste* mich? Obwohl ich einer psychisch labilen Katze ein warmes Zuhause und eine Menge Hundeleckerli bot?
Puh.

Ich stieß einen Schwall Luft aus und ging zur Couch.

Die Wahrheit war, dass ich nicht gut damit zurechtkam, wenn Leute mich nicht mochten. Ich war nicht perfekt, aber doch zumindest ... sehr liebenswert. Und harmoniesüchtig.

Ein paar der Mörder, die ich innerhalb der letzten Jahre zur Strecke gebracht hatte, waren nicht gut auf mich zu sprechen gewesen, aber sonst?

Nein. Ich war mir sicher, dass Mo nur verstehen musste, *warum* Josh hatte aufhören müssen, den Geistern der Vergangenheit nachzujagen, um mich wieder zu mögen.

Ich zog mein Handy hervor, suchte Moritz' Namen in meinen Kontakten und drückte auf den grünen Hörer.

Man konnte mit jedem reden.

Sicherlich auch mit ...

„Was?", blaffte Moritz.

Ich zuckte zusammen. Oje. „Hey, hier ist Lou", sagte ich etwas kleinlaut.

„Ich weiß. Ich kann die Anruferkennung lesen. Was willst du?"

„Na ja, ich habe gerade mit Finn geredet und der meinte, du seist wütend auf mich." Es war besser, direkt zum Punkt zu kommen.

„Natürlich bin ich wütend auf dich, Lou!", fuhr er mich an. „Wir waren *so* nah dran. Wir haben Monate investiert ... und dann wirft Josh einfach alles hin? *Deinetwegen?*"

Ich presste die Lippen zusammen. Also, langsam machte er mich wütend. „Nicht *meinetwegen. Seinetwegen, Mo! Er hat vollkommen am Rad gedreht – du auch. Die Recherche tut euch nicht gut.*"

Einige Momente lang herrschte eisige Stille am anderen Ende, dann sagte Mo gespenstisch ruhig: „Was willst du, Lou? Wirst du Josh dazu überreden, sich wieder Mamas Fall anzunehmen?"

„Nein", sagte ich sofort.

„Dann habe ich keinen Bock, zu reden." Er legte auf.

Ich ließ das Telefon sinken und starrte ungläubig auf das Display.

War das sein beschissener Ernst?

Wow. Okay.

Dann war er eben wütend. Mich konnten nicht alle mögen. Und Mo würde sich schon wieder beruhigen. Tief atmete ich durch.

Die Rispo-Männer waren allesamt Hitzköpfe, doch sie waren grundsätzlich sehr gute Menschen ... und sobald Mo wieder einer war, würde er mir verzeihen.

Ich sollte mich auf morgen konzentrieren. Ich würde mir den Tatort ansehen und vielleicht noch mit ein paar Leuten reden.

Entspannt und allein.

Kapitel 9

„Erklärt mir doch noch mal, warum ihr beide mitkommen musstet?"

„Wir waren verabredet, Lou!", bemerkte Ariane säuerlich von der Rückbank. „Zum Feiern gehen. Einmal im Jahr gehen wir feiern – und das zu Karneval. Und jetzt lässt du mich hängen, weil du schon wieder einen Mörder stalken musst."

„Ich stalke ihn nicht! Ich versuche, ihn zu fangen."

„Ein und dasselbe. Nur dass du für Ersteres qualifizierter wärst als für Letzteres. Und du trägst nicht einmal ein Kostüm! Allein ich seh einfach nur albern aus. Wer will sich schon als Glas Milch verkaufen, wenn der dazu passende Schokoriegel fehlt?"

Ich zog eine Grimasse der Entschuldigung in den Rückspiegel. „Sorry, wirklich. Ich hab es vergessen. Der Mord hat mich einfach etwas aus dem Konzept gebracht." Sowie der Hass eines gewissen Rispos auf mich.

„Ja, merke ich", sagte sie pikiert und rollte die Augen, bevor sie mit dem Mund die Worte *Was soll's* formte. Denn im Gegensatz zu Mo würde sie nicht lange auf mich wütend bleiben.

„Seid ihr nicht ein wenig zu alt, um feiern zu gehen? Also ich meine in so einer schäbbeligen Diskothek?", fragte Trudi und fügte mit Blick zur Rückbank hinzu: „Übrigens finde ich, dass du ein ganz reizendes Milchglas bist, Ariane. Auch wenn das Kostüm schrecklich ungemütlich sein muss."

„Danke", sagte Ari und zog ihre Plastikhalskrause zurecht, die ihr im Sitzen immer wieder gegen das Kinn stieß. „Es geht schon."

„Niemand ist zu alt zum Feiern", stellte ich klar. „Und Trudi, du hast mir immer noch nicht gesagt, warum du unbedingt mitkommen musstest. Ich dachte, du bist damit beschäftigt, die Hochzeit zu planen?"

„So viel zu planen gibt es da gar nicht", widersprach sie jedem Brautmagazin und jedem Paar, das jemals geheiratet hatte. „Ich meine, es ist ja 'ne recht spontane Angelegenheit. Wir werden kein Essen reichen. Wir müssen keine Party schmeißen, weil die Nubbelverbrennung ja schon für sich ganz festlich ist ... Wir mussten uns nur um das Kleid und den Anzug kümmern, Leute einladen und den Standesbeamten organisieren. Was wir getan haben."

„Ihr wollt keine große Party veranstalten?", fragte ich verdutzt. Trudi lebte für Glitzer, Schlager und Leute, die ihr gratulierten.

„Oh, doch. Aber erst im Sommer. Wenn es warm ist. So haben wir die Möglichkeit, zweimal zu feiern", erklärte sie mit leuchtenden Augen.

Ah ja, das ergab Sinn.

„Sag mal, was genau ist denn jetzt dein Ziel im Vereinsheim?", wollte Ariane wissen und lehnte sich vor, sodass ihr Milchkostüm bedrohlich quietschte.

Das war eine gerechtfertigte Frage – auf die ich keine gute Antwort hatte. „Na ja, ich will den Tatort ansehen, gucken, wie die Goldfunken miteinander umgehen ... und herausfinden, ob Torben wirklich keine Ahnung hat, dass seine Freundin schwanger ist. Er ist Mitglied, er sollte beim Training sein", überlegte ich laut. „Und ich würde gern irgendeinen Verdächtigen finden", fügte ich meiner Wunschliste hinzu. Denn zurzeit hatte ich nicht wirklich jemanden im Visier. Ich war zwar keine ausgebildete Kriminalkommissarin, aber selbst ich wusste, dass das schlecht war.

„Aha. Hört sich gut an. Und wie willst du all das hinbekommen?", fragte Ariane erwartungsvoll.

Ich trommelte auf das Lenkrad und bog auf den Parkplatz des Vereinsheims. Ja, wie wollte ich all das hinbekommen?

Nachdenklich neigte ich den Kopf und parkte neben einem Van mit der Aufschrift *Rheinländer Rundschau* auf der Seite.

Oh, super. Noch mehr Publikum.

„Mal gucken", sagte ich beschwingt und schaltete den Motor aus.

Denn ich hätte zwar einen Plan schmieden können … aber sie funktionierten ohnehin nie.

Warum also die Mühe machen?

Das Vereinsheim der Goldfunken war zugleich das Vereinsheim der hiesigen Bowlingmannschaft „Die Pinheads", des Merheimer Schwimmverbandes „Wasser und Wasser" und des Metalldetektorclubs „SV Eisenpieper", der seit zwanzig Jahren hier seine Sitzungen abhielt. Zumindest war es das, was mir ein älterer Herr mit Zuckerwattehaaren stolz berichtete, als ich ihm die Tür des grauen Flachdachhauses aufhielt.

Ein weiß gestrichener Flur begrüßte uns, der mit verschiedenen Schildern ausgestattet war, die zu dem

„Goldfunken-Terrain", dem Schwimmbad, der Bowlingbahn und einer „Schnitzelbar" führten. Instinktiv wollte ich natürlich zur Schnitzelbar. Nicht, weil ich Schnitzel sonderlich gern mochte, sondern weil ich sofort ein Bild von einer panierten Bar im Kopf hatte.

Doch Ariane und Trudi liefen bereits dem Pfeil zu den Goldfunken nach, der praktischerweise in dieselbe Richtung wie der Schwimmbad-Pfeil ging, also folgte ich brav.

Mein Blick wanderte an der linken Wand entlang, in der im Zwei-Meter-Abstand Fenster eingelassen waren, die zum Parkplatz hinauszeigten. Trimovitz, der Journalist, hatte gesagt, dass nirgendwo Licht geleuchtet habe, oder? Das konnte bedeuten, dass der Flur tatsächlich menschenleer gewesen ... oder einfach nur nicht das Licht eingeschaltet worden war. Seufzend blickte ich wieder nach vorn. Die Halle, in der die Goldfunken trainierten, konnte man nicht verfehlen. Denn sie besaß zwei Flügeltüren, die sperrangelweit offen standen und durch die man das Quietschen von Turnschuhen und leise Karnevalsmusik hörte.

Trudi und Ariane hatten sie bereits erreicht, da sie keine Zeit damit vertrödelt hatten, die Fenster anzustarren. Doch ich befand mich noch auf Höhe eines Mädchens in Goldfunkenkostüm, das an der Wand zu meiner Rechten lehnte.

Ich kannte es. Es war der vierte Goldfunk mit den Ombré-Haaren. Braun mit hellvioletten Spitzen.

Es telefonierte gerade, die Hand an die Stirn gelegt, und sah deswegen vermutlich noch nicht einmal, dass ich ihr freundlich zunickte.

„Mama, es ist nicht wichtig, welche *Nummer* ich habe“, sagte sie leise und ein wenig angespannt. „Ob ich erster oder dritter Goldfunk bin. Ich bin *dabei.* Man wird mich sehen ... Aber ... Ja. Ich weiß ...“ Ihre Schultern sackten herab. „Jaja. Ich streng mich an ... ja ...“ Sie hob den Blick, sah mich, seufzte und lief dann den Gang an mir vorbei.

Mann, das hörte sich anstrengend an. Fast wie meine Mutter, die mich nicht hatte Kartoffel sein lassen.

Ich lief weiter und folgte Trudi und Ariane in die Turnhalle, die in Gold und Rot explodierte. Als wäre ich geradewegs in den Gryffindor Gemeinschaftssaal gelaufen.

„Toll, oder?“, sagte Trudi zufrieden und deutete auf die Menschenpyramide auf der anderen Seite, auf die gerade ein sehr schmales Mädchen kletterte, um den Abschluss zu bilden.

Oh, wow. Das hier sah eher aus wie ein Cheerleadercamp, nicht wie Funkenmariechentraining.

Ich erkannte Leonie, die eine Reihe unter der Spitze kniete und mich knapp anlächelte, als sie mich bemerkte. Lanas Freund Torben, dessen leuchtend rote Haare sicher auch noch aus dem Weltall zu sehen wären, war einer der Kerle in der untersten Reihe. Das Gesicht fast nicht mehr von seinem Schopf zu unterscheiden. Vor der Menschenpyramide standen drei Männer. Sebastian, der dunkelblonde, schmalbrüstige, Anfang zwanzigjährige Trainer, der Anweisungen gab. Daneben Simon Trimovitz sowie Harry der Fotograf, der ein Foto nach dem anderen schoss, während sein Kollege etwas in das Diktiergerät in seiner Hand sagte.

„Toll, oder? So akrobatisch!" Trudis Wangen glühten vor Begeisterung. „Was meint ihr?" Verschwörerisch lehnte sie sich zu uns vor. „Lassen sie mich vielleicht mitmachen? Auf so einer Pyramide wollte ich schon immer mal stehen. Und es sieht so elegant aus, wenn sie ihr Beinchen schwingen."

„Trudi", sagte ich in dem freundlichsten Tonfall, den ich zustande brachte. „Ich glaub, das wäre keine gute Idee. Du kannst vielleicht dein Gebiss, aber ganz sicher nicht dein Bein hochwerfen."
Nachdenklich und überhaupt nicht beleidigt sah die ältere Dame mich an. „Vielleicht hast du recht. Aber ein paar Pompons schwingen könnte ich zumindest."

„Ich glaub nicht, dass Funkenmariechen Pompons haben", überlegte Ariane und trommelte mit den Fingern auf ihrem Milchglasbauch.

„Das sollten sie aber!", sagte Trudi empört. „Liegen hier irgendwo Evaluationsbögen herum?" Sie reckte den Hals und suchte den Rand der Turnhalle ab.

Ich achtete nicht auf sie, denn wir waren entdeckt worden.

Sebastian kam auf uns zu, die Augenbrauen zusammengezogen.

„Was ist denn hier los?", wollte er wissen. „Sie kenne ich doch." Er nickte mir zu. „Sie haben mir all diese Fragen auf dem Revier gestellt, obwohl ich nicht einmal im Verhörraum saß."
Ich lächelte breit. „Ja, das ist richtig. Ich bin Louisa Manu. Eine ... Freundin von Leonie?" Das klang besser als *Chefin* von Leonie.

„Ist mir egal, wer Sie sind. Das hier ist ein privates Training, also ..." Er brach ab, denn Trudi hatte neben mir angefangen, sehr vorsichtige Tanzbewegungen zu machen, während sie die Arme über den Kopf hielt und sich schließlich um die eigene Achse drehte.

Einen perplexen Augenblick lang schien er vergessen zu haben, dass er uns der Halle verweisen wollte. Mit großen Augen fragte er: „Und Sie sind?"

„Trudi. Nur Trudi. Wie Adele und Madonna", sagte sie und zwinkerte ihm zu.

„Ich bin Ariane", schaltete sich meine beste Freundin lächelnd ein. „Ebenfalls Freundin von Leonie."

„Ah", sagte er knapp und drehte sich kurz wieder zur Pyramide um. Das Mädchen auf der Spitze breitete gerade die Arme aus, sodass Harry ein weiteres Foto machen konnte. „Also haben Sie nichts mit der Polizei zu tun?", schloss Sebastian schließlich und blinzelte mich misstrauisch an.

Na ja, das war jetzt auch nicht ganz richtig. Ich hatte *sehr viel* mit der Polizei zu tun. Nur meistens nicht freiwillig. Und mit einem Polizisten zu schlafen, zählte nicht als Referenz, wenn man Josh glauben wollte.

Dennoch sagte ich vage: „Doch, doch. Ich habe eine … beratenden Funktion."

Das war nicht gelogen. Ich gab liebend gern Ratschläge. Nur wollte sie meistens keiner hören.

„Oh, okay." Sebastians Miene erhellte sich. „Dann können Sie mir vielleicht mehr zu Lana sagen? Torben meinte, die Polizei habe sie gefunden und … na ja, wo ist sie?" Er warf einen Blick zur Tür, als hoffte er, dass sie dort hereinspazierte, bevor er, ohne eine Antwort abzuwarten, fortfuhr: „Wir brauchen unbedingt einen neuen ersten Goldfunken. Zurzeit ist es Viktoria, aber sie macht keinen besonders guten Job, also … jetzt, da

Sina tot ist, kommt sie doch bestimmt zurück?" Er rang die Hände und atmete tief ein. Er wirkte nervös und gestresst. Es war wohl kein Zuckerschlecken, Funkenmariechen zu trainieren, die allesamt ehrgeizig und gemein waren.

„Oh ja, sie wurde gefunden", bestätigte ich. „Allerdings weiß ich nicht, ob sie schon entlassen wurde und die Goldfunken gerade ihre höchste Priorität sind."

„Mhm." Er nickte und strich sich fahrig durch die Haare. „Klar. Okay, ich ..."

„Ey! Sebastian, ist es okay, wenn wir gleich von dem neuen ersten Goldfunken noch ein paar Einzelshots zusammen mit ihrem Partner machen?", unterbrach uns in diesem Moment Simon Trimovitz. Als er mich erblickte, öffnete er überrascht den Mund. „Oh, hallo."

Ich hob die Hand, während Sebastian nickte, sein Handy herauszog und kurz auf das Display linste. Seine Augenbrauen zogen sich verärgert zusammen. Offenbar gefiel ihm nicht, was er da sah.

Er räusperte sich und sah auf. „Jaja. Klar. Ich sag Viktoria Bescheid", murmelte er und schlenderte zurück zur Pyramide, die sich gerade auflöste.

„Oh, ich glaube, gleich machen sie die Hebefiguren", sagte Trudi begeistert, bevor sie Sebastian hinterherwuselte.

Oh Gott. Ein unheilvolles Gefühl machte sich in mir breit und meine Brust zog sich enger. Das Ganze würde mit einer gebrochenen Hüfte enden und dann würde nicht nur Mo mich hassen, sondern auch Trudis Sohn! Und so viel Missgunst mir gegenüber würde ich nicht ertragen können.

„Ich pass auf sie auf", meinte Ariane leise, die die Panik auf meinem Gesicht gesehen haben musste, und folgte ihr auf dem Fuß.

Erleichtert ließ ich die Schultern sinken. Ariane hatte eine beruhigende Ausstrahlung. Sie war wie ein menschlicher Zen-Garten. Also hatte ich Zeit, mich auf den Mann vor mir zu konzentrieren.

„Ich wusste gar nicht, dass sie noch weitere Recherchen für ihren Artikel anstellen, Herr Trimovitz", stellte ich fest und lächelte freundlich.

„Oh, nein, nein!" Er schüttelte den Kopf. „Das hier ist für einen weiteren Artikel. Er handelt darüber, wie man als Tänzer über Verlust hinwegkommt. Wie man seine Kunst nutzt, um sich durch den Schmerz hindurchzuarbeiten. The Show must go on – Sie verstehen?"

Mhm. Was ich verstand, war, dass das hier unfassbar geschmacklos war und er Profit aus dem Tod einer jungen Frau schlug.

„Mein Boss", fuhr Trimovitz unbeirrt fort. „Also der Herr Klein hat gemeint, dass das hier eine Goldgrube sei. Unsere Verkaufszahlen sind beachtlich gestiegen. Er hat mir aufgetragen, eine ganze Reportagen-Reihe draus zu machen." Stolz reckte er das Kinn.

„Wow, nicht schlecht", sagte ich gespielt beeindruckt.

„Simon, willst du ein Sandwich?", unterbrach Harry ihn, der während der letzten Minuten Trudi dabei beobachtet hatte, wie sie energisch mit dem Kopf zum Takt der Musik wackelte, und zog ein unförmiges Alufolien-Päckchen aus seiner Hosentasche. „Du weißt doch, du musst auf deinen Blutzucker achten. Wir sollten kurz Pause machen, bevor wir die Einzelbilder und das Interview machen."

Simon nickte. „Gute Idee. Lass uns rausgehen. Frische Luft schnappen.“

Die zwei schlurften zur Tür und ich war wieder allein.

Durch die Halle hinweg erkannte ich Alisa, Delia und ihre Freundin, die hinter vorgehaltener Hand tuschelten und immer wieder zu mir herübersahen. Ihre Blicke gekonnt abfällig.

Gab es so etwas wie eine Teenagerschule, wo sie lernten, so gezielt beleidigend zu gucken? Oder vielleicht hatten sie einen Onlinekurs belegt?

Bestimmt wandte ich ihnen den Rücken zu und ging stattdessen auf Leonie zu, die gerade gierig aus einer Flasche Wasser trank.

„Hey“, sagte sie lächelnd und wischte sich mit dem Handrücken den Mund ab, sobald ich sie erreicht hatte. „Du bist gekommen.“

„Ja, vielen Dank für die ... Einladung.“

„Kein Problem.“ Sie zuckte die Achseln. „Je mehr Leute sich den Mord ansehen, desto eher wird der Täter gefasst, oder?“

Oje, ich wünschte, das wäre wahr. Doch wie viele Leute hatten sich den Mord von Joshs Mutter bereits angesehen und nichts gefunden?

Manche schrecklichen Geschehnisse würden einfach nie geklärt werden. Doch das war ein viel zu deprimierender Gedanke, um ihn mit einem neunzehnjährigen Mädchen zu teilen, das ohnehin schon traumatisiert genug war.

Also sagte ich nur: „Richtig.“

„Gut. Hast du denn schon etwas herausgefunden?“, wollte sie sofort neugierig wissen.

Nachdenklich sah ich auf meine Hände, während ich überlegte, wie ich diese Frage ehrlich beantworten konnte.

Das Ding war: Ich *hatte* etwas herausgefunden. Viel sogar.

Aber ich war mir nicht ganz sicher, ob mir das irgendwie half.

Ich wusste, dass Sina nicht beliebt, aber loyal gegenüber ihrer besten Freundin gewesen war. Ihrer schwangeren besten Freundin, die ausschließlich Sina von dem Kind erzählt hatte.

Ich wusste, dass Sina kein gutes Haar an so ziemlich jedem Mitglied der Goldfunken sowie dem Trainer und ihren Eltern gelassen hatte. Ich wusste, dass ein großer Konkurrenzkampf innerhalb der Goldfunke herrschte. Ich wusste, dass irgendwer das Herz auf ihrem Freundschaftsarmband mit Edding durchgestrichen hatte. Und ich wusste, dass Teenager gemein waren.

Doch das waren alles nur Kleinigkeiten. Keine richtigen Hinweise darauf, wer von den Anwesenden so viel Hass in sich tragen konnte, um Sina zu ertränken und noch dazu auf sie einzuschlagen.

Doch ich wollte Leonie nicht enttäuschen, also sagte ich: „Ein bisschen. Ich darf allerdings nicht wirklich drüber reden. Aber wenn dir noch irgendetwas einfällt, was vielleicht hilfreich sein könnte ...?"

Erwartungsvoll sah ich sie an.

Sie schüttelte den Kopf. „Ich kann mir gar nicht vorstellen, dass irgendjemand zu so etwas ... Schrecklichem in der Lage ist", wisperte sie. „Es ist sicherlich niemand von hier. Ich weiß, es gibt eine Menge Herumgezicke, aber niemand meint es wirklich ernst! Wir ... haben uns trotzdem alle lieb.“

Beim letzten Satz klang sie nicht sonderlich überzeugt, doch ich glaubte ihr, dass sie keinem der hier Anwesenden einen Mord zutraute. Ich hatte früher genauso gedacht. Doch man lernte mit der Zeit, mit dem Schlimmsten zu rechnen.

Oh Gott – wann war ich so ein schrecklich zynischer Mensch geworden? Josh färbte anscheinend auf mich ab. Das war ja furchtbar! Was, wenn ich auch noch anfing, Liegestütze zu mögen?

Ich räusperte mich und schüttelte mir den Gedanken aus dem Kopf. „Es gibt einen ganz schönen Medienrummel hier“, meinte ich und sah zum Ausgang, durch den Harry und Simon verschwunden waren. „Stört das nicht beim Training?“

„Nee. Sie machen uns nichts aus.“ Leonie hob eine Schulter. „Wirklich. Erstens sind wir immer voll konzentriert, wenn wir unsere Übungen machen, und zweitens ... Na ja, wir können auch nicht wirklich etwas dagegen sagen. Es ist schön, Werbung zu bekommen und der Verein wird seit Ewigkeiten von der *Rheinländer Rundschau* gesponsert.“

„Echt?“, sagte ich überrascht.

„Ja, die arbeiten seit mehr als dreißig Jahren zusammen. Das hat Basti zumindest gemeint, als er die Journalisten angekündigt hat. Wir sind also glücklich, dass wir ihnen ein wenig Content bieten können.“

„Oh. Klar. Wenn sie euch seit Jahren Geld geben ...“

„Nee.“ Leonie schüttelte den Kopf. „Sie sponsern uns nicht mithilfe von Geld. Sie spenden Papier. Das, was von den Zeitungen übrig bleibt. Für unsere Karnevalswagen und Pappmaché-Köpfe und all so einen Kram. Sie haben ja ohnehin zu viel davon. Ich glaub, das machen sie sogar noch bei ein paar der anderen Karnevalsvereine."

„Ach, cool. Schöne Idee", stellte ich ehrlich fest. „Dann wird das Papier nicht verschwendet."

„Genau", stimmte Leonie zu und strich ihr Kostüm glatt.

„Sag mal, Leonie", fragte ich leise und beugte mich vor. „Lastet viel Druck auf euch? Den Goldfunken? Ich dachte immer, es wäre einfach nur ein witziges Hobby, aber ... viele von den Tänzerinnen scheinen ernsthaft gestresst zu sein."

Sie zog eine Grimasse und wandte ihren Goldfunken-Kollegen und Kolleginnen bestimmt den Rücken zu, bevor sie antwortete. „Na ja, ich gebe zu, dass es bei uns etwas extrem ist. Ich bezweifle, dass es bei allen Karnevalsvereinen so ist, aber ... wir wollen die besten des Landes werden. An Wettbewerben teilnehmen. ‚Wir sind nicht irgendein Spaß-Verein‘, *sagt Sebastian immer.* Wir ..." Sie sah über ihre Schulter und brach abrupt ab. Ihre Augen wurden riesig und ihr Mund öffnete sich schockiert.

Alarmiert wirbelte ich herum und rechnete fest damit, einen vermummten Mann in Schwarz mit Samuraischwert in der Hand zu sehen – oder zumindest etwas ähnlich Gruseliges wie ein Kerl mit Socken in Sandalen.

Doch da war nur Trudi.

Oder vielleicht auch *zu viel* Trudi.

„Was ... was in Gottes Namen tut sie?", fragte Leonie perplex.

Tanzen, wollte ich sagen. Doch ich hielt mich davon ab. Denn das wäre beleidigend gegenüber ... nun, Tanzen gewesen.

Trudi hatte ihre Hose verloren.

Wie das passiert war, obwohl Ariane auf sie hatte aufpassen wollen, war mir schleierhaft, aber so war es. Sie trug nur noch eine pinke, spitzenbesetzte Radlerhose, die sie darunter getragen haben musste, und ihr wallendes, blumiges, neongelbes Oberteil, das selbst mir zu grell war – und normalerweise waren Blumen bei mir eine sichere Sache.

Irgendwo hatte sie golden-rote Pompons gefunden, die sie jetzt aggressiv nutzte, um sie der verdutzt dreinsehenden Delia ins Gesicht zu schlagen, bevor sie sich um die eigene Achse drehte. Allerdings sehr vorsichtig und langsam, so wie von ihrem Arzt verschrieben.

Es sah nun so aus, als kämpfte eine Schildkröte, die in zu viele Farbtöpfe gefallen war, gegen die Luft an.

Trudis Lächeln gewann an Wattzahlen.

„Das macht Spaß", hörte ich sie begeistert rufen. „Du solltest auch mitmachen, Ariane."

Doch Ari stand wie ein schüchternes Milchglas fünf Meter weiter und rührte sich nicht.

Trudi störte sich nicht weiter daran. „Sagt mal, habt ihr Dienstag schon was vor?", wollte sie laut von den umherstehenden Goldfunken wissen und warf einen der Pompons in die Luft. Leider vergaß sie, ihn wieder aufzufangen, als er herunterfiel,- oder vielleicht waren ihre Reflexe auch zu langsam – jedenfalls landete er vor ihr auf dem Boden. Trudi störte sich nicht daran. Sie zuckte mit den Schultern und trat im nächsten Moment rhythmisch mit ihrem Fuß dagegen. Bücken war nicht ihre Stärke. „Ihr seid eine solch fesche Gruppe, euch könnte ich auf meiner Hochzeit gebrauchen.“

„Oje, sie verletzt sich noch“, murmelte Leonie besorgt und lief zu ihr.

Einige Sekunden lang kämpfte ich mit meinem Gewissen.

Leonie hatte recht, irgendwer musste auf Trudis schwache Hüfte aufpassen. Andererseits erschien mir das hier wie genau der richtige Moment, um mir das Schwimmbad anzusehen.

Niemand achtete auf mich. Trudi hatte unbeabsichtigt die perfekte Ablenkung geschaffen – und ich konnte die Chance nicht an mir vorbeigehen lassen. Hastig eilte ich zur Tür der Turnhalle.

Ariane und Leonie waren schließlich hier, um auf die Senioren-Tanzmaus aufzupassen. Es würde schon schiefgehen.

Ganz sicher.

Hoffentlich.

Kapitel 10

Ich hatte einige Übung darin, mich aus Räumen zu schleichen.

Um meinen Kater nicht zu wecken. Um heimlich Kekse aus der Küche meiner Mutter zu stehlen. Um Josh nicht wissen zu lassen, dass ich an illegalen Autorennen teilnahm.

Solche Dinge eben.

Aber es brauchte keine besonderen Fähigkeiten, um unbemerkt einen Raum zu verlassen, in dem eine Frau Mitte siebzig funkelnde Pompons schwang, also lief ich einfach schnurstracks zum Ausgang und bog nach rechts, in die Richtung, in der das Hallenbad ausgeschildert gewesen war.

Mir begegnete niemand auf dem Weg. Einzig und allein der Geruch nach Chlor kam mir entgegen. Er stieg mir bereits in die Nase, als ich aus zehn Metern Entfernung zwei Türen erkannte, die mithilfe von rot-weißem Tape abgesperrt waren und die dahinterliegenden Räumlichkeiten als Tatort markierten. Zwei Schilder verkündeten, dass die eine zu den Umkleiden, die andere zum Schwimmbad führte.

Mhm. Unschlüssig blieb ich davor stehen.

Die Umkleiden. Ich fragte mich, ob die auch von den Goldfunken genutzt wurden, um in ihre Kostüme zu wechseln? Und wenn ja – hatte dann jeder Tänzer und jede Tänzerin vielleicht sogar einen eigenen Spind?

Einen Versuch war es wert.

Ich duckte mich unter dem Tape hinweg und trat in einen gefliesten Raum. Wieso ging die Polizei eigentlich davon aus, dass Tape einen davon abhielt, durch eine Tür zu marschieren? Sie sollte aus Harry Potter lernen. Wenn einen ein dreiköpfiger Hund nicht davor bewahrte, in einen verbotenen Korridor zu spazieren, dann würde Tape in Signalfarben auch nicht helfen.

Ich blickte mich um und rümpfte die Nase. Es roch nach jahrealtem Schweiß, Chlor und Erinnerungen an schrecklichen Schwimmunterricht. Zu meiner Linken befanden sich eine Reihe einzelner Umkleidekabinen, an der Wand gegenüber einige große Spinde. Doch es waren die kleinen Schließfächer zu meiner Rechten, die meine Aufmerksamkeit auf sich zogen.

Denn Namensschilder zierten ihre Türen.

Da waren Delia und Torben und ... jap, Sina.

Mein Herz hüpfte aufgeregt in meiner Brust – fiel jedoch keine Sekunde später ein paar Etagen tiefer. Denn das Schließfach stand offen und war vollkommen leer.

Mist.

Wer hatte es wohl ausgeräumt?

Die Polizei oder der Täter?

Oder hatte Sina nie was darin gelagert?

Seufzend lief ich weiter und trat durch eine Tür, die laut Aufschrift ins Schwimmbad führte. Sonnenlicht fiel durch die Fensterfront auf der linken Seite und erhellte ein einziges, großes Becken. Vorsichtig blickte ich mich um. Auf der Suche nach ... irgendetwas.

Doch dieser Tatort war vollkommen makellos. Keine Blutspritzer an den Wänden. Keine Fliesen mit der Aufschrift: *Dies ist ein Geheimfach* darauf. Das Schwimmbad sah eben aus wie ein Schwimmbad. Da waren das

Becken, eine Reihe von Startblöcken, in der hinteren Ecke stand ein silbernes Gitter, in dem sich die Schwimmbretter und Schwimmnudeln häuften, direkt rechts neben mir hing ein großer Erste-Hilfe-Kasten, dahinter war eine gläserne Kabine zu erkennen, die vermutlich für den Bademeister herhielt.

Ich seufzte schwer.

Ich wusste auch nicht, was ich erwartet hatte. Hier gab es nichts, was ich durchsuchen könnte. Nichts, was die Polizei übersehen haben könnte. Das hier war einfach ein Schwimmbad, das das Pech gehabt hatte, zum Tatort degradiert zu werden.

Das hier war reine Zeitverschwendung.

Ich wandte mich nach rechts zum Ausgang … und verstand zum ersten Mal, warum man nicht mit Straßenschuhen ins Schwimmbad gehen sollte. Vor allem nicht mit denen, die absolut kein Profil hatten. Denn sie waren verdammt rutschig. Ebenso wie der Boden.

Ein sehr weibliches Quietschen drang über meine Lippen, das den Kampf um die Emanzipation sicherlich um mehrere Jahre zurückwarf, als ich den Halt verlor. Ich strauchelte und griff in meiner Panik nach dem einzigen, was ich zu fassen bekam: den Erste-Hilfe-Kasten an der Wand.

Er war deutlich größer und breiter als die Teile, die man im Auto mitführen sollte, doch offensichtlich trotzdem nicht dazu geeignet, eine Frau mit Vorliebe für Schokolade zu halten. Ein hässliches Reißen ertönte, als er von der Wand sprang und zusammen mit mir zu Boden segelte. Der Plastikkasten krachte auf die Fliesen, sprang auf und verteilte sein Inneres auf dem Boden.

Es klirrte metallen, als eine unterarmbreite Röhre –
was zur Hölle war das? – herausfiel und geradewegs in
Richtung Beckenrand rollte.

Oh, nein. Ich war nicht dafür gekleidet, nach ihr zu
tauchen. Hastig rappelte ich mich auf alle viere auf und
krabbelte elegant nach vorn, während ich meinen Arm
ausstreckte, um sie vor einem nassen Tod zu bewahren.

Die Röhre stieß gegen meine Hand und kam zum
Stillstand. Erleichtert atmete ich durch.

Das war alles halb so wild.

Seufzend hievte ich mich auf die Füße und hob die
Röhre auf.

Klar, mein Po schmerzte, aber der Kasten sah noch
heil aus und … Moment.

Blutete ich?

Ich fühlte mich nicht, als wäre ich verletzt, aber an
der rostigen Röhre in meiner Hand klebte eindeutig
Blut. Das erkannte ich mittlerweile. Verwundert sah
ich an mir hinab, blickte auf meine heilen Hände und
meine unverletzten Knie.

Nein. Ich blutete nicht, ich …

Oh mein Gott, das war nicht *mein* Blut.

Plötzliche Übelkeit flutete meinen Magen und erschrocken ließ ich die Röhre wieder fallen, die unschuldig zu meinen Füßen liegen blieb.

Scheiße.

Ich bekam Schnappatmung. Weiße Punkte tanzten
vor meinen Augen. Das konnte doch nicht … nein!

Ich schlug mir beide Händen auf die Stirn, bevor mir
einfiel, dass an meinen Fingern womöglich noch frem-
des Blut hing und ich sie mit einem erneuten Quietschen fortriss. Ich schüttelte mich und blickte auf

meine Finger. Doch sie sahen sauber aus. Welch ein Glück, dass das Blut am Rohr schon getrocknet war.

Nein, kein Glück.

Überhaupt kein Glück. Denn da war vermutlich Sinas Blut am Rohr. Und jetzt auch meine Fingerabdrücke.

„Oh Shit", hauchte ich. „Oh Shit, oh Shit. Das kann doch nicht wahr sein!"

Ich kniff die Augen zusammen und schüttelte den Kopf.

Warum?

Warum passierte immer *mir* so was? Wen hatte ich wütend gemacht, damit er mir rostige, blutverschmierte Rohre in den Weg legte? Und was zur Hölle tat ich jetzt?

Panik keimte in mir auf und mein Herz flatterte wild in meiner Brust.

Okay, ich musste mich beruhigen. Das war immer das Erste, was ich tat. Also sog ich Luft durch die Nase ein und stieß sie durch den Mund wieder aus.

Es war eine Mordwaffe, nichts weiter.

Ach, was, es war noch nicht einmal das! Sina war schon tot gewesen, bevor ihr jemand auf den Kopf geschlagen hatte. Es war also lediglich eine ... Leichenschänderwaffe. Das war halb so wild.

Und meine Fingerabdrücke auf dem Rohr konnte ich erklären.

Denn sie abzuwischen, war keine Option. Was, wenn ich damit auch die Abdrücke des Mörders verschwinden ließ?

Stöhnend riss ich die Augen wieder auf.

Gut, jetzt da ich mich beruhigt hatte, musste ich Josh anrufen. Ihm sagen, dass ich ein rostiges, blutiges Rohr gefunden und ... etwas Dummes getan hatte. Aus Versehen.

Ich zog mit klammen Fingern das Handy aus der Tasche, nur um festzustellen, dass ich hier keinen Empfang hatte.

Das war nicht schlecht. Vermutlich war es ohnehin besser, zu gehen und erst anzurufen, wenn ich bereits auf dem Weg zurück in die Kölner Innenstadt war. Dann konnte Josh die Waffe, aber nicht *mich* sichern.

Ja, das erschien mir wie eine kluge Idee.

Also ließ ich den Kasten und das Rohr liegen – nicht noch mehr berühren, zumindest das hatte ich gelernt –, schloss die Schwimmbadtür fest hinter mir und lief zurück zur Turnhalle, um Ariane und Trudi einzusammeln.

Mein Herz schlug mir noch immer bis zum Hals – wegen des Rohrs und weil ich sehr schnell gegangen und meine Kondition furchtbar war –, als ich schließlich zurück in die Halle trat.

Niemand hob auch nur den Kopf, als die Tür hinter mir zufiel.

Das war gut. Mein Verschwinden war nicht aufgefallen. Niemand würde im Hallenbad nach einer blutigen Waffe suchen und den Tatort verwüsten. Oder zumindest nicht noch weiter verwüsten.

Simon und Harry waren zurückgekehrt und positionierten gerade einen schwarzhaarigen Goldfunken mitsamt Partner unter einem der großen, altmodischen Scheinwerfer, die von der Decke schienen und mich an ein altes Theater erinnerten. Trudi saß zusammen mit Ariane auf einer der Holzbänke am Rand und massierte sich ihre Beine.

„… einfach nicht mehr dieselben. Glaub mir, als ich noch jung war, konnte ich einen Spagat! Ich dachte, so was vergisst man nicht. Aber darin habe ich mich offensichtlich geirrt", schloss sie gerade unzufrieden. „Von wegen Muskel-Gedächtnis! Das ist völliger Schwachsinn."

Ja, vermutlich weil ihre Muskeln sehr alt und dementsprechend dement waren.

„Hey", wisperte ich atemlos, als ich sie erreichte. „Wir müssen gehen."

„Warum müssen wir gehen?", fragte Trudi so laut, dass ihre Stimme von Wänden und Decke widerhallte.

Ich zuckte zusammen und sah mich besorgt um. Doch wieder achtete niemand auf uns. Alle sahen Viktoria, dem neuen ersten Goldfunken, und ihrem männlichen Tanzpartner dabei zu, wie er sie gerade auf einer Hand über seinen Kopf hob.

„Vertraut mir einfach, wenn ich euch sage, dass wir innerhalb der nächsten halben Stunde nicht hier sein wollen", beharrte ich.

Skeptisch sah Ariane zu mir hoch. „Was hast du getan?"

„Etwas Dummes und möglicherweise Geniales", sagte ich knapp.

Denn hey, ich hatte die Waffe gefunden, mit der auf das Opfer eingeschlagen worden war! Das war doch auch etwas wert, oder?

„Ohne mich?", echauffierte Trudi sich. „Wieso bin ich überhaupt mitgekommen?"

Ich wusste nicht, wie ich diese Frage beantworten sollte, denn ich hatte keine Ahnung.

„Schön" meinte Ariane seufzend. „Gehen wir."

Ich wollte an den Journalisten vorbeihasten, aber Trudi war nur zum Humpeln in der Lage, also passte ich mich ihrer Geschwindigkeit an.

„Ja, das sieht super aus", rief Simon Trimovitz und reckte beide Daumen in die Höhe. „Oder Harry?"

„Hm", brummte der und besah sich die Fotos auf der Rückseite seiner Kamera. „Das Licht könnte noch besser sein", stellte er dann fest. „Geht am besten noch ein wenig nach rechts ... ja, genau so. Macht noch einmal die Hebefigur. Super!"

Er nickte anerkennend und hob die Kamera. Das Licht vom Scheinwerfer flackerte und ich warf einen kurzen Blick nach oben. Er schien einen Wackelkontakt zu haben. Überhaupt hing er unfassbar tief. Und schief. Viel tiefer und schiefer als die anderen. Er war geradezu ...

Ein metallenes Kreischen erklang und erschrocken sah ich, wie der Scheinwerfer einen weiteren halben Meter absackte, bevor er sich vollends löste und gen Boden raste.

„Aufpassen!", brüllte ich entsetzt.

Das Hebefigur-Paar drehte sich überrascht zu mir um und verlor dabei das Gleichgewicht. Sie stolperten zur Seite, Viktoria fiel von den Schultern ihres Partners ... und sie beide kamen in genau demselben Moment auf wie der Scheinwerfer. Keinen halben Meter neben ihnen.

Er zerbarst in tausend Splitter.

Männer und Frauen schrien auf, Metall und Glas flog zu allen Seiten. Landete vor meinen Füßen, in Viktorias Haaren. Wurde gegen Harry und Simon geschleudert.

„Scheiße", sagte Harry schockiert und ließ die Kamera fallen. „Scheiße, habt ihr euch verletzt?"

Simon war kreidebleich und stürzte nach vorn, zusammen mit Sebastian und einer Horde anderer.

„Nein, nichts passiert", hörte ich Viktorias zitternde Stimme. „Bei dir, Tom?"

„Ja, alles okay", antwortete er, doch seine Stimme war ebenso zerbrechlich.

Sie standen offenbar unter Schock.

Aber es ging allen gut. Niemand war verletzt worden. Alles war … gut. Es wurde Zeit, mich auf ein Neues zu beruhigen. Durchzuatmen … ja.

Alles war okay.

Seelenruhig zog ich mein Handy aus der Tasche, während die Goldfunken noch immer wie wild durcheinanderkreischten, Trudi „Uiuiuiui" murmelte, und Sebastian einen Krankenwagen rief, auch wenn Viktoria erneut beteuerte, ihnen ginge es gut.
Ich drückte derweil die Kurzwahltaste eins. Dieser Anruf konnte nicht warten, fürchtete ich.

„Ist es wichtig, Lou?", meldete Josh sich nach dem zweiten Klingeln. „Ich hab zu tun."

„Ähm … na ja …" Unwohl kratzte ich mir das Kinn, eine Hand auf mein wild pochendes Herz gepresst, bevor ich langsam hinzusetzte: „Frag jetzt nicht, warum, aber ich bin beim Training der Goldfunken – und es könnte sein, dass gerade ein Scheinwerfer von der Turnhallendecke gefallen ist und fast eines der Mädchen erschlagen hat. Es steht unter Schock, hat sich aber nicht verletzt, soweit ich das erkennen kann. Ich frag mich nur, ob das wohl ein Zufall … oder Absicht war."

„Du … *was*? Warum bist du beim Training der Goldfunken!", rief er ungläubig.

„Mensch, Josh, ich hab gesagt, du sollst *nicht* fragen",
meinte ich verärgert. „Kannst du nicht einmal eine einfache Anweisung befolgen?"

Ein Stöhnen war die Antwort. „Wonach sieht es denn
aus? War der Scheinwerfer brüchig? Alt?"

Ich runzelte die Stirn und sah zu den Fetzen Metall
vor meinen Füßen. „Nigelnagelneu", murmelte ich. „Ich
kann nicht einmal Staub darauf entdecken."

„Shit", war seine schlichte Antwort.

„Jup." Ich holte tief Luft. „Josh, es scheint so, als hätte
es jemand auf die Goldfunken abgesehen."

Einige Sekunden lang herrschte Stille am anderen
Ende. Dann: „Mir gefällt das alles nicht."

„Ich glaube, du wirst hier niemanden finden, dem es
gefällt", stellte ich hilfreich fest.

Er schnaubte. „Jaja. Schon gut. Ich komme. Und nur
eine kleine Empfehlung meinerseits: Wenn ich da bin,
bist du es nicht mehr."

Das spielte mir glücklicherweise direkt in die Karten.
„Kein Problem. Ich gehe."

„Lou, ich meine es ernst … Moment." Er brach ab.
„Hast du mir gerade *zugestimmt*?"

Ich verdrehte die Augen. Er brauchte wirklich nicht
so überrascht zu klingen. „Ja", bestätigte ich. „Ich meine
…" Ich räusperte mich. „Es wird ernst. Irgendwer greift
zu drastischen Maßnahmen, um weiteren Leuten zu
schaden. Du willst nicht, dass ich weiter ohne dich her-
umstochere."

„Nun … Ja", stellte er verblüfft fest.

„In Ordnung. Das weiß ich zu schätzen. Aber nur fürs Protokoll: So viel allein gestochert habe ich diesmal wirklich nicht“, verteidigte ich mich. „Ich habe sogar das Gefühl, dass ich mich in einer heißen Phase des Persönlichkeitswachstums befinde.“

„Das freut mich für dich – aber wachs woanders als am Unfallort!“

„Verstanden“, sagte ich und nickte. „Ach und da ich dich gerade schon am Telefon habe: Mo *hasst* mich?“

„Nicht der richtige Zeitpunkt, Lou!“

„Es ist *nie* der richtige Zeitpunkt, mich zu hassen, Josh.“

„Wir reden da heute Abend drüber, okay? Aber mach dir keinen Kopf. Mo hasst jeden mal. Ist also praktisch ein Willkommensritual in die Familie für dich.“

„Na, vielen Dank auch“, bemerkte ich missmutig. „Dann rauche ich lieber zusammen mit euch Friedenspfeife oder tanze in Unterwäsche um ein Lagerfeuer.“

„Bitte schlag das niemandem vor, Lou“, sagte er ernst. „Das könnte fatale Konsequenzen haben.“

„Ich halte mich zurück“, versprach ich, als mir noch etwas einfiel. Mann, wie hatte ich das beinahe vergessen können? Anscheinend hatte der Angriff auf die Goldfunken mich doch etwas durcheinandergebracht. Ich räusperte mich. „Noch etwas: Es könnte sein, dass die Waffe, mit der der Täter auf Sinas Kopf eingeschlagen hat, im Hallenbad auf dem Boden liegt. Möglicherweise hat sie irgendjemand im Erste-Hilfe-Kasten an der Wand versteckt – und falls sich dort jetzt meine Fingerabdrücke drauf befinden, dann ist das reiner Zufall. Bis später!“

Ich legte auf, bevor Josh antworten konnten.
Es wurde wirklich Zeit, zu gehen.

Kapitel 11

Es war der dritte Abend in Folge, an dem ich allein in der Wohnung saß und mir den Kopf zerbrach – und das zu Karneval.

Das war einfach nur traurig. Nicht zu vergessen frustrierend. Denn mir gingen die Dinge aus, über die ich nachdenken konnte.

Normalerweise hatte ich zu diesem Zeitpunkt der Recherche zumindest irgendeinen konkreten Hinweis, über den ich mir Gedanken machen konnte. Aber ein Armband, auf dem das Herz durchgestrichen worden war, war einfach nicht das Gelbe vom Ermittlungs-Ei.

Alles, was mir dazu einfallen wollte, war: eifersüchtiger Freund. Eifersüchtige Freundin. Eifersüchtiges ... irgendwas.

Aber Sina hatte niemanden gehabt!

Das hatte Lana behauptet. Das hatten ihre Eltern behauptet. Das behauptete jeder einzelne Goldfunke. Aber aus welchem anderen Grund sollte man sich die Zeit nehmen und Mühe machen, ein Herz durchzustreichen, das eine tiefe Freundschaft symbolisierte?

Ich bekam Kopfschmerzen, also ließ ich den Gedanken einfach fallen und beschäftigte ich mich lieber mit etwas gänzlich anderem: Trudis Trauzeuginnenrede.

Sie hatte mir beim Kauf des Hochzeitkleides einen Zettel zugesteckt, beidseitig beschrieben, auf dem sie mir laut eigenen Angaben *hilfreiche Anweisungen* notiert hatte.

Ich konnte nicht sagen, ob sie hilfreich waren – aber ja, es waren Anweisungen. Allesamt mit einer Horde Ausrufezeichen versehen.

Ich fläzte mich auf die Couch, den Rücken an die Armlehne, einen dicken Wälzer über Arzneipflanzen und ihre Anwendungsgebiete als Schreibunterlage auf meinem Schoß, und überflog die Liste.

Sie war sehr ... detailliert.

Trudi hatte mir sogar eine Reihe von Worten vorgegeben, die ich auf jeden Fall in die Rede integrieren musste.

Und sie sollte *eine halbe Stunde* dauern? Was zur Hölle?

Wusste ich überhaupt genug über Manni und Trudi, um eine halbe Stunde damit füllen zu können? Das war ein absurd langer Zeitraum!

Ich dachte gerade darüber nach, ob es sich nicht um einen Schreibfehler handelte und sie eigentlich drei Minuten gemeint hatte, als die Tür aufging. Josh trat ein, ein griesgrämiger Ausdruck auf dem Gesicht, der sich bestätigte, als er auf direktem Weg zum Kühlschrank lief und sich ein Bier herausholte.

„Gott, ich hasse Karneval so sehr", stellte er sachlich fest. „Ich hasse Paillettenkostüme. Ich hasse Teenager. Ich hasse Karnevalsvereine. Ich hasse Mörder. Und ich hasse Arbeiten am Wochenende."

„Das ist sehr viel Hass für einen Samstagabend", stellte ich fest. „Schraub es etwas zurück. Liebe mehr. Außer die Mörder jetzt. Aber sonst fangen Engel an zu weinen. Das sagt meine Mutter zumindest immer."

Josh warf mir einen düsteren Blick zu, öffnete das Bier mithilfe der Kante der Kücheninsel und seiner

Hand und trank zwei Schlucke, bevor er Jacke und Schuhe auszog.

„Weißt du, womit ich die letzten vier Stunden verbracht habe?", wollte er wissen, hob meine Füße an, setzte sich auf die Couch, und legte sie zurück auf seinen Schoß. „*Erneut* zwanzig Funkenmariechen und ihre Tanzpartner zu befragen. Als wäre das eine Mal nicht genug gewesen. Als hätte ich die Zeit dafür. Aber niemand hat etwas gesehen. Niemand hat etwas gehört. Niemand hat etwas Auffälliges bemerkt. Niemand versteht, was los ist. Alle beharren darauf, dass sie Sina geliebt haben und ihr nie etwas Böses angetan hätten. Ihre Eltern wissen von nichts. Ihre Lehrerinnen haben nichts Auffälliges bemerkt. Ihre beste Freundin hat mir nur Geheimnisse erzählt, für die ich nicht einmal einen Goldfisch umbringen würde. Wir haben keine Fingerabdrücke, keine DNA-Spuren unter ihren Fingernägeln oder sonst wo, keine Stofffetzen oder Ähnliches. Das Seil, mit dem sie festgebunden wurde, stammt aus demselben Raum, in dem der Wagen untergebracht war. Es gibt zu viele Verdächtige – aber keinen *wirklichen* Verdächtigen. Der ganze Fall ist absolut unübersichtlich. Er besitzt keinerlei Struktur. Ich befinde mich in rotgoldenem Treibsand!"

Wow. Er hörte sich genauso frustriert an, wie ich mich fühlte. „Ihr habt also keine Fingerabdrücke gefunden?", fragte ich langsam. „Auf dem Rohr?"

„Nein", knurrte er. „Bis auf deine natürlich!" Er warf mir einen düsteren Blick zu. „Mann, die Spurensicherung hat wirklich Mist gebaut. Sie hätten im Erste-Hilfe-Kasten nachgucken müssen – wie zur Hölle bist du überhaupt auf die Idee gekommen, dort nachzusehen?"

Meine Wangen wurden heiß und hastig strich ich die Haare hinter die Ohren. „Na ja, ich habe mich in die Rolle eines Mörders versetzt und dann einfach jeden Zentimeter der Halle abgesucht."

Rispo verengte die Augen und musterte mich skeptisch.

Ich seufzte. „Schön. Ich bin ausgerutscht und hab mich daran festgehalten."

Er nickte. „Jup. Das klingt plausibler."

Ich verdrehte die Augen. „Ist es denn die Waffe, die Sinas Kopfwunde verursacht hat?"

„Ja", murmelte er abwesend. „Aber es hilft uns trotzdem nicht weiter. Es ist eine der Stangen, nach denen im Training getaucht wird. Jeder hatte Zugriff darauf. Sie lagen einfach so im Hallenbad herum. Die Waffe ist also nur eine weitere Sackgasse."

Ich seufzte schwer. „Mist. Aber ... na ja", sagte ich zögerlich und setzte mich aufrechter hin. „Jetzt, da es einen zweiten Angriff gab, kann man die Verdächtigenliste doch zumindest kürzen, oder?"

Josh schloss die Augen und ließ sich gegen die Couchlehne sinken, während er abwesend Kreise auf meinen Knöchel malte. „Du meinst den Vorfall in dem Raum, zu dem mehr als dreißig Leute Schlüssel in diesem riesigen Vereinsheim haben? Der Raum, in den du dich einfach so hereingestohlen hast, der also praktisch für jeden Hinz und Kunz zugängig ist, sodass wir die Verdächtigenliste nicht eingrenzen können, sondern eher noch erweitern müssen? Bis jetzt verwirrt mich dieses

‚*Attentat auf die Goldfunken*' – nicht meine, sondern Trimovitz' Worte – eher, als dass es mir hilft."

Ich nickte nur. Ich hatte Angst, dass Josh aufhören könnte, zu reden.

Er teilte dieses Mal ungewöhnlich viele seiner Gedanken mit mir – vielleicht, weil er mir nicht das Gefühl geben wollte, wieder von seiner Arbeit vereinnahmt zu werden und mich nebenbei zu vergessen. Vielleicht, weil er wusste, dass ich ohnehin recherchieren würde, egal, wie viel er verriet oder nicht.

Es war mir auch egal: Denn er erzählte mir mehr zum Fall und ersparte es mir somit, mich kopfüber in ein paar Mülltonnen vor dem Vereinsheim stürzen zu müssen. Und darüber hatte ich innerhalb der letzten Stunden tatsächlich nachgedacht. Der Müll fremder Leute hatte mir in der Vergangenheit schon öfter geholfen. Aber wenn ich die Wahl hatte, zog ich es vor, nicht nach gammeligem Essen zu riechen.

„Der Täter kann es unmöglich gezielt auf einen Goldfunken abgesehen haben", fuhr Josh fort und schüttelte mit noch immer geschlossenen Augen den Kopf. „Das Metallscharnier, das den Scheinwerfer an der Decke gehalten hat, war angesägt. Wie in einem verdammten Cartoon. Aber niemand konnte wissen, wann das Teil genau herunterfällt und wen es vielleicht trifft. Der Mörder konnte nicht planen, wer wann an welcher Stelle stehen würde. Das ist unmöglich."
„Aber jemand hat es angesägt? Jemand möchte ... den Goldfunken schaden", stellte ich überrascht fest.

„Es scheint so." Müde rieb er sich übers Gesicht. „Auch wenn es absolut keinen Sinn ergibt. Diese ... Attacke."
Er öffnete die Augen und zog die Brauen zusammen, so

als fühlte er sich persönlich von der Albernheit und Zusammenhanglosigkeit dieses Falls angegriffen. „Ich würde mich mittlerweile als Experte bezeichnen, was Mordfälle angeht", sagte er sachlich. „Und ganz ehrlich: Einen Scheinwerfer zu manipulieren, ist ein sehr stümperhafter Versuch, jemandem zu schaden. Gerade im Vergleich dazu, jemanden zu ertränken und dann auf den toten Körper einzuschlagen ... nein", schloss er resigniert. „Ich verstehe es nicht."

Ich wusste, wie er sich fühlte. Denn er hatte recht. Es ergab keinen Sinn! „Also meinst du, dass vielleicht gar nicht Sina das eigentliche Ziel war ... sondern die Goldfunken im Allgemeinen?"

„Möglich", sagte er mit der Überzeugung da Vincis in der Ikea-Kunstabteilung.

Ich seufzte. „Gibt es vielleicht einen konkurrierenden Verein? Der weiß, dass sie gut sind und sie ... aufhalten will?"

„Aufhalten will, was zu tun, Lou?", fragte Josh stirnrunzelnd. „Zu tanzen und zu lachen?"

„Leonie meinte, sie wollen bei Wettbewerben teilnehmen ..."

„Ja, die erst Ende des Jahres stattfinden. Abgesehen davon ... wir sind hier weder bei *Romeo und Julia* noch bei *Breaking Bad*. Es gibt keine zwei verfeindeten Clans, die sich gegenseitig auslöschen wollen."

„Ich meine ja nur", sagte ich defensiv. „Man sollte alle Möglichkeiten in Betracht ziehen."

„Ja, ich weiß, sorry", meinte er und kniff die Augen zusammen. „Aber in dem Bereich gibt es leider auch keine Spur. Egal ... sag mir lieber, was du da machst."

Er beugte sich vor, um zu studieren, was ich auf meinem Papier festgehalten hatte.

„Ich schreib die Trauzeuginnenrede für Trudi", erklärte ich und presste es hastig an die Brust. „Ist aber noch geheim."

„Aha", sagte er, lehnte sich wieder zurück und schloss auf ein Neues die Augen. „Gute Rede?"

Ich strich das Blatt glatt und sah zögerlich über die drei Zeilen, die ich bisher verfasst hatte. Mir gefiel: *Liebe Trudi, lieber Manni,* zumindest schon recht gut.

„Ich hoffe, es wird eine", meinte ich vage. „Sag mal, Josh. Was reimt sich auf Nudel?"

Er öffnete skeptisch ein Auge. „Was?"

„Durchgeknallte Nudel, um genau zu sein." Er lachte und öffnete auch das andere Auge. „Sicher, dass Trudi das in ihrer Rede haben will?"

Ich sah ihn mitleidig an. „Josh, sie will es nicht nur in ihrer Rede haben: Sie hat es in ihren Stichpunkten explizit verlangt. Es ist eines der vierundzwanzig Schlagworte, die ich in Reimform unterbringen muss.

„Was?", wiederholte er verwirrt.

„Jup."

„Was sind das für Worte?"

„Neben *verrückte Nudel,* meinst du? Es sind eher Ausdrücke und manchmal auch halbe Sätze." Ich kramte Trudis Liste heraus. „Zum Beispiel: knackiger Po, stilsicher, Spaß in den Backen, Glitter and Glamour, cooler als die Polizei erlaubt – hier hat sie übrigens angemerkt, dass du gerne deine Uniform und eine Sonnenbrille anziehen kannst, um dann in tiefer Stimme zu sagen: *Das werden wir ja sehen, junge Frau!*

Josh sah so entsetzt aus, dass ich lachen musste.

„Ich weiß. Es ist etwas viel“, gab ich zu.

„Na ja, knackiger Po und Spaß in den Backen kannst du zumindest problemlos verbinden“, sagte Josh todernst. „Und du hast offensichtlich vergessen, mich um die Sache mit der Uniform zu bitten. Oder sie ist zum Zeitpunkt der Trauung gerade in der Wäsche oder was auch immer.“

Grinsend legte ich den Zettel beiseite. „Du trägst die Uniform seit Jahren nicht mehr – tatsächlich habe ich dich noch nie darin gesehen.“

„Kommissare tragen keine Polizeiuniform.“

„Ich hab nicht einmal ein Foto von dir in Uniform gesehen“, überlegte ich weiter. „Siehst du albern darin aus?“

„Ich sehe wunderschön darin aus“, stellte Josh sofort klar.

Mein Grinsen wurde breiter. „Also wie ein Stripper?“, folgerte ich.

„Du wirst es nie erfahren“, meinte er trocken. „Weißt du, was ich mich frage: Warum sollte man jemanden ertränken?“

Ich blinzelte, etwas verwirrt vom plötzlichen Themenwechsel. „Willst du die Stripper-Diskussion im Keim ersticken oder hast du in den ganzen letzten fünf Minuten, während du mit mir geredet hast, eigentlich darüber nachgedacht?“, fragte ich beeindruckt.

„Beides“, antwortete er schlicht. „Ich meine: Warum jemanden im Pool ertränken?“

„Na ja, vielleicht hat er dich blöd angeguckt und behauptet, dass du in deiner Uniform wie ein Stripper aussiehst“, bot ich hilfreich an.

Josh schnaubte. „Das meine ich nicht. Es geht mir nicht um den Grund, *warum* jemand eine andere Person tötet. Die Frage ist: *Warum im Wasser?* Hast du eine Ahnung, wie unfassbar schwer es ist, jemanden zu ertränken?"

„Nein, ich werfe alle meine Opfer in die Holzschreddermaschine."

Josh ignorierte mich. „Es gibt *viel* leichtere Methoden, jemanden umzubringen. Jemanden zu ertränken ist, wie jemanden zu ersticken. Es dauert lange. Ist anstrengend für die Arme. Und braucht eine gewisse, kaltblütige Ader. Jemanden zu erschießen, ist leicht. Doch langsam zu sehen, wie das Licht in den Augen ausgeht …"

Er ließ seine Stimme bei jedem Wort leiser werden, sodass ich prompt eine Gänsehaut bekam und mich schüttelte.

„Wundervoll", sagte ich tonlos. „Die kaltblütigen Mörder mit dem großen Bizeps jage ich am liebsten."

„Ja, ich auch", meinte Josh abwesend. Er hatte wohl nicht bemerkt, dass meine Worte sarkastisch gemeint waren.

Sacht stieß ich sein Bein mit meinem Fuß an. „Hey. Du gehst etwas zu verkopft an die Sache ran. Vielleicht brauchst du etwas Abstand vom Mord, um deine Gedanken zu klären", schlug ich vor. „Damit du morgen früh wieder neue, brillante Einfälle hast – nach dem Brunch bei meinen Eltern natürlich."

Josh blinzelte. „Ich kann nicht …"

„Du warst seit *Monaten* nicht mehr dort, Josh!" Warnend richtete ich den Zeigefinger auf ihn. „Wenn meine Mutter dich nicht kennen würde, würde sie denken, dass ich mir dich nur ausgedacht habe. Eine Stunde. Mehr verlange ich nicht. Es wird Berliner geben."

Er seufzte, doch diskutierte nicht. „Eine Stunde", wiederholte er stattdessen. „Geht klar."

„Sehr gut." Zufrieden nickte ich. „Ich gehe ja schließlich Mittwoch auch zu dem Essen bei deiner Familie."

„Ah, ja. Das wollte ich dir noch erzählen ...", fiel ihm ein.

Ich verdrehte die Augen. „Zu spät, ich wurde bereits von Finn eingeladen. Und ich wusste gar nicht, dass Flo einen Freund hat."

„Niemand von uns wusste es, weil er meinte, wir würden uns dann nur in seinen Scheiß einmischen und ihn vergraulen."

„Aha", sagte ich und sah bestimmt wieder auf die Rede auf meinem Schoß.

„Du denkst, er hat recht, oder?", stellte Josh angesäuert fest.

„Na ja", meinte ich gedehnt. „Deine Familie ist toll, aber ihr übertretet manchmal ein paar Grenzen ... und Privatsphäre ist auch nicht euer Wort des Jahres."

Josh machte sich öfter mal Sorgen um seine Geschwister und sah es als seine Pflicht an, seine Nase so tief in ihre Angelegenheiten zu stecken, bis einer seiner Brüder ernsthaft überlegte, sie abzuschlagen.

„Das aus deinem Mund!" Er schüttelte den Kopf.

„Wie kam denn überhaupt raus, dass er einen Freund hat?", hakte ich nach.

Jetzt war es Josh, der den Blick abwandte. „Finn hat sie zusammen im Belgischen Viertel gesehen ... Und sie dann zwei Kilometer lang verfolgt, bis er gesehen hat, dass sie sich geküsst haben, woraufhin er sie mit einem lauten *Aha!* zur Rede stellen konnte.“

Ich legte den Kopf in den Nacken und lachte laut. „Nein, du hast recht. Ihr nehmt Privatsphäre sehr ernst.“

„Tue ich!“, verteidigte er sich. „Flo will mir den Nachnamen von seinem Neuen nicht nennen. Er meint, ich würde ihn ja nur durch die Polizeidatenbank jagen und nach Dreck suchen.“

„Und? Würdest du?“

„Natürlich würde ich das tun!“ Ungläubig sah er mich an. „Nachher ist er ein Psychopath.“

„Der Einzige, der gerade ein wenig wie ein Psychopath wirkt, bist du, Josh“, sagte ich leichthin. „Florian wird sich schon keinen Idioten gesucht haben – und du hast eine gute Menschenkenntnis. Du brauchst keinen Backgroundcheck, um einschätzen zu können, ob er ein guter Kerl ist. Ich meine: Mich hast du ja auch nicht durch die Datenbank gejagt.“

Josh schwieg.

Ich riss die Augen auf. „Oh mein Gott, das hast du, oder?“

„Quatsch“, sagte er und winkte ab. „Aber meine Güte, Lou, wie oft kann man falsch parken?“

„Hey!“ Ich trat mit dem Fuß nach ihm. „Parken in Köln ist unmöglich – und ich bezahle doch keine drei Euro, um eine halbe Stunde lang unter einem mit Tauben bevölkerten Baum zu stehen, die mein Auto vollkacken. Und du hast *ernsthaft* einen Backgroundcheck bei mir gemacht? Immer wenn ich dich bitte, einen für mich zu machen, sagst du, dass die Datenbank nicht für private Zwecke gedacht ist!“

„Ist sie ja auch nicht – und ich habe dich durchs System gejagt, weil du meine polizeilichen Ermittlungen behindert hast und ich mehr über dich wissen wollte."

Ich schnaubte und hob die Augenbrauen.

„Und weil ich sichergehen wollte, dass ich mich nicht in eine gesuchte Mörderin oder Taschendiebin oder Exhibitionistin verliebe", fügte Josh schließlich pflichtbewusst hinzu.

Ich verdrehte die Augen, musste jedoch gegen ein Lächeln ankämpfen. „Na, solange du nur das Falschparken entdeckt hast."

„Mhm", machte er, den Blick konzentriert auf die Bierflasche in seiner Hand geheftet.

Alarmiert richtete ich mich auf. „Josh? Es war nur das Falschparken, oder?"

„Ja, das und noch eine andere Kleinigkeit", sagte er leichthin.

„Was denn?", fragte ich beunruhigt und dachte angestrengt zurück, ob es irgendeinen Vorfall gab, der die Polizei involv– Oh, nein.

Ich schlug die Hand vor den Mund.

Josh grinste breit. „Weißt du, man könnte es schon als Erregung öffentlichen Ärgernisses betrachten, nackt und high auf dem Dach seiner Eltern zu stehen. Der Polizeibericht hat sich wie eine schlechte RTL-Reality-Soap gelesen."

„Nun, das muss am Schreibstil des Polizisten gelegen haben", sagte ich schnippisch. „Und ich fasse es nicht, dass die nette Polizistin meinen Namen aufgeschrieben hat."

„Tja, weißt du, Namen sind relativ relevant für die Polizei und ihre Berichte", meinte er entschuldigend.

„Ich weiß! Aber sie meinte, dass ich mir keine Sorgen machen müsse. Es würde keine Konsequenzen haben – und jetzt, zehn Jahre später, sitzt du mir unverschämt grinsend gegenüber. Sie hat also gelogen!"

„Weißt du, ich dachte immer, Emily wäre der Teil eurer Familie, der gern mit Drogen experimentiert", sinnierte er vor sich hin. „Aber ich habe dich unterschätzt ..."

„Jetzt komm mal runter. Ich war nur dieses eine Mal high!", meinte ich verärgert und richtete meinen Zeigefinger auf ihn. „Und auch nur, weil ich pflanzeninteressiert war."

„Oh ja", sagte er ernst. „Das ist meistens der Grund, warum Leute einen rauchen."

Ich verdrehte die Augen. „Ich wusste nicht, dass man das Gefühl bekommen kann, dass einen seine Kleidung einengt und versucht zu ersticken, okay? Das alles war ein Unfall. Mir war heiß und die Kleidung schrecklich ... und das Dachfenster stand nun einmal offen." Ariane hatte mich versucht, davon abzuhalten. Aber sie hatte geglaubt, dass ihre Finger kleine Wiener-Würstchen waren, und somit nicht das richtige Werkzeug besessen, um mir zu helfen.

Josh lachte und schüttelte den Kopf. „Ich fasse nicht, dass du diese Geschichte die letzten Jahre vor mir geheim gehalten hast."

„Da wir gerade bei Geheimnissen sind", sagte ich pikiert, denn wir mussten wirklich schleunigst das Thema wechseln. „Wie kommt es, dass du vergessen hast, zu erwähnen, dass Moritz mich *hasst*?"

Joshs Augenbrauen wanderten unter seine Haare. „Was?", fragte er und räusperte sich.

„Mo. Er hasst mich! Wie du sehr wohl weißt. Du meintest am Telefon, wir reden da heute Abend drüber. Es ist Abend.“

Josh seufzte und winkte ab. „Ach, mach dir keine Gedanken. Er kommt drüber hinweg.“

„Ach ja? Wann?“

„Irgendwann“, sagte er vage.

„Das kann eine lange Zeit sein“, meinte ich alarmiert.

„Ja, sein Rekord sind zwei Jahre … aber bei dir ist das bestimmt nicht der Fall“, setzte Josh hastig hinzu, als er mein Gesicht sah. „Wie ich schon sagte: Mo steigert sich manchmal etwas in seine Wut rein. Kein Grund zur Sorge.“

Meine Mundwinkel sanken. Klasse. Dass Menschen immer noch nicht verstanden, dass der Satz *Kein Grund zur Sorge* einem Sorgen bereitete!

„Lou. Ernsthaft“, beharrte Josh und stupste meinen Fuß mit der Faust an. „Er ist eigentlich wütend auf mich, nicht auf dich. Es ist nur leichter für ihn, seine Wut … zu verteilen. Aber ich bin es, den er angeschrien hat. Nicht dich.“

„Er hat dich angeschrien?“, echote ich – war jedoch gleichzeitig nicht wirklich verwundert. Die Rispos kommunizierten für gewöhnlich in einer unnatürlich aggressiven und hohen Stimmlautstärke.

„Jaja, ich sei ein Verräter“, sagte Josh trocken. „Ich sei es Mama schuldig. Et cetera, et cetera.“ Er schien nicht im Mindesten beeindruckt. Als würde er das Wort *Verräter* ständig an den Kopf geworfen bekommen.

„Okay“, sagte ich perplex. „Und was hast du gesagt, als er dich zur Rede gestellt hat?“

„Dass es das Richtige ist." Er zuckte die Achseln. „Dass
es Zeit wird, den Mord einfach ruhen zu lassen. Dass er
uns beiden nicht guttut und wir wieder im Jetzt leben
und die Vergangenheit Vergangenheit sein lassen müssen."

Ich starrte ihn mit offenem Mund an.

Meine Augen brannten.

Mein Herz hämmerte heftig in meiner Brust.

Und mir wurde unfassbar heiß.

Langsam kniete ich mich auf die Couch, bis Joshs Gesicht auf meiner Höhe war.

„Das war das Heißeste, was du jemals gesagt hast,
Josh", wisperte ich und küsste ihn.

Er lachte leise. „Wirklich?"

„Ja." Ich schwang mein Bein über seine, sodass ich
nun rittlings auf ihm saß. „Zusammen mit: ‚Irgendwie
mag ich deine Katze' und *Ich mache eine hervorra-
gende Lasagne*."

„Na, wenn das so ist", meinte er rau und vergrub die
Hände in meinen Haaren, bevor er sacht mit den Lippen über mein Schlüsselbein streifte. „Dann bist du
vielleicht jetzt damit dran, sexy Dinge zu sagen ..."

„Kein Problem", murmelte ich, beugte mich vor und
schloss die Augen. Ich war zu beschäftigt damit, zu fühlen, um zu sehen. „Ich nehme Polizeiarbeit sehr ernst
und Gesetze sind mir wichtig", wisperte ich an seinem
Ohr und biss in sein Ohrläppchen. „Und das nächste
Mal, wenn einer deiner Brüder wegen eines Gefallens
anruft ... werde ich einfach sagen, dass du nicht da bist."

„Du weißt, was Männer hören wollen", bemerkte Josh
todernst, während seine Hände unter mein Shirt wanderten.

Ich grinste breit und sah ihm in die dunklen Augen. „Nur, *dieser* Mann."

„Das ist mehr als genug", meinte er anerkennend und versiegelte meine Lippen.

Und dann sprachen wir beide eine ganze Weile gar nicht mehr.

Kapitel 12

Sonntagvormittage waren heilig im Hause Manu.

Zusammen mit sauberen Schuhsohlen und schokofleckenfreier Kleidung. Beides Dinge, an denen ich regelmäßig scheiterte.

Jeden Sonntag um elf veranstaltete meine Mutter einen Brunch – ein Pflicht-, kein Wahlevent! –, zu dem all ihre Kinder samt Partner und Enkel zu erscheinen hatten. Letzteres traf nur auf meinen älteren Bruder Jannis zu, der zum Entzücken unserer Mutter bereits mit Mitte zwanzig fleißig angefangen hatte, Nachkommen zu produzieren, oder aber auch seine Altersvorsorge zu sichern, wie er es immer ausdrückte.

Er war eigentlich immer der Erste am Tatort, ähm, ich meinte am Haus meiner Eltern, weil er und seine Frau Stephanie die Zeit vor dem Essen gerne nutzten, um sich mit geschlossenen Augen an den Tisch zu setzen und ihre beiden Töchter Lara und Isabell kurz auszublenden.

Emily und ich hingegen veranstalteten jeden Sonntag um elf ein Rennen gegen die Zeit. Denn es war ungeschriebenes Gesetz, dass der Letzte am Tisch die erste unangenehme Frage gestellt bekam.

Doch das war *vor* Josh so gewesen.

Denn da sich *Unpünktlichkeit* Joshs Meinung nach direkt hinter *Habgier* und *Zorn* neben den sieben Todsünden einreihte, und er verlernt hatte, auszuschlafen, standen wir heute schon um zwanzig vor elf auf der Fußmatte meiner Eltern.

Komm rein, wenn du kein Düsseldorfer bist!, stand in roten Lettern darauf. Definitiv eine Neuanschaffung meines Vaters. Meine Mutter würde niemals solch kritisch politische Nachrichten zu ihren Nachbarn herausschreien.

Da jedoch weder Josh noch ich aus der Stadt der Schande kamen (okay, so übel war Düsseldorf nicht, aber man musste Kölner Traditionen eben treu bleiben), klingelte ich bedenkenlos.

Keine Sekunde später schwang die Tür auf.

„Louisa", sagte meine Mutter sichtlich verblüfft. So als wäre mein T-Shirt nicht schokobefleckt und als würde ich unter meinen Schuhsohlen kein kleines Biotop züchten. „Ich habe fest mit Jannis gerechnet. Du bist nie so früh da."

Vielsagend sah ich zu Josh hoch. „Ich hab dir gesagt, dass wir zu früh sind. Jetzt haben wir meine Mutter schockiert."

„Nein, nein", sagte sie hastig und trat beiseite. „Nicht schockiert. Positiv überrascht", stellte sie klar und lächelte warm zu Josh hoch. „Schön, dass du es diesmal geschafft hast. Ich ..."

„Wer ist da?", rief mein Vater laut aus der Küche. „Ist das ..."

„Schrei und unterbrich mich nicht, Frank!", schrie und unterbrach meine Mutter verärgert. „Es sind Louisa und Joshua."

„Loubalou ist als *Erste* hier?", kam die fast entsetzte Antwort.

Ich verdrehte die Augen. „So absurd ist das nicht, Papa!“, rief ich zurück.

„Erzähl das den letzten zehn Jahren, in denen du nie auch nur eine Minute vor elf hier auf der Matte standest!“

Lieber nicht. Ich und die letzten zehn Jahre hatten kein gutes Verhältnis. „Apropos“, sagte ich laut. „Schicke Fußmatte, Papa!“

Verwirrt wanderte der Blick meiner Mutter zu Boden – bevor sie echauffiert die Hände in die Seiten stemmte. „Frank! Habe ich die nicht erst gestern in den Keller gepackt?“

„Es ist Karneval, Gitti. Wenn wir zu dieser Zeit nicht etwas gegen die schrecklichen, *Helau*-rufenden Düsseldoofis hetzen können, wann dann?“

Sie seufzte schwer, ließ die Sache jedoch ruhen. Stattdessen winkte sie uns hastig herein und sagte an Josh gewandt: „Ich bin ja wirklich froh, dass Louisa dich gefunden hat. Wirklich, Joshi. Seit Lou mit dir zusammen ist, ist sie so viel pünktlicher und rechtschaffender.“

Josh warf mir einen scheelen Seitenblick zu.

„Ich bin diese Woche noch nirgendwo eingebrochen!“, verteidigte ich mich automatisch.

Meine Mutter blinzelte hektisch. „Natürlich bist du das nicht! Warum solltest du? Es gibt nie einen Grund dafür, irgendwo einzubrechen.“

„Richtig“, beeilte ich mich zu sagen und zog meine Schuhe aus. „Nie. Deswegen mache ich es ja auch nicht.“

Ich lief nur manchmal durch fremde, geöffnete Türen. Die Betonung lag hier auf *geöffnet.*

Josh hustete hinter vorgehaltener Hand und zog seine Jacke aus, war jedoch freundlich genug, mir nicht zu widersprechen.

Wir schlenderten meiner Mutter hinterher ins Wohnzimmer, das noch erschreckend leer war.

Oje.

Keine Ablenkung. Keine Kinder, die meine oder Mamas Aufmerksamkeit verlangten.

Wir waren allein.

Und immer, wenn ich mit meiner Mutter allein war, nutzte sie die Gelegenheit, eine Vielzahl an Dingen an meiner Wenigkeit zu finden, die es ordentlich zu kritisieren galt, damit ich aus meinen Fehlern lernen und ein besseres Leben führen konnte.

Aber Gott sei Dank war ich nicht allein. Nicht vollkommen. Josh war hier. In seiner Gegenwart würde sie nicht …

„Joshua, willst du Frank vielleicht kurz in der Küche helfen?", schlug meine Mutter vor. „Ich will noch was mit Louisa besprechen."

„Klar", sagte er leichthin.

Klar? Hatte er denn in den letzten Jahren überhaupt nichts gelernt?

Doch seine Beine waren lang und er schon längst in der Küche, bevor ich auch nur den Mund öffnen konnte.

„So, Louisa", sagte meine Mutter mit freundlicher Stimme, bevor sie eine Zeitung vom kleinen Tisch nahm, wo sonst nur die Schlüsselschale stand, und sie mir unter die Nase hielt. „Was ist das?", forderte sie scharf.

„Ähm … eine Zeitung?", bot ich unschuldig an.

„Louisa Josephine Manu! Da ist dein Gesicht unter der Schlagzeile *Attentat auf Goldfunken* zu sehen.“

Ich blinzelte und ließ den Blick über das Titelblatt der Rheinländer Rundschau gleiten.

Ein Foto von Viktoria und ihrem Tanzpartner war zu sehen, wie sie mit entsetzten Gesichtern auf den zertrümmerten Scheinwerfer zu ihrer Rechten sahen. Und tatsächlich, im Hintergrund war ich zu erkennen. Mein Kopf so groß wie ein Daumennagel. *Das* regte sie so sehr auf? Sie hätte die Zeitung vom Tag davor mal lesen sollen!

„Es ist nur mein Profil, Mama“, beschwichtigte ich sie. „Und es ist fast nicht zu erkennen, wirklich.“

Ich neigte den Kopf und sah mir das Foto genauer an. „Wenn man die Augen zusammenkneift, könnte es jeder sein.“

„Louisa!“ Die Stimme meiner Mutter war mittlerweile delfinschrill. „Du bist eine Blumenverkäuferin, keine Terroristin. Das Wort Attentat sollte nicht in dreihundert Meter Nähe zu deinem Kopf stehen.“
„Ich bin Blumenladeninhaberin“, korrigierte ich sie automatisch. „Und es ist wirklich halb so wild, Mama. Niemand anderem wird auffallen, dass ich im Hintergrund dieses Bildes zu sehen bin.“

„Hey, Lou, du bist in der Zeitung – und die Tür steht offen!“, verkündete mein Bruder Jannis in dieser Sekunde grinsend und trat aus dem Flur ins Wohnzimmer. „Ich muss schon sagen: Es gab schon bessere Bilder von dir. Aber die Titelzeile ist sehr hübsch. Das Wort *Attentat* sichert dem Artikel auf jeden Fall eine Menge Aufmerksamkeit.“

Meine Mutter schürzte pikiert die Lippen und hob missbilligend die Augenbrauen.

Ich schnappte ihr hastig den Artikel aus der Hand und stopfte ihn in meine Handtasche. „Hier, siehst du? Aus den Augen, aus dem Sinn."

„Oh, wie ich wünschte, dass etwas Wahres an diesem Spruch dran wäre!", bemerkte sie unzufrieden. „Dann hätte ich möglicherweise mittlerweile vergessen, dass du mal in ein Grab geschubst wurdest und dann auch noch einen Zeitungsartikel darüber verfasst hast."

„Das ist ewig her!", sagte ich ungläubig. „Und es war ein Versehen."

„Ist es das nicht immer?", sagte sie und schnalzte mit der Zunge, bevor sie mir den Rücken zuwandte, um ihre Enkelinnen zu begrüßen, die giggelnd ins Wohnzimmer gestürmt waren.

Nun ... ja! Das war es.

Josh kam zusammen mit meinem Vater ins Wohnzimmer und erleichtert seufzte ich auf. „Josh", sagte ich sofort und stieß ihn mit dem Ellbogen an. „Sag meiner Mutter, dass der Artikel von heute keine große Sache ist."

„Was?" Josh runzelte die Stirn. „Du stehst ernsthaft *schon wieder* in der Zeitung?"

„Schon wieder?" Alarmiert riss meine Mutter die Augen auf. „Was heißt denn hier *schon wieder*?"

„Tante Lou ist berühmt!", rief die neunjährige Lara stolz und umarmte meine Hüfte. „Weißt du, wenn ich groß bin, möchte ich mal genau wie du werden! Du erzählst immer die witzigsten Geschichten von Leuten, die tot umfallen."

Was sagte man dazu? Ich war offenbar ein Vorbild!

„Ich möchte Elsa werden und mir ein Schloss aus Eis bauen“, stimmte ihre siebenjährige Schwester Isa mit ein. „Aber aus *richtigem* Eis. Das, was man essen kann.“

Okay, ich nahm es Isa nicht übel, dass sie nicht ebenfalls so werden wollte wie ich. Denn das mit dem Eisschloss war ein klasse Plan.

„Lou, das ist sogar mein Kostüm“, sagte Isa stolz und zupfte an meinem Ärmel. „Ich hab ein Kleid und neue Haare und alles. Für morgen, wenn wir zusammen zum Umzug gehen und ganz viele Süßigkeiten essen.“

„*Alle* Süßigkeiten“, bestätigte Lara begeistert.

„Lara, Schatz, ihr werdet nicht *alle* Süßigkeiten essen, die ihr fangt“, sagte ihre Mutter Stephanie warnend, die hinter Jannis durch die Tür gekommen war. „Lou, kannst du bitte darauf achten, dass sie wirklich nicht alles essen“, bat meine Schwägerin leise in meine Richtung, sobald Isa und Lara von mir abgelassen hatten, um auf der Couch auf und ab zu hüpfen. „Ich will nicht, dass sie dieses Jahr schon wieder mit Bauchschmerzen ins Bett gehen. Danke übrigens, dass du sie mit zum Umzug nimmst. Das ist eine große Erleichterung.“

Perplex blinzelte ich Stephanie an. „Bitte, was? Ich nehme sie mit zum Umzug?“

Eigentlich war mein Plan gewesen, mit Ariane die Goldfunken zu beobachten und sicherzugehen, dass kein weiterer Anschlag auf sie verübt wurde. Beziehungsweise den Täter auf frischer Tat dabei zu ertappen, wie er es versuchte.

„Ja, schon vergessen?“, sagte Jannis und sah mich ernst an. „Du hast es mir vor ein paar Wochen versprochen. Im Gegenzug dafür, dass ich Mama abgelenkt habe.“

Perplex blinzelte ich ihn an. Shit. Er hatte vollkommen recht. Und ich hatte es vollkommen vergessen.

„Leute, wisst ihr, dass die Tür aufsteht?", wollte Emily wissen, die gerade hereinspaziert kam. „Und das mit einem Polizisten anwesend, dem diese Sicherheitslücke doch hätte auffallen müssen." Sie schnalzte mit der Zunge und grinste Josh an.

Ich ignorierte die beiden und beugte mich zu meinem Bruder vor. „Ich weiß, ich hab es versprochen, aber ich kann nicht, Jannis", sagte ich entschuldigend.

Mein Bruder verengte die Augen. „Doch, du kannst", widersprach er. „Ich werde keine Ausrede außer: Ich habe einen dringenden Arzttermin, ohne den ich innerhalb des nächsten Jahres tragisch verrecken werde, gelten lassen."

Ich öffnete den Mund und dachte eine Sekunde darüber nach – doch nein, diese Lüge wäre sehr makaber und es definitiv nicht wert, in der Hölle zu landen. „Jannis, du hast doch mitbekommen, dass dieses Funkenmariechen gestorben ist", versuchte ich es stattdessen. „Ich habe morgen einen Mordfall aufzuklären."

„Und ich habe mich als Cowboy zu verkleiden und mich mit meiner Frau zu betrinken", erwiderte er eindringlich. „Ich gewinne."

Verärgert zog ich die Augenbrauen zusammen. „Jannis: Cowboyverkleidung übertrumpft auf gar keinen Fall Mordermittlung!"

„Das kannst du nicht wissen, du hast das Kostüm nicht gesehen", sagte er steinern. „Und du *musst* in überhaupt gar nichts ermitteln. Es ist nicht deine Aufgabe, Mörder zu fangen. Es ist deine Aufgabe, mit Lara und Isabell so viele Toffifeepackungen zu fangen, dass sie sie unmöglich alle essen und mir somit am Abend noch eine mitbringen können."

Ich stöhnte leise und hob eine Hand. „Okay, pass auf. Du bist Anwalt, lass uns verhandeln."

„Nein!" Er zeigte mir den Vogel. „Wir haben einen Deal gemacht – und sobald ein Deal geschlossen ist, wird nicht mehr verhandelt." Er holte tief Luft, bevor er leise sagte: „Loubalou: Steffie und ich haben seit Ewigkeiten keinen Karneval mehr gefeiert. Wir waren seit Monaten nicht mehr ohne Kinder unterwegs. Wir brauchen einen entspannten Tag zu zweit. Du musst die Kinder nehmen ... oder willst du unsere Ehe auf dem Gewissen haben?"

Ich schnaubte laut. „Das ist nicht fair!"

„So ist das Leben. Das wissen selbst Isa und Lara schon. Deal ist Deal, Lou."

Frustriert stöhnte ich auf. Ich konnte mit den Mädels unmöglich auf Mörderjagd gehen! Ich hatte keine Kinder, doch ich hatte das starke Gefühl, dass *Mörder fangen* kein altersgerechtes Spiel war. Ich zumindest hatte es weder in der ersten noch in der dritten Klasse auf dem Schulhof gespielt. „Nächstes Jahr, okay?", bat ich ihn eindringlich. „Jannis wirklich, ich kann nicht ..."

„Was kannst du nicht, Lou?", wollte Emily laut wissen und gesellte sich zu uns.

„Mit Isa und Lara den Rosenmontagsumzug besuchen. Emmi, erklär du es ihm. Du weißt, dass ich in dem Mord ermittle und ..."

„Ähm, Lou, kann ich dich kurz sprechen?", unterbrach sie mich hastig und bevor ich *Warum?* sagen konnte, zog sie mich bereits am Ärmel an Josh und meinem Vater vorbei, die gerade über Paninis diskutierten

– Fußballbilder? Italienisches Gebäck? –, in die Küche hinein.

„Was ist los, Emmi?", fragte ich verwirrt und schüttelte sie ab.

Emily sah sich um und schloss dann fest die Tür hinter sich, bevor sie verkündete: „Du musst Isa und Lara morgen mitnehmen, Lou."

Verdutzt öffnete ich den Mund. „Was? Warum?"

„Damit ich üben kann."

Irritiert zog ich die Brauen zusammen. „Emmi. Isa und Lara sind schon über sieben. Es dauert noch acht Jahre, bis dein Baby so alt ist. Denkst du nicht, dass es etwas zu früh ist, in dieser Altersgruppe zu *üben*?"

„Kind ist Kind, Lou!", verteidigte sie sich. „Und außerdem würde ich Finn fragen, ob er mitkommen will und dann ... dann kann ich gucken, wie er sich anstellt."

„Emmi ..."

„Bitte, Lou", unterbrach sie mich eindringlich. „Ich hab echt Schiss und es würde mir helfen zu sehen, ob wir beide zusammen ... nun, Verantwortung übernehmen können."

„Schön, ich versteh den Gedanken", gab ich zu und lehnte mich mit verschränkten Armen gegen die Anrichte. „Dann sag du Jannis doch einfach, dass du dich um Lara und Isa kümmern wirst. Und ich bin aus dem Schneider."

„Das geht nicht." Sie zog eine Grimasse. „Finn würde fragen, warum ich mir am Jahrestag der betrunkenen Helden zwei Kinder auflade, die mich davon abhalten, Party zu machen. Du allerdings bist langweilig und verantwortungsbewusst – bei dir wundert sich niemand darüber."

„Na, vielen Dank auch.“

„Es ist doch so! Bitte, Lou.“ Mit großen, flehentlichen Augen sah sie mich an. „Es ist doch keine große Sache. Du sagst Jannis, du passt auf sie auf, aber eigentlich passen Finn und ich auf sie auf. Du kannst deinen Mörder jagen, ich Finns Vaterkompetenzen testen, Jannis endlich mal wieder mit Steffie vögeln ... alle gewinnen.“

Ich seufzte schwer, spürte mich jedoch nicken. „Was soll's, gut. Dann machen wir es so – aber du trägst die alleinige Verantwortung, Emmi, ja? Wenn ich plötzlich wegmuss, weil ... ein Typ mit einem *Ich bin der Mörder*-Schild um seinen Hals an mir vorbeiläuft, sorgst du dafür, dass Lara und Isa nicht verloren gehen, okay?“

„Ich hab schon hundert Mal auf die beiden aufgepasst, Lou“, sagte Emmi genervt.

„Ja, aber meistens innerhalb von vier Wänden, wo sie nicht einfach abhauen oder von einer fliegenden Toffifeepackung erschlagen werden konnten“, erinnerte ich sie.

„Jaja, keine große Sache.“ Sie winkte ab und bevor ich ein weiteres Mal widersprechen konnte, lief sie bereits zurück ins Wohnzimmer.

Seufzend schlenderte ich ihr hinterher. Hatte Finn wohl schon versucht, sie ins Bett zu bekommen? Und wie fragte man so was, ohne merkwürdig zu wirken?

„Also, Lou?“, wollte Jannis ungeduldig wissen, der als Einziger noch stand, während die anderen sich bereits um den Tisch niedergelassen hatten.

„Ja, ich pass auf sie auf“, meinte ich und drückte seinen Arm. „Deal ist Deal. Bring sie am Montag einfach um zehn bei uns vorbei.“

Erleichtert atmete er aus. „Gott sei Dank. Okay, super." Er wuschelte mir durchs Haar, bevor er seinen Platz zwischen Stephanie und Mama einnahm.

Nur noch der Stuhl neben Josh auf der gegenüberliegenden Seite war frei, also bahnte ich mir einen Weg um den Tisch und ließ mich darauf fallen.

„Sag mal, kann Finn eigentlich gut mit Kindern?", fragte ich aus einem Impuls heraus und sah Josh erwartungsvoll an.

„Natürlich kann Finn gut mit Kindern! Er ist selbst noch ein Kind. Wieso fragst du?"

„Emmi will gucken, wie gut sie sich als Eltern eignen, also nehme ich morgen meine Nichten mit auf den Rosenmontagsumzug", sagte ich mit gesenkter Stimme.

Josh runzelte die Stirn und warf mir einen Seitenblick zu. „Ich dachte, du willst morgen die Goldfunken den Zug über stalken und sichergehen, dass keine Kapuzengestalt mit Messer auf sie losgeht?"

„Das auch", stimmte ich zu.

„*Auch*", echote Josh und hob die Augenbrauen. „Das heißt ... du nimmst die Kinder deines Bruders mit auf Mörderjagd?"

Oh Mann. Ich war wirklich froh, dass Isabell und Lara so viel Lärm dabei machten, sich Eier auf die Teller zu tun. Sonst hätte Jannis Joshs Worte noch gehört – oder noch schlimmer: meine Mutter!

„Nicht direkt", sagte ich zögerlich. „Viel eher nehme ich sie ... auf Spaziergang mit einem Mörder."

„Wow. Und ich dachte immer, Trudi und Emmi wären eine exzentrische Partnerwahl", stellte Josh trocken fest, bevor er einen Mundwinkel hob. „Mann, du wirst mal eine großartige Mutter."

„Es ist keine so große Sache!“, sagte ich verärgert.

„Nein, nein“, erwiderte Josh unschuldig und nahm sich ein Brötchen aus dem Korb, der herumgereicht wurde. „Kinder, Karneval und Mord sind eine exzellente Paarung. Ich bin mir sicher, dass der morgige Tag ein voller Erfolg wird.“

Ich verdrehte die Augen. Er dramatisierte maßlos. „Wie ich eben schon angedeutet habe“, flüsterte ich geduldig. „Ich hab Emmi und Finn als Babysitter angestellt.“

„Gute Idee. Weil die beiden das Vorzeigepaar für Verantwortungsbewusstsein sind.“

„Die beiden werden üben müssen, verantwortungsbewusst zu sein“, erinnerte ich ihn.

„Ja, aber Karneval ist der falsche Zeitpunkt.“

Ich reckte das Kinn und zuckte die Achseln. „Es wird schon schiefgehen“, beharrte ich.

Josh lächelte breit. „Das stimmt. Das tut es bei dir immer. Schiefgehen.“

Ich seufzte schwer und ließ den Blick über den Tisch schweifen.

Wo zur Hölle war das Nutella, wenn man es brauchte?

Kapitel 13

Der Kölner Rosenmontagszug ist der größte und älteste Karnevalsumzug Deutschlands. Er wird seit 1823 veranstaltet ... und ich war mir sicher, dass einige Damen und Herren von damals entsetzt in Ohnmacht gefallen wären, wenn sie gewusst hätten, zu welch feuchtfröhlicher, hemmungsloser Festivität er herangewachsen war.

Doch vielleicht wären sie auch stolz, wenn sie wüssten, dass der Zoch mittlerweile acht Kilometer lang war und zirka 300.000 Tonnen Kamelle von seinen Wagen geworfen wurden.

Ich zumindest fand diesen Fakt nennenswert, wenn man bedachte, dass der erste Zug nur aus fünfzehn Gruppen bestanden hatte, der im Kreis um den Neumarkt gefahren war.

Aber offensichtlich war das Ganze nur halb so interessant, wie ich dachte.

„Tante Lou, warum erzählst du uns das?", wollte Lara skeptisch wissen und kräuselte die Nase. „Wir sind heute nicht in der Schule. Wir müssen gar nichts lernen."

Ich seufzte innerlich. Meine Nichten waren ein schwer zu beeindruckendes Publikum. „Ich dachte, es interessiert euch vielleicht, wie lang Karneval schon gefeiert wird und wie groß der Umzug geworden ist."

Isa sah skeptisch zu mir hoch. „Sind auch die Süßigkeiten größer geworden?"

„Ähm ..." Gute Frage. „Ich weiß nicht. Vielleicht ein bisschen." Ich hob eine Schulter. „Aber noch größer werden sie wohl nicht werden."

„Oh. Das ist traurig", bemerkte Lara und zog eine Schnute. „Ich meine, es würde voll wehtun, wenn man Nutellagläser oder so was wirft. Aber was ist mit so Specktüten? Die sind groß und die könnte man werfen."

Damit hatte sie recht. Aber es würde zu teuer sein, 300.000 Specktüten zu kaufen. „Wer weiß, was in hundert Jahren so geworfen wird", meinte ich und drückte Isas Hand, die passend zu ihrem Elsa-Kostüm ziemlich kalt war.

Das war nicht weiter verwunderlich, denn es *war* nun einmal kalt und nieselte auch ein wenig. Aber das war fast schon Rosenmontagstradition. Es regnete Süßigkeiten und kalte Tropfen. Ich konnte mich gar nicht mehr daran erinnern, wann das letzte Mal zu Karneval gutes Wetter gewesen war. Das hatte man davon, wenn man Karneval in den Februar legte.

„Ey. In hundert Jahren sind wir tot, Lou!", stellte Lara schockiert fest. Sie ging bereits in die dritte Klasse und rechnete dort schon bis hundert – was ich zugegebenermaßen vergessen hatte. „Wir werden also *nie wissen,* was sie in hundert Jahren werfen!"

„Wie lang sind hundert Jahre?", fragte Isa besorgt und blickte ihre Schwester mit großen Augen an. „Ich will noch nicht sterben, weil, ich hab noch viel vor."

„Hundert Jahre sind seeehr lang", beruhigte Lara sie. „Noch dreimal mehr als Lou alt ist."

Isa seufzte zufrieden auf. „Das ist wirklich seeehr lang."

Ich runzelte die Stirn.

Ich wusste nicht, ob es mir gefiel, hundert Jahre an meinem Alter zu messen. Aber na gut. Die Panik in Isas Augen war verschwunden und das war auch was wert.

Wir liefen weiter an der Straße entlang, an vor macht- und kölschtrunkenen Königen und menschlichen Toilettenschüsseln vorbei, während Lara und Isa mit kritischer Miene jedes Kostüm bewerteten. Disney-Charaktere bekamen meistens eine eins plus. Tiere auch. Am schlechtesten schnitten Menschen als Gemüse verkleidet („Ihhh!“) und ich ab.

„Lou, warum bist du heute ein alter Mann?“, fragte Isa und zog an meiner Hand. „Wolltest du immer ein alter Mann werden? So wie ich immer Elsa werden wollte?“

„Ich bin Captain Iglo“, erklärte ich. „Meine Freundin Ariane geht als Fischstäbchen. Es ist ein Partnerkostüm.“

Isas Blick erhellte sich. „Echt? Warum darf sie als Fischstäbchen gehen und du musst der alte Mann sein?“

Weil sie das kürzere Streichholz gezogen hatte.

„Weil, Lou, Fischstäbchen sind wenigstens lecker. Alte Männer sind einfach nur … alt.“

Das war ein guter Punkt. Ich fand trotzdem, dass ich den weißen Rauschebart ganz gut tragen konnte.

„Wir haben uns darauf geeinigt“, sagte ich freundlich. „So wie ihr euch geeinigt habt, dass du Elsa und Lara Anna ist.“

„Das war sehr leicht, weil Lara Anna sowieso toller findet“, verriet mir Isa im Flüsterton.

„Ist sie auch. Sie braucht keine magischen Fähigkeiten, um cool zu sein", unterrichtete Lara mich neunmalklug. „Und, Lou, sind wir jetzt endlich da?"

„Gleich", versprach ich. „Siehst du. Da vorn ist schon Ariane!"

Sie war unschwer zu erkennen, denn ihr Fischstäbchenkostüm ragte über die Köpfe der Menge hinweg.

Ich hatte länger darüber nachgedacht, wohin ich mit meinen Nichten am ehesten gehen konnte, und mich für den Alten Markt entschieden. Dort waren viele andere Kinder und die meisten Betrunkenen zu blau, um den Weg dorthin zu finden.

Aber wahrscheinlich würden die beiden nicht einmal merken, wenn betrunkene Leute anwesend waren. Mir zumindest war es als Kind nie aufgefallen. Ich hatte immer gedacht, dass an diesem besonderen Tag eben alle so verrückt sein durften, wie sie wollten, ohne dass ihre Mütter wütend auf sie wurden.

„Oh, ich seh Emmi", sagte Isa aufgeregt und ließ prompt meine Hand los, um nach vorne zu stürmen und den lächelnden Engel zu umarmen, der auf uns zukam.

„Oh, du siehst so hübsch aus", meinte Lara begeistert und umarmte ihre Tante ebenfalls.

„Vielen Dank." Emily machte einen Knicks.

„Ernsthaft? Du bist als Engel verkleidet?", murmelte ich skeptisch und umarmte sie ebenfalls.

„Na, du meintest doch, ich solle Verantwortung zeigen!", antwortete sie pikiert. „Engel sind verantwortungsbewusst."

Ich verdrehte die Augen, wirklich widersprechen konnte ich ihr aber auch nicht.

„Hey, Lou", grüßte Finn, der neben Emmi stand, und nickte mir zu. Er war wieder eine Glasflasche. „Hältst du es für so klug, Kinder mitzunehmen?", wollte er mit leiser Stimme wissen.

Nein, überhaupt nicht. „Klar, warum nicht?", sagte ich leichthin. „Kinder sind toll ... richtig?"

„Joa", sagte er vage. „Ich schätze, sie können schon ganz coole Tricks. Das hier zum Beispiel ..."

Er streckte seinen Arm aus. „Wer sind die Coolsten?", fragte er laut.

„Wir!", riefen Lara und Isa sofort kichernd und gaben ihm einen High Five.

„High Fives geben sogar schon Babys", murmelte er in meine Richtung. „Und Babys mit ordentlich Swag sind immer cool."

Na, da hatte Emily ihre Lösung. Sie musste nur ein Baby mit genug Swag produzieren. Dann würde Finn Feuer und Flamme sein.

„Ah, aber mit Kindern kommt man hier auch viel besser in die erste Reihe", stellte er zufrieden fest. „Ist vielleicht also doch nicht so dämlich, die beiden dabei zu haben."

Jap, das war die richtige Einstellung.

Finn beugte sich zu Lara und Isa herunter, um ihnen geduldig zu erklären, wie sie sich gleich am effektivsten vordrängeln und so die besten Süßigkeiten bekommen konnten.

Ich nutzte die Zeit und reckte den Hals, auf der Suche nach auffällig aussehenden Passanten, die möglicherweise in ihre Uhr flüsterten oder aber den Zeigefinger auf einen Stöpsel in ihrem Ohr drückten.

Ich wusste, dass die Polizei auch hier war. Dass sie den Goldfunken zwar keinen direkten Geleitschutz bot, aber zumindest ein Auge auf sie hielt. Die Gruppe würde in einer halben Stunde hier sein, das hatte Leonie mir zumindest geschrieben, und Josh und Marvin liefen neben dem Zug her, auf der Suche nach Auffälligkeiten.

Ursprünglich war das auch mein Plan gewesen, aber mit Isa und Lara, die ich hätte tragen müssen, um ordentlich voranzukommen, hätte das nicht funktioniert. Also stand ich jetzt hier ... und lächelte dem Fischstäbchen und der Diskokugel zu, die mich hektisch zu sich heranwinkten.

„Okay, ich lass die beiden bei euch, ja?", meinte ich zu Emmi, die mit verengten Augen Finn dabei beobachtete, wie er Isa und Lara grinsend durch die Perücken wuschelte, offenbar stolz darauf, dass sie bereits wussten, dass man in ihrem Alter Menschen problemlos in die Kniekehlen schlagen konnte, um es weiter nach vorn zu schaffen, ohne wirklich Ärger zu bekommen.

„Was? Allein?" Blinzelnd sah Emmi auf. Ihre Lider bewegten sich im hektischen Takt der Glockenspieler, die gerade an uns vorbeizogen.

„Ja. Du wolltest Verantwortung übernehmen, schon vergessen?" Ich hob eine Augenbraue. „Außerdem muss ich kurz Ari und Trudi Hallo sagen und dann kommen die Goldfunken ja gleich auch schon, mit denen ich wahrscheinlich etwas mitlaufen werde."

„Okay." Emmi nickte und stieß Finn den Ellenbogen in die Rippen. „Lou geht kurz zu Trudi und Ariane, Finn. Wir passen so lange auf die beiden auf, ja?"

„Klaro", sagte er leichthin. „Lara und Isa haben mit uns sowieso mehr Spaß ... und trinken können wir auch später noch. Der Tag ist lang."

Erleichtert ließ Emmi die Schultern sinken. Offenbar war das die richtige Reaktion gewesen.

„Okay, super. Dann bis gleich!" Ich hob die Hand, doch bevor ich mich auch nur einen Zentimeter bewegt hatte, griff Finn nach meinem Arm.

„Ach ja, eine kleine Warnung: Mo läuft hier auch irgendwo rum. Ist für seine Zeitung da, arbeitet also, aber ... nur, damit du Bescheid weißt."

Verwirrt blinzelte ich Finn an. „Warum sollte ich Bescheid wissen müssen?"

Er zuckte die Achseln. „Nur für alle Fälle."

„Und was für *Fälle* sind das?", wollte ich alarmiert wissen, während meine Stimme eine Oktave höher rutschte. „Der Fall, dass Mo mir eine runterhaut? Dass er mich auf offener Straße anschreit? Dass er mir Drogen in die Handtasche schmuggelt?"

„Puh, keine Ahnung." Finn kratzte sich am Kopf. „Du hast da offenbar mehr Fantasie als ich. Hoffen wir, dass Mo sie nicht hat. Bis gleich!"

Dann drängte er sich zusammen mit Emily und meinen Nichten tiefer in die Menge vor, während alle enthusiastisch „Strüßje!" riefen.

Fantastisch. Ein Mörder und ein wütender Rispo liefen hier herum. Der Tag konnte nur super werden.

Seufzend kämpfte ich mich zu Ariane und Trudi vor, die zu „Leev Marie" schunkelten, das der nächste Wagen laut spielte.

Trudi stieß dabei eine Reihe von Menschen fast um. Ihr Diskokugelkostüm bestand aus einer verspiegelten

Halbkugel auf ihrem Kopf und einem sehr bauchigen, sicherlich von innen mit Pappe verstärktem Kleid, das eine Menge Platz brauchte.

„Guck mal", begrüßte Trudi mich und wedelte mit viereckigen, weißen Packungen vor meinem Gesicht herum. „Wir haben schon drei Toffifeepackungen gefangen. Ich glaube, das liegt daran, dass ich so gut zu sehen bin und deshalb alle Leute die besten Sachen mir zuwerfen."

„Oder daran, dass du alle Leute mit deinem Kostüm aus dem Weg stößt, bevor sie die Chance haben, sich danach zu bücken", ergänzte Ariane, die mir nur zunickte. Eine Umarmung hätte sie womöglich umgeworfen. Ihr Fischstäbchen-Kostüm war ähnlich handlich wie das Milchglas-Kostüm von Samstag.

Trudi lächelte selbstzufrieden. „Sie sind einfach zu langsam ... und Louisa, warum ziehst du dich freiwillig wie ein weißer, alter Mann an? In Deutschland gibt es bereits genug alte weiße Männer!"

„Ich bin Captain Iglo. Wir sind ein Paar", stellte ich klar und legte einen Arm um Arianes viereckige, orangene und fransige Taille. „Ari ist das Fischstäbchen, ich Captain Iglo."

„Ahh, du bist ein Fischstäbchen!" Trudi schlug sich gegen die Stirn, sodass ihre beringte Hand metallisch auf ihrem Disko-Helm aufschlug. „Und ich dachte schon, du wärst ein Teppich."

Ariane seufzte. „Also, nächstes Jahr kriegst du die blöden Kostüme, Lou. Das schuldest du mir. Milchglas und Fischstäbchen innerhalb von drei Tagen ... es ist zu anstrengend."

Ich nickte schuldbewusst, denn sie hatte recht. Diese riesigen Ganzkörperkostüme, mit denen man nur Trippelschritte machen konnte, waren äußerst unpraktisch.

„Sag mal, Lou, gibt es eigentlich was Neues im Fall?", fragte Trudi neugierig.

Ich dachte kurz darüber nach und schüttelte schließlich den Kopf. „Nicht viel", gab ich entschuldigend zu und rückte meinen Kapitänshut zurecht.

„Oh", machte sie enttäuscht. „Gar nichts? Ich meine, was hast du denn gestern den ganzen Tag lang gemacht?"

Deine blöde Rede geschrieben! „Ich war mit privaten Dingen beschäftigt."

„Du hast nicht weiter im Fall recherchiert?", sagte Ariane überrascht.

„Na ja, ich wusste nicht wirklich, womit ich weitermachen sollte und Josh scheint alles unter Kontrolle zu haben ..." Und ich wollte ihn nicht wütend machen. Denn es lief zurzeit ziemlich gut und harmonisch zwischen uns. Was eine Erleichterung nach den letzten Monaten war. Ich räusperte mich. „Ich bin in einer Sackgasse gelandet. Es gibt im Moment einfach keine weiteren Hinweise, denen ich hinterherjagen könnte", schloss ich.

„Natürlich nicht. Und weißt du, woran das liegt?", fragte Trudi ernst, bevor sie mit der Zunge schnalzte. „Weil du diesmal in keiner Mülltonne gesteckt hast und in kein Haus eingebrochen bist. Das sind immer die Momente, die deinen Durchbruch versprechen – aber zurzeit bist du wohl zu zimperlich, um dir wirklich

Mühe zu geben." Ihr missbilligender Blick hätte auch gut ins Gesicht meiner Mutter gepasst.

„Ich bin nicht zimperlich", sagte ich ungläubig. „Ich habe eine Verdächtige im Brautkleid attackiert und mich mit ihr im Dreck gewälzt. Zählt das denn gar nicht?"

„Mäh", machte Trudi unzufrieden und schüttelte ihren Diskokugel-Kopf, sodass sie prompt an die Dutzend Umherstehenden blendete. „Es ist nicht dasselbe. Also: Gibt es nicht irgendeine Mülltonne, die uns helfen könnte?"

„Hinterm Vereinsheim standen riesige Tonnen", sprang Ariane ein.

Ich warf ihr einen düsteren Blick zu. „Ich muss *nicht* im Müll wühlen, um einen Fall zu lösen!"
„Bist du sicher?", zweifelnd sah sie mich an. „Es ist doch schon fast eine Tradition."

„Und sonst gehst du auch immer etwas aggressiver vor", fuhr Trudi fort. „Du bist etwas weich geworden, seit Josh fast erschossen wurde."

Ich verschränkte die Arme vor der Brust. „Blödsinn."

„Doch, doch", widersprach Trudi. „Du warst die letzten Tage wirklich nicht sehr risikofreudig. Fast, als würdest du dich nicht in Gefahr bringen wollen."

„Ich will mich *nie* in Gefahr bringen!", stellte ich sofort klar. „Ich laufe nicht herum und denke: Cool, heute hätte ich gern, dass jemand auf mich schießt oder zumindest mit dem Messer auf mich losgeht. Es passiert eben nur manchmal."
„Papperlapapp. Meistens legst du es schon darauf an. Weil du des Nachts an Tatorten herumschleichst. Verdächtige provozierst. Diesmal bist du nur bei Tag

herumgeschlichen und so wirklich provoziert hast du noch niemanden." Unzufrieden schnalzte Trudi mit der Zunge. „Rispo hat auch noch kein einziges Mal geschrien. Zumindest nicht, während ich dabei war. Du musst zugeben: Das ist schon recht merkwürdig."

Ich presste die Lippen zusammen. „Ich benutze diesmal eben eine etwas andere Taktik."

„Eine *langweilige*", stellte Trudi fest und ließ den Blick über die Menge schweifen. „Oh. Guck mal, da vorn steht das arme schwangere Mädchen. Willst du nicht hingehen und sie wütend machen? Vielleicht ein wenig hysterisch schreien? Damit sie dir irgendwelche neuen Hinweise an den Kopf wirft?"

Verwirrt folgte ich Trudis Blick ... und tatsächlich. Dort vorn an einem Laternenmast direkt bei der Absperrung des Rosenmontagszugs, lehnte Lana. Den Blick auf die golden-rot schimmernde Kolonne gerichtet, die näher kam. Anscheinend hatte sie sich dazu entschieden, ihre Freunde doch noch anzufeuern, auch wenn sie selbst nicht dabei war.

Die Goldfunken würden gleich hier sein und soweit ich das erkennen konnte, waren sie noch komplett. Zumindest sah ich keine großen Lücken zwischen den Funkenpärchen. Das war gut. Das bedeutete, dass bis jetzt noch niemand Weiteres attackiert oder umgebracht worden war. Wahrscheinlich würde es heute auch gar nicht zu einer kritischen Situation kommen. Es gab viel zu viele Zeugen.

„Also, Lou?", riss mich Trudi aus den Gedanken. „Was sagst du?"

Ich schnaubte. „Ich werde keine schwangere Frau anschreien und absichtlich wütend machen, nur in der

Hoffnung, dass sie mir vor Zorn ein paar Infos preis-
gibt", stellte ich klar.

Und wenn ich schon eine schwangere Frau anschreien musste, dann wäre es ganz sicher nicht Lana,
sondern Emily, der ich lauthals zu verstehen gab, dass
sie Finn endlich die Wahrheit sagen musste.

„Siehst du? Da spricht die vorsichtige, ängstliche Lou
aus dir!", stellte Trudi mit sichtlicher Enttäuschung
fest. „Kaum bist du dreißig, schon entwickelst du Respekt vor fremden Menschen. Das ist der falsche Weg,
Lou! Ich meine, hast du denn zumindest den Kerl befragt, der sie geschwängert hat?"

„Na ja ... also nicht wirklich." Rispo hatte ihn befragt –
und da er Torben nicht festgenommen oder auch nur
vor mir erwähnt hatte, war ich davon ausgegangen,
dass er kein direkter Tatverdächtiger war. „Aber er
scheint nicht zu wissen, dass Lana schwanger ist."

„*Was?*" Das Wort kam zusammen mit ordentlich viel
Spucke aus Trudis Mund. „Nicht dein Ernst."
„Doch, doch", beharrte ich. „Lana hat es Torben nicht
erzählt."

„Torben?", echote Trudi.

„Ihr Freund. Es ist der Typ da vorn. Du kennst ihn
auch, Trudi. Er war Samstag beim Training der Goldfunken", meinte Ariane und deutete zu der ersten Reihe
der Truppe, die keine zehn Meter mehr von uns entfernt war. „Mit den roten Locken. Der, neben dem Mädchen mit den Ombré-Haaren."

„Ombré? Ich sehe niemanden mit einem Mexikaner-
hut", meinte Trudi verwirrt.
„Nicht Sombrero. Ombré", korrigierte ich. „Das Mädel
mit den dunklen Haaren und violetten Spitzen."

„Ach so. Und der arme Schlucker neben ihr hat keine Ahnung, dass er womöglich Vater wird?“, entrüstete sich Trudi.

„Ähm … nein.“

„Was? Warum nicht? Was stimmt denn mit den Leuten von heute nicht?“ Sie sah sichtlich erschüttert aus. „In meiner Generation hat man es zuerst dem Vater und dann der Polizei erzählt, nicht andersherum. Jetzt mal Butter bei die Fische: Das ist doch nicht richtig.“

„Es ist Lanas Entscheidung“, meinte ich achselzuckend.

„Na, ich glaube kaum!“ Missbilligend zog Trudi die Augenbrauen zusammen und reckte die Brust. Ihr Diskokugelbauch sprang vor und ein Jugendlicher stolperte mit einem Uff-Laut in die Leute vor sich.

Ich wechselte einen besorgten Blick mit Ariane. „Was meinst du, Trudi?“, hakte ich beunruhigt nach.

„Er sollte es wissen, Louisa! Punkt“, rief sie laut und deutete mit dem Zeigefinger auf mich. „Moment. Ich zeig dir mal, was du eigentlich machen würdest, wenn du dich nicht als Weichei verkleidet und plötzlich Skrupel entwickelt hättest.“

Keine Sekunde später stieß sie mit Diskokugel voran durch die Menge vor sich.

Oh, nein.

„Sie wird es ihm nicht sagen, oder?“, fragte ich panisch und stieß das Fischstäbchen neben mir hektisch mit meinem Ellenbogen an. „Nicht *hier.* Vor allen Leuten. Vor allen Goldfunken.“

Ariane schwieg einige Sekunden lang betreten, dann wisperte sie kaum hörbar: „Du kennst sie besser als ich, Lou.“

„Scheiße!", fluchte ich laut – und stürmte ihr nach.

Die Goldfunken hatten mittlerweile vor uns angehalten, um ein paar Hebefiguren im Rhythmus zur riesigen Blaskapelle zu machen, die direkt hinter ihnen stand.

Aus den Augenwinkeln sah ich Lana, die breit lächelte und winkte, und direkt vor mir schaufelte sich Trudi den Weg zum Absperrband durch, das die Grenze zwischen Zug und Publikum markierte.

Ich nutzte Ellbogen und Wintergewicht, um ihr so schnell wie möglich zu folgen, doch die Lücken vor mir schlossen sich zu schnell wieder. Jeder wollte vorne stehen. Jeder wollte die guten Süßigkeiten abbekommen und Strüßje fangen.

Und ich mochte ein Captain sein, aber ich hatte nur Macht über die Gefriertruhe, nicht über eine Horde betrunkener, taumelnder Menschen und überzuckerter, hopsender Kinder.

„Lasst mich durch!", rief ich. „Ich muss ... ich muss ..."

Oh Gott! Trudi hatte die Absperrung erreicht. Sie stand jetzt direkt vor den Goldfunken und ich konnte deutlich ihre Stimme hören, als sie: „He! Du da mit der großen Nase und den roten Teufelslocken", rief.

Alarmglocken schrillten in meinen Ohren los und ich tat das einzig Vernünftige: Ich ließ mich auf die Knie sinken und krabbelte durch die Beine der Umherstehenden durch. So wie ich es als Kind schon getan hatte, um die Süßigkeiten vom Boden aufzulesen.

Als Kind hatte ich jedoch noch nicht so gebärfreudige Hüften gehabt, mit denen ich an die Dutzend Unterschenkel traf und Leute zum Straucheln brachte. Und leider war ich kein siebenjähriges Mädchen, dem so was großzügig verziehen wurde.

„Ey, du alter Sack! Was machst du da unten?“ „Ich würde den Boden nicht ablecken. So bekommt man Herpes.“

„Autsch, was soll das, du Flachpfeife?“

Ich ignorierte sie alle, denn ich konnte Trudis glitzernde Leggins erkennen und rappelte mich mit dreckigen Knien und schmerzenden Händen mühsam wieder vom Boden auf … gerade als Trudi unter dem Absperrband hindurchschlüpfte.

Obwohl schlüpfen nicht ganz stimmte. Sie boxte sich viel mehr durch das Absperrband hindurch, denn es hing in zwei losen Bändern am Boden.

„Hallo, ich rede mit dir!“, rief sie laut und baute sich zu meinem Entsetzen vor dem Rothaarigen auf, der verblüfft innehielt.

„Trudi!“, schrie ich. „Lass das!“

Entweder hörte sie mich nicht – was bei ihren Ohren eine ernst zu nehmende Möglichkeit war – oder sie *wollte* mich nicht hören und bevor ich sie erreichen konnte, sagte sie bereits: „Sag mal, Jungchen, weißt du eigentlich, dass du mit deiner Freundin dort drüben ein Baby produziert hast?“

Sie streckte einen Arm in Lanas Richtung aus … die augenblicklich weiß wie das Gespenst neben ihr wurde.

Oh, nein.

Stöhnend legte ich eine Hand über die Augen, bevor ich vorhastete und an Trudis Arm zog.

„Trudi!“, zischte ich. „Es ist nicht deine Aufgabe, ihm das zu sagen – und wir halten den ganzen Zug auf!“

„Manche Dinge sind wichtiger als Karneval, Lou“, vermeldete Trudi tadelnd.

Die gesamte umherstehende Menge sog schockiert die Luft ein.

„Das hat sie gerade nicht gesagt“, hörte ich jemanden außer Atem murmeln.

Womöglich Emily, doch ich war mir nicht sicher und hatte keine Zeit, mich nach ihr umzusehen.

„Trudi“, beharrte ich mit gesenkter Stimme. „Alle starren uns an.“

Aber das stimmte nicht. Zumindest Torbens Blick lag nicht auf uns, sondern auf Lana. Sein Mund etwas dümmlich geöffnet.

„Du bist *schwanger?*“, rief er nach einer halben Ewigkeit. „Aber ... aber muss man nicht Sex haben, um jemanden zu schwängern? Wir haben nie ... *was?*“

Jetzt war es mein Mund, der sich dümmlich öffnete.

Moment, wovon redete er?

„Ihr hattet *keinen* Sex?“, rutschte es mir heraus und ich deutete zwischen ihm und Lana, die wie angewurzelt an der Laterne stand, hin und her.

„Nein!“, sagte Torben vollkommen perplex. „Sie meinte, sie will noch warten.“

Ups.

Trudi machte einen Schritt zurück und neigte nachdenklich den Kopf. „Hm“, machte sie. „Damit habe ich jetzt nicht gerechnet.“

„Nein“, erwiderte ich tonlos. „Ich auch nicht.“

„Es scheint so, als hätte ich dem falschen Typen ihr Geheimnis verraten, oder?“

Ich nickte.

„Was zum Geier ist denn hier los?", drängte sich plötzlich eine neue Stimme dazu. „Torben, warum stehst du da so blöd rum? Es geht längst weiter! Wir stehen im Weg. Und was machen *Sie* hier?" Der Trainer der Goldfunken, Sebastian, bahnte sich seinen Weg vom Umzugswagen zu uns vor und der letzte Teil seines Satzes hatte definitiv mir gegolten. „Wieso ..."

„Es ist Lana!", rief Torben und streckte den Arm in Richtung seiner Freundin aus, die mit zitternden Knien auf uns zu gestakst kam.

„Es ist nichts, Torben!", rief sie eilig. „Wirklich. Bitte ..."

„Aber du ... du ..."

„Lana? Sie ist *hier*?" Sebastian wirbelte herum, seine Miene erhellte sich ... und ein Erinnerungsfetzen sprang in meinen Kopf. Etwas, das Simon Trimovitz gesagt hatte.

... ihr Trainer ist ein elendiger, treuloser Mistkerl, der keine Ahnung von nichts hat ...

Das war es, was Sina von ihrem Trainer gehalten hatte. Der Trainer, der eigentlich immer recht freundlich gewirkt hatte und von allen Goldfunken gemocht wurde.

Der mich nach Lana gefragt hatte.

Aus einem plötzlichen Impuls heraus trat ich vor, sodass ich nun hinter Torben und vor Sebastian stand, und sagte: „Sag mal, Sebastian: Wusstest du, dass Lana schwanger ist und sie deswegen aufgehört hat, bei den Goldfunken mitzumachen?"

Sebastian riss die Augen auf. „Was?"

„Jup", meinte ich lächelnd. „Und der gute Torben hier ist nicht der Vater."

Sebastians Mund klappte auf und Lana schniefte hörbar.

„Schwanger?", echote er. „Du bist … *schwanger*?"

Lana nickte und jetzt rannen Tränen ihre Wangen hinab.

„Aber das ist ja …" Sebastian schluckte und blinzelte. „Das ist ja … *wunderbar*! Warum sagst du mir denn nichts?"

Moment.

Wunderbar?

Ich sah hektisch zwischen den beiden hin und her. Er *freute* sich? Und er hatte es wirklich nicht gewusst?

Mist. Ich hatte gehofft, dass er vielleicht nur sichtbar erschrocken tat! Dass er vielleicht der Mörder war, weil Sina ihn beschuldigt hatte, ein Arschloch zu sein und Lana im Stich zu lassen … aber die Szene, die sich mir jetzt bot, sah nicht danach aus.

Sebastians Gesicht fing auf einmal glücklich an zu glühen, als er an mir vorbei auf seine scheinbar Angebetete zutrat. Lana lachte erleichtert auf und …

„Was? Wieso solltest du Lanas Schwangerschaft *wunderbar* finden?", schrie Torben verwirrt. „Was soll das heißen? Wieso interessiert es dich überhaupt, dass … ich verstehe nicht … sie ist *meine* Freundin. Wieso sollte sie … wieso …"

„Oje", murmelte Trudi. „Er ist einer von der langsamen Sorte."

Na, vielleicht stand er auch nur unter Schock, weil er von einer Diskokugel erfahren hatte, dass seine Freundin ihn betrog. Mich hätte das auch aus der Bahn geworfen.

„Du ... du hast mit ihr geschlafen?", rief Torben, sein Gesicht wutverzerrt. Und bevor ich wusste, was geschah, hatte er bereits ausgeholt.

Seine geschlossene Hand schnellte vor.

Sebastian duckte sich.

Ich duckte mich nicht.

Torbens Faust traf mich mitten ins Gesicht.

Kapitel 14

Wenn man glaubt, dass ein falscher Bart die Wucht eines Faustschlages nennenswert abdämpft, dann liegt man falsch.

Torbens Knöchel erwischten mich an Wange und Nase und der Schmerz, der mir durch den Schädel zuckte, *konnte* einfach nicht *gedämpft* sein. Dafür tat er zu verdammt weh!

Tränen schossen in meine Augen, mein Kopf wurde zurückgeschleudert und ich taumelte nach hinten.

Mit dem Rücken krachte ich gegen zwei Goldfunken, die meinen Sturz etwas abfingen, mich aber nicht retten konnten. Ich stürzte auf das harte, feuchte Kopfsteinpflaster.

Scheiße! Warum war ich nicht das Fischstäbchen geworden? Dann wäre ich zumindest besser gepolstert gewesen.

Aber so schoss der Schmerz mir auch durch Hintern, Hüfte und Rücken und ließ Sterne aufleuchten. Das einzig Gute war, dass ich nicht mit dem Kopf auftraf und mein Po ganz gut gepolstert war.

„Torben!", kreischte Lana laut.

„Fuck, das war knapp", rief Sebastian.

„Lou? Lou, ist alles okay?" Das war Emily, oder? Doch ich konnte immer noch nicht sehen, wo sie stand, denn rote Punkte tanzten vor meinen Augen.

„Und deswegen sollte man immer in der ersten Reihe stehen", hörte ich Finn über die Menge hinweg sagen, während meine Nichten mit einstimmigem: „Ahhh“, antworteten.

„Oh mein Gott, du hast den armen, alten Mann umgeboxt!“, erklang eine schockierte Frauenstimme, die ich nicht zuordnen konnte.

„Sie ist kein armer, alter Mann!“, schrie Torben. „Sie ist höchstens vierzig.“

„Ich bin dreißig, du Blödmann“, rief ich ungläubig und betastete vorsichtig meine Nase, die nicht gebrochen zu sein schien, aber großzügig Blut auf meiner unteren Gesichtshälfte verteilte.

„Mir egal! Der Wichser hat mir meine Freundin ausgespannt“, schrie Torben und war drauf und dran, wieder auf Sebastian loszugehen. Bei seinem Glück würde er Lana treffen und bevor ich es davon abhalten konnte, verselbstständigte sich mein Bein.

Mit der Agilität einer kränklichen Gazelle streckte ich es aus, direkt vor Torbens Füße.

Ich hatte ihn zum Stolpern bringen wollen.

Doch das ging wortwörtlich nach hinten los.

Er rutschte auf meinem Hosenbein und dem glatten Boden aus und fiel rückwärts, erneut in die Goldfunken hinein.

Doch diesmal in ein Paar, das sich leise miteinander unterhalten hatte und völlig unvorbereitet war.

Sie quietschten und kippten nach hinten … trafen zwei weitere Goldfunken, die erschrocken in den ersten Trompeter taumelten, der viel zu nah an seinen Kameraden stand, vermutlich um einen besseren Blick auf das Drama zu erhaschen …

Es war, als sähe man beim *Domino Day* zu. Dem Menschen-Domino-Day.

Einer nach dem anderen ging zu Boden. Und sie fielen immer noch, als Torben sich schon wieder aufrappelte und die Fäuste hob.

„Zur Hölle, Torben, krieg dich ein!", rief ich über das metallische Klirren fallender Musikinstrumente und das weiche Reißen diverser Trommelfelle hinweg. „Ernsthaft." Ich wischte mir mit dem Ärmel das Blut vom Gesicht und versuchte aufzustehen. Doch meine Ohren klingelten und ich fühlte mich noch immer etwas orientierungslos … und vielleicht blieb ich doch einfach sitzen. Hier unten war es sicher und gemütlich. Ich fiel auch gar nicht auf. Fünfzig Prozent der Anwesenden um mich herum saßen ebenfalls unfreiwillig auf dem Boden.

„Ja! Gib es ihm, Lou!", feuerte Trudi mich an.

„Was? Nein!", rief ich entsetzt. „Ich möchte es niemandem *geben*."

„Aber ich!", schrie Torben und stürzte mit einem Kampfschrei auf Sebastian zu … der einen Schritt zur Seite machte.

Heilige Mutter Gottes, der Kerl hatte vielleicht Reflexe!

Torben jedoch nicht. Torben taumelte weiter und fiel erneut zu Boden.

Oh, großer Gott. Jetzt war es einfach nur noch peinlich.

Doch Sebastian und Lana sahen überhaupt nicht hin. Stattdessen starrten sie sich tief und verliebt in die Augen und …

Ein Blitzlicht flammte auf und stöhnend hielt ich den Arm vor mein Gesicht.

„Nimm den Arm runter und bleib genauso liegen, Lou", erklang eine selbstzufriedene, etwas gehässige männliche Stimme. „Gott, ich liebe meinen Job."

„Mo?", krächzte ich und blinzelte hoch.

Der zweitälteste Rispo lächelte süßlich zu mir herab, eine Kamera im Anschlag. „Du machst es einem wirklich einfach, weißt du? Ich musste dich nicht einmal niederstrecken, das kriegst du schon ganz gut allein hin."

Oh Mann. Er hasste mich wirklich. Denn ich hatte ihn nicht als solches Arschloch in Erinnerung.

„Kannst du die Klappe halten und mir aufhelfen?", sagte ich genervt.

Doch er kam nicht dazu, zu antworten.

„Aus dem Weg! Aus dem Weg hier! Wir sind von der Presse und das hier ist von öffentlichem Interesse."

Oh Gott.

Auch diese Stimme kannte ich. Sie gehörte Simon Trimovitz.

Das durfte doch nicht wahr sein! Ich wollte in keiner weiteren Zeitung stehen. Geschweige denn in *zwei*!

„Simon, das ist meine Story", meinte Mo entschuldigend. „Ihr könnt also wieder abdampfen."

Oh. Die beiden kannten sich.

„Als ob", rief der andere Journalist. „Die Goldfunken werden von mir allein gedeckt."

Mo verzog das Gesicht. „Unglückliche Wortwahl, Mann."

Simon errötete. „Du weißt, was ich meine. Ich hab mir einen Namen gemacht, Moritz! Jeder weiß, dass die Goldfunken mein Thema sind."

Mo schnaubte laut. „Oh, komm schon, Simon. Letzte Woche warst du noch eine totale Nullnummer und die Sache mit dem Funkenmariechen war reines Glück, also spiel dich nicht auf."

„Mo", sagte der Fotograf, Harry, der mir bis eben gar nicht aufgefallen war, mit tiefer, ruhiger Stimme. „Sei kein Arsch."

„Jaja, schon gut." Moritz seufzte und trat zurück. „Ihr könnt alle ein Foto machen. Gar kein Problem."

„Nein!", rief ich ungläubig. Meine Stimme so laut, dass ich meine eigenen Kopfschmerzen verstärkte. „Könnt ihr nicht! Meine Güte, was für ein asoziales Pack seid ihr eigentlich? Dutzende Leute liegen auf dem Boden und ihr reißt euch um ein Foto."

Die drei Männer sahen betreten zu mir herab.

„Also, ich hab schon ein Foto", sagte Mo schließlich. „Ich reiße mich nicht mehr drum."

Frustriert stöhnte ich auf und schloss die Augen. „Du beschissener Mistkopf, du hast kein Recht, wütend auf mich zu sein, du ..."

„Tante Lou flucht. Ganz laut", hörte ich eine entzückte Kinderstimme ... und dann folgte die einzige Stimme, die ich hören wollte.

„Was zur Hölle ist hier los?"

Mos Kopf flog in die Höhe und sofort trat Schuld auf seine Miene. Schuld, die bei der Familie Rispo nur der älteste Bruder hervorrufen konnte.

Ich wusste bis heute nicht, wie Josh es hinbekam, so viel Autorität in seine Stimme zu legen. Manchmal vermutete ich, dass er eigentlich ein Cyborg mit eingebautem Megafon und Stimmverzerrer in seinem Hals war.

„Warum liegt die halbe Truppe auf dem Boden? Und könntet ihr bitte Platz machen? Polizei trumpft neugierige Menschen mit neuer Handykamera ... und Journalisten auch. Also: Alle, die keine Polizisten sind und nicht zur Umzugsgesellschaft gehören, gehen jetzt. *Sofort!*"

Mo schnaubte, doch er, Trimovitz und Harry zogen sich zurück, so wie auch ein paar andere Schaulustige, darunter meine Schwester mit Isa und Lara an ihren Händen, die mir fröhlich zuwinkten.

Im nächsten Moment fiel ein Schatten über mich.

Liebe Güte. Ich saß in letzter Zeit wirklich viel zu häufig vor Joshs Füßen.

„Na?", sagte er mit verschränkten Armen.

„Ich habe nichts gemacht!", verteidigte ich mich sofort und hob abwehrend die Hände. „Ich wollte nur helfen. Und dann ist alles irgendwie etwas ... eskaliert."

„Meinst du, ja?", fragte Rispo trocken und betrachtete die Horde umgestürzter Funkenmariechen und Musiker, die sich langsam aufrappelten.

Ich ließ seufzend die Hände sinken. „Es war Trudi, sie ..."

„Scheiße, ist das Blut in deinem Gesicht?", unterbrach Josh mich unwirsch und sah schockiert zu mir hinab.

„Nein, ich hab beim Traubensafttrinken nicht richtig aufgepasst", erwiderte ich tonlos.

„Oh Mann. Geht es dir gut?" Josh hockte sich neben mich und strich besorgt über meine Wange. „Bitte sag mir, dass das nicht Mo war."

Ich verdrehte die Augen. „Nein. Er war ein Arschloch, aber kein handgreifliches Arschloch. Das war Torben.

Aber es ist halb so wild." Vorsichtig betastete ich meine pochende Wange. „Oder?"

Josh verengte die Augen und scannte mein Gesicht, bevor er langsam nickte. „Es wird vermutlich etwas blau anlaufen, aber nein, es sieht nicht allzu schlimm aus, allerdings … Nun, ich hätte nicht gedacht, dass ich das mal sagen würde, Lou: Aber dein Bart ist hinüber."

Ich lachte erschöpft auf. „Aber meine Nase ist noch ganz? Nicht krumm oder so?"

„Nein, das einzige Problem mit deiner Nase ist, dass sie zu oft in fremden Angelegenheiten steckt."

„Ah ja. Apropos …", murmelte ich. „Es sieht so aus, als hätte Torben wirklich nicht gewusst, dass Lana schwanger ist. Was daran liegen könnte, dass er nicht der Vater ist, sondern Sebastian."

Rispo seufzte schwer. „Fantastisch. Als steckten wir in einer verdammten Soap-Opera", murmelte er und zog mich auf die Füße.

Die roten Punkte vor meinen Augen waren erloschen und das Schwindelgefühl verflüchtigte sich langsam. Mein Gesicht fühlte sich nur noch immer etwas taub und … deformiert an.

„Jup", stimmte ich zu.

„Ich fasse nicht, dass ich die Goldfunken schon wieder mit auf die Wache nehmen muss." Stöhnend kniff Josh die Augen zusammen. „Dich übrigens auch. Du musst eine Aussage machen. Sebastian, Torben und Lana werden mir erzählen, wobei sie möglicherweise noch gelogen haben …"

„Das hört sich klasse an", murmelte ich seufzend.

„Oh ja", sagte Josh trocken. „Das wird spaßig."

Josh hatte gelogen.

Es war nicht spaßig.

Es war größtenteils langweilig und nervig.

Ich saß Ewigkeiten auf den orangenen Plastikstühlen im Empfangsbereich, nur um dann fünf Minuten lang einem sehr schadenfrohen Polizisten zu erzählen, was passiert war.

Die Einzigen, die Spaß an diesem Tag zu haben schienen, waren Isabell und Lara. Sie fanden es furchtbar aufregend, bei der Polizei zu sein und echte Verbrecher begutachten zu können.

„Das ist sooo toll!", seufzte Isa zufrieden, als ich drei Stunden später zusammen mit ihrer Schwester, Emmi und Finn aus dem Präsidium trat.

Leider war Isas Vater nicht derselben Meinung. „Was in Gottes Namen, Lou!", fuhr Jannis mich an, noch während er über den Parkplatz stürmte. „Hat dir schon einmal jemand gesagt, dass ein Vater einen Herzinfarkt bekommt, wenn seine Schwester anruft, und erzählt, dass er seine Töchter von der Polizei abholen muss? Ich kann Mama jetzt sehr viel besser verstehen!"

Seufzend sah ich zu Emily. „Du hast ihn angerufen?"

Sie reckte das Kinn. „Es erschien mir wie eine verantwortungsbewusste Entscheidung."

„Emily benutzt das Wort *verantwortungsbewusst* heute sehr oft", bemerkte Finn und kratzte sich am Kopf. So als wisse er nicht, was er mit dieser Information anfangen solle – aber sie verstörte ihn offenbar.

„Papa, der Tag war *super!*", rief Isa enthusiastisch und umarmte Jannis' Beine. „Wir haben nicht viele Süßigkeiten gefangen, aber wir durften im Polizeiauto mitfahren."

Jannis hob die Augenbrauen in meine Richtung, bevor er zischte: „Sind sie festgenommen worden, oder was?"

Ich verdrehte die Augen. „Nein, natürlich nicht. Josh dachte nur, dass es ihnen vielleicht Spaß machen könnte, bei Marvin im Wagen mitzufahren ..." Ich winkte ab. „Es ist alles okay."

„Ach ja? Sag das deinem Gesicht." Kopfschüttelnd fuhr sein Blick zu meiner Wange, auf der sich innerhalb der letzten Stunden ein bläulicher Fleck gebildet hatte. Er ließ mich aussehen, als hätte ich versucht, mich als Dalmatiner zu verkleiden, aber irgendwann die Lust verloren.

„Ernsthaft: Was hast du gemacht, Loubalou?" Echte Sorge schwang in seiner Stimme mit und mein Herz wurde ein Stück wärmer, als ...

„Tante Lou hat sich geprügelt!", rief Lara begeistert.

„Was?", fragte Jannis scharf und sah mich ungläubig an.

Oje.

„Nein, nein. Ich habe ... einen Stunt aufgeführt", korrigierte ich meine Nichten hastig.

„Sie hat sich auf dem dreckigen Boden herumgewälzt und einem großen Typ ein Beinchen gestellt, sodass alle umgefallen sind", verkündete Lara nicht hilfreich. „Es war toll."

Jannis' Augen waren mittlerweile so groß wie mein blauer Fleck. „Was zur Hölle ist heute passiert, Lou?", wollte er wissen.

„Ich ... na ja, ich habe Lara und Isa vorgemacht, was sie *nicht* auf einem Karnevalsumzug tun sollten?", schlug ich vor.

„*Was?*"

Ich seufzte schwer. „Jannis: Ich hab dir doch gesagt, dass ich im Mordfall recherchieren würde! Es ging eben etwas wilder zu als erwartet", verteidigte ich mich.

„Du hast meine Töchter mit auf Mörderjagd genommen?!"

Mann, Jannis musste sich wirklich beruhigen. Sonst platzte noch die dicke, pochende Ader auf seiner Stirn.

„Zu Lous Verteidigung", sprang Emily ein. „Finn und ich haben währenddessen auf die beiden aufgepasst – und sie hatten wirklich Spaß, oder?" Erwartungsvoll sah sie zu ihren Nichten.

„Ja!", riefen sie sofort einstimmig und streckten ihre Fäuste in die Luft.

„Wir haben gelernt, wie man Leute aus dem Weg boxt, ohne Ärger zu bekommen", meinte Lara zufrieden.

Finn grinste breit. „Das haben sie von mir", verkündete er stolz.

„Oh Jesus, Maria ...", murmelte Jannis kopfschüttelnd.

„Du fluchst schon wie Mama, Jannis", bemerkte Emmi fröhlich. „Ich würde aufpassen, demnächst schüttelst du noch einen Zeigefinger in unsere Richtung."

„Ich würde viel lieber was anderes schütteln", murmelte er missmutig und warf mir einen warnenden Blick zu. „Aber schön. Danke, dass ihr *versucht* habt, auf Lara und Isa aufzupassen."

„Gern", sagte ich lächelnd.

„Immer wieder", bestätigte Emily.

Unser Bruder schnaubte und brachte seine Töchter mit nur einer einzigen, fließenden Handbewegung dazu, in Richtung seines Wagens zu spazieren.

„Wenn eure Mutter fragt“, konnte ich Jannis noch murmeln hören. „Heute ist rein *gar* nichts Interessantes passiert. Verstanden? *Gar nichts.* Das sagt ihr – sonst esse ich all eure Süßigkeiten.“

Meine Mundwinkel zuckten, während ich sie dabei beobachtete, wie sie in den Wagen stiegen und schließlich davonfuhren.

„Er hat heute definitiv nicht getrunken, so wie eigentlich vorgehabt“, murmelte Emily und schüttelte den Kopf. „Sonst wäre er sanftmütiger gewesen.“

„Okay, das war witzig“, verkündete Finn. „Aber wir fahren jetzt, oder, Emmi? Es ist noch früh, wir können immer noch feiern gehen.“

„Oh.“ Emmis Wangen liefen rosarot an und panisch blickte sie zu mir. „Ich weiß nicht, ich …“

„Keine Widerrede“, unterbrach Finn sie. „Komm. Bevor Karneval vorbei ist.“ Er legte einen Arm um ihre Schultern und dirigierte sie über den Parkplatz in Richtung Bahnhaltestelle.

Emily blickte mit aufgerissenen Augen über ihre Schulter, doch ich schwieg.

Sie musste es Finn sagen. Und wenn sie dazu gezwungen wurde, weil Finn wissen wollte, wieso sie keinen Alkohol trank, dann sei es drum. Die beiden verschwanden und ich blieb allein auf dem Parkplatz zurück.

Nachdenklich neigte ich den Kopf und starrte zum Präsidium.

Ich hatte das Gefühl, wieder bei null anzufangen.

Irgendjemand hatte Sina ertränkt und dann zur Sicherheit oder aus reiner Wut mit einem rostigen Rohr erschlagen.

Das sprach für wahren Hass.

Aber es schien niemanden in Sinas Leben gegeben zu haben, der Grund gehabt hatte, sie wahrhaftig zu hassen. Lana war keine Verdächtige. Sie hatte Sina wie eine Schwester geliebt.

Sebastian und Torben hätten vielleicht einen Grund gehabt, sie zum Schweigen bringen zu wollen – aber ganz ehrlich: Die beiden Jungs hatten keine Ahnung von nichts gehabt. Das war sehr eindeutig gewesen.

Mir blieb also kein Verdächtiger übrig – außer jeder einzelne Goldfunk, der ihren Platz als erster Goldfunke hatte einnehmen wollen.

Aber es war schon sehr übertrieben, jemanden umzubringen, nur weil man neidisch war.

Ja, ich stand wieder absolut am Anfang. Ohne Idee, ohne Plan, ohne Hinweis. Was ich brauchte, war eine neue Spur. Irgendetwas, das die Polizei übersehen hatte.

Meine Mundwinkel sanken nach unten.

Klasse. Ich hatte nur noch eine einzige Idee und die involvierte eine Menge Dinge, die mir nicht gefielen. Unter anderem lag das daran, dass es eigentlich *Trudis* Idee gewesen war. Und ihre Ideen umzusetzen, war meistens keine gute ... nun, Idee.

Aber ich wusste nicht, was ich sonst noch tun sollte, also ... seufzend zog ich mein Handy aus der Tasche.

„Hallo?", meldete sich meine beste Freundin nach dem dritten Klingeln.

„Ariane, was machst du gerade?"

„Süßigkeiten essen, die in mein Fischstäbchen-Kostüm gefallen sind, und mich fragen, ob ich für immer allein sein werde."

„Gut."

„Wieso ist das gut?"

„Weil das bedeutet, dass du Zeit hast, mit mir einen kleinen Trip zu machen."

„Oh, okay. Wohin fahren wir?", fragte Ariane überrascht.

„Eine Tradition fortführen."

Ari seufzte schwer. „Du willst fremden Müll durchwühlen, oder?"

„Jap, bin in zwanzig Minuten bei dir", murmelte ich und legte auf.

Kapitel 15

„Alsooo", sagte Ariane gedehnt und legte den Kopf schief. „Wie gehst du normalerweise vor?"

„Ich hasse es, dass es ein *normalerweise* gibt", murmelte ich verdrießlich und stieß mit dem Fuß gegen den riesigen Plastikcontainer vor uns, der ein paar Zentimeter zurückrollte. „Man sollte mich nicht die Blumen-, sondern die Mülldetektivin nennen."

Ari verzog das Gesicht. „Das macht sich aber nicht so gut in einer Schlagzeile. Keine Zeitung würde das drucken wollen."

Oh Gott. Zeitung.

Stöhnend legte ich eine Hand über meine Augen. Morgen würde ein weiteres Bild von mir in der Zeitung erscheinen und meine Mutter es mit Sicherheit sehen.

Egal. Ein Problem für einen anderen Tag.

„Was stöhnst du?", wollte Ari wissen. „Ist dir aufgefallen, dass das hier eine blöde Idee ist?"

„Es ist meine einzige", gab ich gequält zurück. „Und nein, ich habe gerade an meine Mutter gedacht."

„Ah", machte Ariane und nickte. Das verstand sie ohne Nachfrage. Sie wippte auf ihren Hacken zurück, blickte zu mir, zur Mülltonne und wieder zurück, bevor sie leise fragte:

„Was erhoffst du dir hiervon, Lou?"

„Na ja, Sinas Schließfach im Vereinsheim war vollkommen leer ... vielleicht weil der Mörder oder die Mörderin es leer geräumt und dann alle Habseligkeiten weggeworfen hat. Weil sich darin ein Hinweis auf ihn befindet."

„Oder aber die Polizei hat ihn leer geräumt, um selbst nach Hinweisen zu suchen", gab Ari zu bedenken.

Das war leider eine sehr wahrscheinliche Möglichkeit.

„Mir gehen die Spuren aus, Ariane", stellte ich seufzend fest. „Ich dachte, wir suchen nach einem männlichen Mörder, weil es so furchtbar schwer ist, eine Leiche vom Schwimmbad zum Umzugswagen zu schleppen und sie dann auch noch auf der Radachse festzubinden. Aber die einzigen Männer, die was mit Sina und ihren Geheimnissen zu tun hatten, sind Torben und Sebastian – die beide keine Verdächtigen mehr sind. Also ist es vielleicht doch eines der Goldfunken. Oder aber auch zwei der Goldfunken, die zusammengearbeitet haben. Und da sie hier trainieren, werfen sie hier auch Dinge weg und ... ach, keine Ahnung." Ich zog eine Grimasse. „Vielleicht haben wir ja Glück." Ich machte eine ausschweifende Bewegung zu den drei Containern hin.

Ari nickte. „Die Erklärung reicht mir. Dann mal los."

Ich bewegte mich nicht.

„Los", wiederholte Ariane und machte eine ausschweifende Bewegung zu den Containern hin.

Es war relativ dunkel hier. Es dämmerte bereits, sodass die Mülltonnen beinahe von der Dunkelheit verschluckt wurden. Attraktiver machte es die Aussicht, in eine von ihnen hineinzuklettern, allerdings auch nicht.

„Willst du nicht lieber ...?", fragte ich unschuldig und nickte zum Müllcontainer.

„Nein, danke", erwiderte Ariane höflich.

„Aber du hast das noch nie gemacht."

„Und dabei wird es bleiben."

„Wir könnten die Tonne auch umkippen und dann durchwühlen", schlug ich vor.

Ariane sah auf den pfützenübersäten Boden. „Es ist nass und dreckig hier. Mordbeweise vertragen sich nicht gut mit Feuchtigkeit und Dreck, oder?"

Ich stöhnte leise. Manchmal war ich wirklich kein Freund von Logik. „Schön. Dann lass uns mit der Altpapiertonne anfangen."

„Warum?"

Weil sie von allen Tonnen diejenige war, die am wenigsten stank. „Weil das Geheimnis oft im Papier liegt."

„Du hörst dich an wie ein Werbeposter für Toilettenpapier."

„Hoffen wir, dass davon keins in der Tonne ist", murmelte ich und bevor ich wieder einen Rückzieher machen konnte, klappte ich sie auf und hievte mich über die Kante.

Zumindest versuchte ich es.

Doch meine Stärken lagen einfach woanders.

Ich konnte mich exzellent ducken. Ich konnte Photosynthese erklären. Ich war ein verdammt sexy Mittelalter Gouda.

Aber damit, meine Armmuskeln für etwas anderes zu benutzen, als Erde umzugraben, hatte ich schon immer Probleme gehabt.

Ein „Argh"-Ton glitt über meine Lippen, als meine Arme unter meinem Gewicht nachgaben und ich mit dem Bauch zuerst auf der Kante des Containers landete. „Hilfe", röchelte ich.

„Meine Güte, du musst mehr Sport machen“, bemerkte Ariane das Offensichtliche, bevor sie mit beiden Händen meine Beine packte und mich in die Tonne bugsierte.

Ich landete weich auf Pappe und Karton und sie war nur zur Hälfte gefüllt, sodass ich gemütlich Platz in ihr fand. Vorsichtig tastete ich umher, erleichtert darum, in nichts überraschend Glibbriges zu packen, bevor ich mich wieder in eine aufrechte Position beförderte.

„Geht's dir gut da drin?“, wollte Ariane wissen und lugte über den Rand.

„Jap“, verkündete ich und schaltete die Lampe an meinem Handy an, um besser sehen zu können. „Hier, du kannst mir helfen.“ Wahllos griff ich einen Packen Papier, der nach einem Haufen Rechnungen aussah und reichte ihn ihr, bevor ich mich selbst daran machte, etwas tiefer im Müllberg zu wühlen, um auch die Papiere zu sichten, die wir von außerhalb nicht hatten erreichen können.

„Was genau suchen wir?“, wollte Ariane wissen und betrachtete den Müll in ihren Händen.

„Irgendetwas Auffälliges.“

Sie seufzte. „Manchmal habe ich das Gefühl, dass du keine Ahnung hast, was du eigentlich tust.“

Nur *manchmal?* Das betrachtete ich als persönlichen Sieg!

„Irgendetwas mit Sinas Namen drauf. Mit einer Information, die den Verein in Verruf bringt, vielleicht ...“ Ich stöberte mich durch Pizzakartons, Müslipackungen und Amazon Prime Paketband und blieb schließlich an einem Haufen loser Papiere hängen, die übermäßig ambitioniert mit Edding bearbeitet wurden. In dem Text ging es um den Aufbau einer Pflanzenzelle.

Seufzend ließ ich die Zettel sinken.

„Ari, du meintest das am Telefon vorhin als Scherz, richtig?“, meinte ich abwesend, während ich das nächste Papier unter die Lupe nahm. „Du denkst doch nicht wirklich, dass du den Rest deines Lebens allein bleiben wirst, oder?“

Sie zuckte die Achseln. „Ich weiß nicht, mir fällt in letzter Zeit nur immer wieder auf, dass viele Männer … nun Vollidioten sind.“

„Nicht alle.“

„Aber die meisten! Dabei möchte ich einfach nur einen netten, freundlichen Typ mit festem Job und dem Wunsch, eine Familie zu gründen. Aber den finde ich zurzeit nur in Disneyfilmen.“

„Du findest jemanden, Ari“, wisperte ich und lächelte sie warm an. „Ich bin mir sicher, ich …“ … verstummte.

Waren das Schritte?

Hastig legte ich den Finger an die Lippen und spitzte die Ohren.

Mist, das waren tatsächlich Schritte und keine Sekunden später ertönte eine weibliche, mir bekannt vorkommende Stimme.

„… abregen, Mama! Ich bin in einer Stunde zu Hause!“

Ariane weitete die Augen und sah erschrocken über ihre Schulter. „Was tun wir?“, hauchte sie panisch, während die Schritte näher kamen.

Ich seufzte, schaltete hastig mein Handylicht aus und machte eine ausladende Bewegung zu dem Platz in der Tonne neben mir. Ariane sah mich verärgert an, warf im nächsten Moment jedoch ihre Papiere nach mir und schwang sich über die Kante in den Container. Ich richtete mich auf, griff nach dem Deckel ... und im nächsten Moment war es dunkel.

Es knisterte, als Ariane das Gewicht auf dem Papier unter uns verlagerte, und wir beide hielten den Atem an, während die weibliche Stimme lauter wurde.

„... aufhören, Sorgen zu machen! Ich bin mit Freunden unterwegs, das ist alles. Es ist Karneval, wir feiern eben ein wenig.“

Ich spitzte die Ohren, lauschte nach besagten Freunden, doch konnte nichts hören.

„... natürlich bin ich Teil der Gruppe! Wir verstehen uns super, Mama. Es ist genauso schön bei den Goldfunken, wie du behauptet hast.“

Oh mein Gott, ich wusste, wer da sprach. Es war das Mädchen mit den Ombré-Haaren. Was zur Hölle tat es hier? Am Rosenmontag? Allein?

„Ich weiß ... ich weiß!“ Die Stimme war nun so laut, dass mein Herz mir bis zum Hals stieg und im nächsten erschien ein Lichtspalt, als der Deckel der Tonne geöffnet wurde.

Ich blickte geradewegs in Arianes erschrockenes Gesicht ... dann rieselte ein Schwall Papiere über unsere Köpfe und der Deckel fiel wieder zu.

„Ich leg jetzt auf, Mama, okay?“, meinte das Ombré-Mädchen, während ich nervös die Luft ausstieß. „Ich muss noch ... ordentlich was trinken und Spaß haben!“

Sie log, oder?

Sie war allein hier. Ohne Freunde.

War sie abends öfter allein hier? Womöglich, während alle dachten, dass das Vereinsheim leer war? Während Sina in Seelenruhe ihre Bahnen schwamm?

Ich biss auf meiner Unterlippe herum und sah in der Dunkelheit nach oben, um sicherzugehen, dass der Deckel vernünftig auflag. Erst dann zog ich mein Handy aus der Tasche und schaltete erneut die Lampe an. Mein Nacken kribbelte und ich fischte eines der frisch eingeworfenen Papiere von meinem Rücken.

Es war wieder eine computerbeschriebene Seite. Diesmal war das Thema nicht Biologie, sondern Physik. Doch wieder waren ganze Reihen mit Edding markiert worden. Anmerkungen mit Edding erstellt worden.

Mit schwarzem, dickem Edding.

Das Kribbeln in meinem Nacken wurde drängender. Was, wenn das Ombré-Mädchen am Abend von Sinas Tod hier gewesen war? Wenn sie etwas gesehen ... oder selbst etwas getan hatte? Wie ein Herz auf einem Freundschaftsarmband durchzustreichen und Sina zu ertränken.

„Oh mein Gott", hauchte ich und biss aufgeregt die Zähne aufeinander. „Das Ombré-Mädchen. Sie hasst die Goldfunken. Ihre Mutter zwingt sie dazu, mitzumachen und wenn die Goldfunken in Verruf kämen ..."

„... könnte sie endlich aufhören, hier mitzumachen?", beendete Ariane leise meinen Satz.

„Ja! Ich ..."

„Hallo? Ist da wer?"

Wir zuckten erschrocken zusammen und verstummten.

In Filmen und Serien mussten Charaktere den Verdächtigen immer nur ihren Rücken zuwenden, damit die sie nicht verstanden. Ich hatte vergessen, dass das im echten Leben nicht so war.

„Hallo?", wiederholte die weibliche Stimme.

Ich kniff die Augen zusammen und hielt den Atem an. Wir mussten nur leise sein, dann würde sie gehen. Sie würde uns nicht finden. Sie würde ...

Der Deckel wurde aufgerissen.

Okay, offenbar hatte ich mich geirrt.

Vorsichtig lugte ich nach oben, bevor ich etwas lahm sagte: „Hey. Schöner Abend, oder?"

Ungläubig sah das Ombré-Mädchen auf uns herab. „Was im Namen Gottes ...?", rief sie entsetzt.

„Hey", meinte jetzt auch Ariane kleinlaut und hob die Hand. „Was ... ähm ... machst du hier?"

„Was mache *ich* hier?", fragte sie ungläubig. „Ich bin es nicht, die in einer Mülltonne hockt!"

Das war ein guter Punkt. Aber die beste Verteidigung war nun einmal der Angriff. „Lenk jetzt nicht vom Thema ab", sagte ich kopfschüttelnd, richtete mich auf und deutete mit dem Zeigefinger auf sie.

„Ich wüsste nicht wie", antwortete sie perplex. „Da ich nicht verstehe, was das Thema ist."

„Das Thema ist, dass du nachts allein hier herumstreunst und deine Mutter belügst", half mir Ariane auf die Sprünge.

„Es ist kurz nach sieben! Nicht nachts", erwiderte sie irritiert. „Und es geht Sie überhaupt nichts an, ob ich meine Mutter belüge."

Oh. Es war noch so früh? „Es ist egal, wie spät es ist", ruderte ich zurück und sah ernst zu ihr hinab. „Du solltest nicht hier sein."

Vielsagend sah sie an mir hinab. „Aber Sie, ja? Und was ist schon dabei? Ich lerne und arbeite hier eben ab und zu, weil es zu Hause furchtbar ungemütlich ist, wenn meine Mutter mir dauernd über die Schulter schaut."

„Deine Mutter, die dich dazu zwingt, bei den Goldfunken mitzumachen, meinst du?", fragte ich interessiert.

Das Ombré-Mädchen öffnete verwirrt den Mund. „Woher wissen Sie das? Und was genau wird das hier? Ein Verhör?"

Jap, genau das.

„Sag mal, benutzt du gern Edding?", fragte ich beiläufig.

„Was?" Sie blinzelte mich an, als hätte ich sie soeben gefragt, wie sie ihr Menschenfleisch am liebsten aß. Medium oder Rare.

„Edding. Du arbeitest gern mit Edding", wiederholte ich und hielt die Papiere hoch, die sie vor ein paar Minuten zu uns in die Tonne geworfen hatte.

„Ja. Und? Viele Leute benutzen gern Edding", erwiderte sie kolossal verwirrt und strich sich über ihren paillettenbesetzten Rock. „Wieso ist das wichtig?"

Ich verengte die Augen. „Das Armband von Sina wurde kurz vor ihrem Tod mit Edding bearbeitet."

Einige Momente lang starrte sie mich nur mit offenem Mund an. Dann fing sie an zu lachen. „Habe ich das richtig verstanden, Sie denken, dass *ich* Sina umgebracht habe?" Ihr Lachen wurde lauter. „Oh mein Gott. Das ist lächerlich!"

Ich wechselte einen unsicheren Blick mit Ariane, die nur hilflos die Schultern hochzog.

„Es ist nicht lächerlich", sagte ich langsam. Doch wenn ich ehrlich war, hörte ich mich selbst nicht recht überzeugt davon an.

Das Lachen des Ombré-Mädchens hallte mittlerweile laut von den Wänden wider. „Doch, das ist es!", versicherte sie mir. „Meine Güte und Sie nennen sich *Detektivin?* Gott, Sie sind auf dem absoluten Holzweg. Glauben Sie mir, Sie suchen an der falschen Stelle! Sie haben recht. Ich *hasse* die Goldfunken." Sie gluckste und strich sich ein paar Lachtränen aus den Augenwinkeln. „Ich würde am liebsten alles hinschmeißen und meine Mutter geht mir unfassbar auf die Nerven. Aber bei allem, was mir heilig ist: Ich würde doch niemanden dafür *umbringen*, um mit meinem Hobby aufhören zu können. Was ist denn das für ein schlechtes Motiv?" Entgeistert schüttelte sie den Kopf. „Meine Mutter ist gemein zu mir, also töte ich unschuldige Mädchen, um erster Goldfunke zu werden oder aber die Organisation von innen heraus zu zerstören?" Sie legte den Kopf in den Nacken und ein neuer Schwall an Gelächter drang über ihre Lippen. „Haben Sie einen an der Waffel? Dafür würde doch niemand *töten*. Meine Fresse. Ernsthaft." Kopfschüttelnd und auch ein wenig mitleidig sah sie mich an. „Also, wenn es Ihnen nichts ausmacht, werde ich jetzt gehen. Ich hab am Donnerstag einen Chemietest. Viel Spaß noch beim im Müllsitzen!" Sie winkte, bevor sie sich auf dem Absatz umdrehte und in die Dunkelheit verschwand. Zurück blieb nichts als peinliche Stille.

Stöhnend rieb ich mir über das Gesicht.

„Oh Gott, sie hat recht, oder?", fragte ich leise. „Es ist ein dummes Motiv. Und wir können nicht alle Menschen, die Edding benutzen, auf unsere Verdächtigenliste setzen."

„Nein“, stimmte Ariane erschöpft zu. „Aber was wäre denn ein gutes Motiv? Warum sollte man den Goldfunken schaden wollen?“

Ich seufzte und starrte an die Stelle, an der das Ombré-Mädchen soeben verschwunden war.

„Ich habe keine Ahnung“, murmelte ich schließlich erschöpft. „Absolut keine Ahnung.“

Kapitel 16

Ich schlief nicht sonderlich gut.

Was vor allem daran lag, dass Josh erst mitten in der Nacht nach Hause kam und mit den Worten: „Ich habe heute so viele Leute befragt, dass ich zwei Wochen lang nicht mehr reden will", neben mir ins Bett fiel.

Zumindest am nächsten Morgen hielt er Wort. Er quälte sich zwar zusammen mit mir um sieben aus dem Bett, saß jedoch noch immer stumm am Küchentresen bereits bei seiner zweiten Tasse Kaffee, als ich eine Stunde später gehetzt aus der Dusche kam. Mit noch immer feuchten Haaren, aber nicht genug Zeit, sie zu föhnen. Ich war auf der Toilette kurz eingenickt und hatte mein Recht auf trockene Haare sowie Frühstück somit verwirkt. Ich musste heute pünktlich den Laden öffnen.

„So schlimm?", fragte ich mitfühlend, schulterte meine Handtasche und küsste ihn zum Abschied sacht auf die Wange.

Er nickte.

„Nichts Neues im Fall?"

Er schüttelte den Kopf.

„Treffen wir uns heute Abend um elf zu Trudis Hochzeit? Keine Ahnung, wie sie so lang wach bleiben will, aber der Nubbel wird wohl erst um zwölf verbrannt und ich muss noch eine Horde Kränze machen, deshalb zieh ich mich im Laden um." Ich deutete auf die Kleiderhülle, die neben der Handtasche über meiner Schulter hing. Trudi hatte mir Gott sei Dank freigestellt zu tragen, was ich wollte. Ich könne sogar im dreckigen Brautkleid auftauchen.

Rispo seufzte und trank einen langen, intensiven Schluck Kaffee.

Das deutete ich mal als: „Ja, ich bereite mich schon mal mental darauf vor.“

„Lass den Kopf nicht hängen, es ergibt sich bestimmt bald was“, rief ich optimistisch, auch wenn ich mich nicht danach fühlte, und huschte aus der Tür. Kaum saß ich im Auto, vibrierte mein Handy mit einer Nachricht.

Kannst du mich abholen? Mir ist etwas übel und ich will nicht aus Versehen in die Straßenbahn kotzen. Dein Auto hingegen ist eh schon furchtbar dreckig.

Meine Damen und Herren, Emily, die charmanteste Schwester der Weltgeschichte! Ich tippte *Jap, halbe Stunde* zurück, parkte aus und fuhr auf die Hauptstraße.

„Lou, er hat versucht, mich ins Bett zu bekommen!“, sagte Emily dreißig Minuten später strahlend und plumpste auf den Beifahrersitz.

„Was?“

„Finn! Er hat versucht, mich ins Bett zu bekommen. Er hat sogar eine Kerze angemacht! Kannst du dir das vorstellen? Es war ziemlich romantisch.“

„Oh, wow. Das ist … wunderbar“, sagte ich etwas lahm.

„Ja, ich weiß." Sie wackelte aufgeregt mit ihrem Kopf, bevor sie schwer durchatmete. „Ich glaube, ich werde es ihm sagen."

Gott, das war die beste Nachricht, die ich seit Langem gehört hatte. „Das ist fantastisch, Emily! Wirklich. Ich bin mir sicher, er wird es ... gut aufnehmen." *Gut* war ein dehnbarer Begriff. Das würde ich mir zunutze machen.

Sie zog eine Grimasse. „Ja, ich hoffe, besser als meine Abfuhr gestern."

Ungläubig riss ich den Kopf herum. „Du hast ihm eine Abfuhr erteilt? Was zur ...?"

Sie zuckte die Achseln. „Es kam mir falsch vor, mit ihm zu schlafen, solange er noch nicht die Wahrheit weiß."

Stöhnend ließ ich meinen Kopf gegen die Lehne fallen. „Warum hast du es ihm dann nicht einfach schon gestern gesagt?"

„Der Zeitpunkt war nicht der richtige."

„Er hat eine Kerze für dich angemacht, Emmi", rief ich ungehalten. „Die Rispo-Männer machen keine Kerzen an, außer sie meinen es ernst. Auf was für eine Liebeserklärung wartest du noch?"

„Auf was für eine wartest *du* noch?", echote sie bissig. „Ich sehe noch keinen Ring an deinem Finger. Du hältst Josh genauso hin wie ich Finn."

„Aber das ist etwas anderes! Josh war ... verrückt in den letzten Monaten."

„Du warst verrückt in den letzten *Jahren*!", erinnerte sie mich und schnallte sich an. „Was genau ist also dein Punkt?"

Ich seufzte schwer. „Es ist kompliziert … und du hast den armen Finn mit deiner Abfuhr wahrscheinlich total verunsichert.“

Sie winkte ab. „Nee, hab gesagt, es geht nicht, weil ich meine Tage habe.“

Ich schnaubte. „Natürlich. Mann, Emmi, du musst …“

„… halt die Luft an, Lou. Ich sag es ihm schon“, unterbrach sie mich ungeduldig. „Und jetzt fahr mal los, wir kommen sonst noch zu spät.“

Ich presste die Lippen zusammen, scherte jedoch widerwillig aus. Ich musste mich beruhigen. Es war ihre Sache. Ich wusste auch gar nicht, warum es mich so aufregte, dass sie nicht ehrlich zu Finn war. Vielleicht, weil ich wusste, dass sie unnötiges Drama verhindern könnte.

Ja, das war es. Von Drama hatte ich im Moment einfach genug!

Zwanzig Minuten später parkte ich am Straßenrand vor *Louisa's Flower Power*, nur, um eine gehörige Portion Drama auf den Stufen vor dem Laden sitzen zu sehen.

„Och nee“, stöhnte ich und legte die Stirn aufs Lenkrad.

„Meine Fresse, du ziehst die Rispo-Männer aber auch an wie Motten das Licht.“

„Wie Licht die Motten“, korrigierte ich sie. „Ich ziehe sie an, wie Licht die Motten.“

Emmi sah mich steinern an. „Und das, obwohl du solch nervig besserwisserische Dinge von dir gibst. Es ist mir ein Rätsel.“

Ja, mir auch.

Nichtsdestotrotz saßen gleich zwei Mitglieder der Familie Rispo in meinem Sichtfeld und unterhielten sich hitzig. Mit tief gezogenen Brauen und verkniffenen Lippen. Dieser Gesichtsausdruck sollte auf ihrem Familienwappen zu sehen sein. Einfach ein Smiley mit Strich als Mund und zwei zornig aussehende Augenbrauen. Er würde allen Männern der Familie zum Verwechseln ähnlich sehen.

Widerwillig stieg ich aus und der Wind trug zwei angespannte Stimmen zu mir hinüber.

„Ich sage dir, Mo, das ist eine dumme Idee …"

„Du musst es wissen, denn du bist der Experte von dummen Ideen, Finn!"

„Ey, ich bin erwachsen geworden. Ich hab gestern auf Kinder aufgepasst, okay?", erwiderte Finn entrüstet. „Und sie haben beide überlebt. Aber weißt du, wer nicht überleben wird: Du, wenn du das durchziehst."

„Oh, bitte, Lou ist zu klein und schwach, um mir wehzutun. Und Josh würde niemals seinen Job riskieren."

„Hey!", sagte ich laut und schlug mit der Hand auf die Motorhaube des Passats. Ich fühlte mich von seinen Worten persönlich angegriffen und wollte meine Kraft demonstrieren. „Ich kann ziemlich gut mit einer Gartenschere umgehen, also pass auf, was du sagst, Mo."

Die Brüder blickten auf und sofort verhärtete sich Mos Blick.

Er erhob sich, schüttelte Finns Hand ab, die ihn davon abhalten wollte, und verschränkte die Arme vor der Brust.

„Sag es mir, Lou. Was ist dein Preis?", meinte er feierlich.

Irritiert sah ich ihn an. „Entschuldige? Habe ich was verpasst? Willst du mich kaufen?"

„Nicht dich. Aber deine Zustimmung", erklärte Mo, seine Miene so todernst, dass mir mein aufkeimendes Lachen im Halse stecken blieb.

„Was?", würgte ich schließlich überrascht hervor.

Finn stöhnte. „Mo, du machst dich zum Affen! Lou ist nicht bestechlich."

„*Jeder* ist bestechlich", widersprach Mo und trat einen Schritt auf mich zu. „Also, Louisa: Was muss ich tun; was muss ich dir geben, damit du Josh wieder erlaubst, beim Fall unserer Mutter mitzumischen?"

Perplex blinzelte ich ihn an. „Mo", sagte ich langsam. „Ich habe es ihm nicht *verboten*. Er hat es selbst entschieden."

„Nein, du hast ihm ein verdammtes Ultimatum gestellt und ihm somit keine Wahl gelassen", presste er zwischen den Zähnen hindurch.

Ich atmete tief ein. Das war also der genaue Grund, warum er mich hasste. Weil er glaubte, dass Josh sofort wieder mit ihm auf Mörderjagd gehen würde, wenn ich damit einverstanden wäre.

Was ehrlicherweise genau meine Angst war.

Trotzdem: „Moritz." Meine Stimme war so samtig weich wie mit Perwoll gewaschen. „Du bist bei mir an der falschen Adresse. Ich will nicht, dass Josh wieder bei dem Mordfall mitmischt, du hast recht. Aber es ist *seine* Entscheidung. Und er weiß, dass es ihm nicht guttut, der Vergangenheit hinterherzujagen."

„Aber es *ist* nicht die Vergangenheit!", fuhr Mo mich an. „Denn in dieser beschissenen Gegenwart läuft ihr Mörder noch immer frei herum. In der beschissenen

Gegenwart hat sie noch immer keine Gerechtigkeit bekommen!"

„Sie ist verdammt noch mal tot, Mo", regte Finn sich auf und sprang ebenfalls auf. „Ihr ist scheißegal, ob sie Gerechtigkeit erfährt oder nicht."

„Aber *mir* ist es nicht egal", fuhr Mo seinen Bruder wütend an. „Gott, Finn, wie kann dich das so kaltlassen?"

„Tut es nicht", sagte er leichthin. „Aber Alter ... sie ist tot – wir sind es nicht. Sie hat ihre Ruhe gefunden. Hat Josh nicht auch Ruhe verdient?"

Mit offenem Mund sah ich Finn an.

Manchmal sagte er die weisesten Dinge ... und dann legte er im nächsten Moment ein Furzkissen auf meinen Stuhl.

„Du weißt nicht, wovon du redest." Moritz' Gesicht lief dunkelrot an. „Du kanntest sie nicht so wie wir. Und du auch nicht!" Sein Finger landete in meinem Gesicht. „Wenn du Josh lieben würdest, würdest du ihn weitermachen lassen. Du weißt genau, dass es ihn noch immer verfolgt."

Ich stieß seinen Finger weg und kramte in meiner Handtasche nach dem Schlüssel für den Laden. „Mir ist egal, was du sagst, Mo", sagte ich ruhig. „Egal, was du mir bietest. Dieser Mordfall tut weder dir noch Josh gut. Und ich werde keinen von euch dabei unterstützen, dem Wahnsinn zu verfallen. Also: Sei wütend auf mich. Schrei mich an. Tu, was immer du auch tun musst, damit du aufhören kannst, ein gehässiges Arschloch zu sein. Aber ich werde Josh nicht sagen, dass er wieder mit dir rumlaufen und sich fast erschießen lassen soll. Tut mir leid."

Ich sah ihn ungerührt an, während ich weiter mit der Hand in meiner Tasche wühlte. Wo zum Teufel war mein Schlüssel? Ich wollte einen coolen, nüchternen Abgang in den Laden machen!

„Einmal!", sagte Mo ungläubig. „Wir haben uns nur einmal fast erschießen lassen. Und wir waren *so* nah dran ..."

„Ihr seid immer nah dran gewesen", meinte Finn schnaubend.

„Das hier ist nicht dein Streit, Finn", knurrte Mo.

„Und warum nicht?", wollte er interessiert wissen. „Sie war auch *meine* Mutter! Und ich hänge auch an euren Leben. Wer erklärt mir die Steuer, wenn Josh tot ist, kannst du mir das mal erzählen?"

„Na ja, ich könnte es dir erklären", bot ich an. „Ich ..." „Alter, Lou, warum schießt du dir selbst ins Knie?", wollte Finn augenverdrehend wissen.

Meine Wangen wurden heiß. „Sorry. Er hat recht, Mo. Er braucht Josh. Und dich."

„Wir würden nicht abkratzen!", knurrte er genervt.

„Das kannst du nicht wissen!", rief ich.

„Auf jeden Fall würdet ihr abkratzen", widersprach Finn schnaubend. „Mama wurde von 'nem verdammten Auftragskiller kaltgemacht. Der würde eure Innereien fröhlich in dunklen Gassen verteilen."

„Könnt ihr aufhören, über Innereien zu reden?", meldete sich Emily zu Wort, die leicht grün im Gesicht war. „Davon wird mir schlecht."

„Innereien sind hier auch nicht das Thema!", beschwerte sich Mo.

„Doch, irgendwie schon!", widersprach Finn.

„Sie sind zumindest Teil davon", gab ich zu.

„Bei Gott: Mit euch zu reden, ist wie in Treibsand zu versinken", rief Mo ungläubig. „Ihr ..."

„Was ist hier los?", unterbrach eine dritte männliche Stimme ihn.

Abrupt wandten wir uns um. Josh stand hinter uns und sah mit gerunzelter Stirn von mir zu seinen Brüdern und zurück.

„Hab ich das Memo verpasst?", fragte er gelassen, die Hände hinterm Rücken verschränkt. „Ich dachte, Familientreffen wäre erst morgen Abend."

Ich seufzte schwer und schloss die Augen. „Was machst du hier?"

„Du hast deinen Schlüssel vergessen", murmelte er und ließ meinen Schlüsselbund von seinem Zeigefinger baumeln. „Ich dachte, den brauchst du vielleicht ... Und was macht *ihr* hier? Außer es darauf anzulegen, wegen Erregung öffentlichen Ärgernisses festgenommen zu werden."

Mo knirschte so laut mit den Zähnen, dass ich eine Gänsehaut bekam. „Du kannst wieder gehen, Joshi. Das hier geht nur mich und Lou etwas an."

Frustriert stöhnte ich auf. „Mo! Das ist nicht wahr. Es geht eure ganze Familie was an! Du machst dich selbst unglücklich, indem du so viel Hass in dir trägst."

„Jetzt nimm dich mal nicht so wichtig", meinte er schnaubend. „Mein Hass auf dich ist nicht groß genug, um mich zu zerfressen."

„Ich spreche vom Hass auf den Mörder deiner Mutter!", korrigierte ich ihn laut. „Die Wut über ihren Tod. Auf die Ungerechtigkeit."

„Aber ich müsste diesen Hass nicht mehr verspüren, wenn du Josh weiter recherchieren lassen würdest!", fuhr er mich an.

Ich kniff die Augen zusammen und stöhnte, doch bevor ich sprechen konnte, nahm Josh mir die Aufgabe ab.

„Ist das dein beschissener Ernst, Mo?", sagte er besorgniserregend ruhig, sodass mir die Nackenhaare zu Berge standen. „Du bist hier, um Lou ein schlechtes Gewissen einzureden?"

Sein Bruder presste die Lippen zusammen.

„Oder bist du hier, um *mir* ein schlechtes Gewissen einzureden?", fuhr Josh ungerührt fort.

Mo lachte trocken auf. „Ich muss es dir nicht einreden! Du hast es doch schon."

„Nein, habe ich nicht", meinte er kopfschüttelnd. „Weil es das Richtige ist, den Fall aufzugeben."

„Oh, bitte!" Mo verzog mitleidig das Gesicht. „Du hast nur Angst, vor Louisa was anderes zu sagen."

Ich biss mir auf die Unterlippe und trat einen Schritt zurück.

Das stimmte nicht, oder? Er würde es auch sagen, wenn ich nicht hier wäre.

Oder?

„Mo. Ich werde nicht weiter in Mamas Mordfall recherchieren. Ende der Geschichte", sagte Josh steinern. „Egal, was du Louisa oder mir sagst. Wenn du wirklich nicht loslassen kannst, geh zu Kommissar Luther. Er hat sich der Sache angenommen. Ich kann dir nicht helfen."

Ich starrte Joshs gelassenes, vollkommen wutfreies Gesicht an ... und mein Hals zog sich eng zusammen.

Da war keine Reue in seinem Blick. Kein Zweifel. Keine innere Unruhe. Da war nichts als ehrliche Entschlossenheit.

Er meinte es ernst. Er hatte wirklich damit abgeschlossen.

Wärme flutete meine Brust. Wärme und ... Stolz.

Weil er sich weiterentwickelt hatte.

Weil er wieder mein Rispo war. Der, den ich so sehr liebte, dass mein Herz allein bei dem Gedanken daran schneller schlug.

Aber Mo teilte meine Gefühle nicht.

„Rede doch keinen Scheiß! Du *willst* mir nicht helfen, Josh! Du könntest schon. Das ist ein Unterschied." Er ballte die Hände zu Fäusten. „Und der einzige Grund, warum du mir nicht helfen willst, ist Lou!" Er deutete unwirsch zu mir. „Du bist ihr verdammter kleiner Schoßhund!"

„Okay." Josh atmete tief durch. „Es reicht, Mo." „Nein, es reicht nicht! Du lässt dich von Lou manipulieren, du lä–"

„Wenn ich sage, es reicht, dann reicht es!", schnitt Josh ihm hart das Wort ab. Aber seine Hände hingen mittlerweile zu seinen Seiten und waren ebenfalls zu Fäusten geballt.

Nun, der Josh, in den ich mich verliebt hatte, war nun einmal leider ein genauso großer Hitzkopf wie Mo.

„Okay, Leute", murmelte ich vorsichtig und hob die Hände. „Ich war gestern schon in einer Schlägerei verwickelt und möchte wirklich nicht, dass ihr noch eine zweite ..."

„Du bist so ein Heuchler, Josh! So ein verdammter Heuchler!", ignorierte Mo mich. „Du erzählst uns immer, dass Familie das Wichtigste ist. Aber jetzt wählst du Lou über Gerechtigkeit! Warum ..."

„Weil ich sie scheiße noch mal *liebe*!", fuhr Josh ihn an, beide Hände an seiner Stirn. „Weil sie meine Familie *ist*. Weil ich über eine Zukunft ohne sie nachgedacht und eine beschissene Panikattacke bekommen habe. Und Mama würde nicht wollen, dass ich ein fantastisches Leben mit der Frau meines Lebens aufgebe, nur um dem Phantom ihres Mörders nachzujagen."

Mein Mund wurde trocken und meine Augen fingen an zu brennen, während sich mein Herz auf die dreifache Größe ausdehnte und Josh weitersprach.

„Also hör auf mit dem Scheiß. Hör auf, so zu tun, als hätte ich kurz vor der Ziellinie aufgegeben. Wir haben uns nicht einmal in ihrer Nähe befunden, Mo! Aber wir haben uns in der Nähe des Wahnsinns befunden, wie Lou es so schön ausdrückt. Es ist nicht *fair*, dass Mama gestorben ist. Es wird niemals *fair* sein. Egal, ob wir den Mörder finden oder nicht. Aber wir können unser Leben nicht damit verschwenden, ihrem Geist hinterherzujagen."

„Verschwenden?" Mos Stimme war inzwischen so laut, dass sie mit einem Karnevalsumzug konkurrierte.

„Oh Gott, jetzt geht das schon wieder los", meinte Finn gequält. „Jetzt fangt ihr das Schreikonzert an, von dem unsere Nachbarn Albträume bekommen haben."

„Warum mischst du dich überhaupt ein, Finn?", fuhr Mo ihn an. „Warum bist du hier?"

„Weil Lou eine Freundin von mir ist und du ihr Scheiße an den Kopf werfen wolltest!", rief er ungläubig.

„Finn, das ist nett, aber wirklich nicht deine Sache“, meinte Josh abgehackt.

Ungläubig weitete er die Augen. „Wieso ist es niemals meine Sache? Wieso ist es immer nur *eure*? Euer Streit, euer Kampf, eure Familie, oder was? Falls ihr es noch nicht wusstet: Flo, Jonas und ich sind *auch* eure Familie und wir haben wirklich keinen Bock mehr, euch beim Streiten zuzusehen.“

Josh presste die Lippen zusammen. „Finn, es ist etwas anderes ...“

„Oh Gott.“ Er schnaubte. „Mann, ihr seid wie eine verdammte, gesprungene Schallplatte!“ Hilfe suchend sah er sich zu uns um. Blickte zwischen Emily und mir hin und her. „Wenn niemand was unternimmt, wird das jetzt eine halbe Stunde so weitergehen. Sie werden dieselben, lahmen, dämlichen Argumente vorbringen, sich anschreien und mir sagen, dass ich mich nicht einmischen soll. Also: Kann sie endlich mal jemand zum Schweigen bringen?“, sagte Finn entnervt. „Wirklich! Irgendwer?“

„Ich bin schwanger“, bot Emmi kleinlaut an.

Abrupt verstummten alle und wandten sich zu ihr um.

Mos Augenbrauen wanderten in die Höhe, Josh rieb sich mit zwei Fingern über den Nasenrücken, ich versuchte mein stillgestandenes Herz wieder anzutreiben, indem ich mehrfach nach Luft schnappte.

Und Finn ... Finn starrte sie mit aufgerissenen Augen an.

„Was?“, hauchte er schließlich verständnislos.

Emily schluckte hörbar. „Ich bin schwanger“, wiederholte sie lauter. „Und du bist der Vater, Finn.“

Finn öffnete den Mund. Blinzelte. Hustete ... Dann drehten sich seine Augen in den Höhlen zurück, seine Knie knickten ein und er fiel rückwärts auf die Stufen. Bevor er aufschlagen konnte, fing Mo ihn erschrocken mit beiden Armen auf.

Mehrfach blinzelnd sah er auf seinen bewusstlosen Bruder hinab. „Da hat wohl jemand sein Korsett zu eng geschnürt", sagte er dann trocken.

„Oh Mann", seufzte ich.

„Ey, du Lappen!", rief Emily zornig und stemmte die Hände in die Seiten. „Du musst das Kind nicht rauspressen. Das muss ich! Du hast nicht das Recht, ohnmächtig zu werden."

„Großartig", sagte Josh tonlos. „Einfach großartig. So sollten wir unsere Streitereien immer beenden. Mit einem ohnmächtigen Bruder." Kopfschüttelnd zog er sein Handy aus der Tasche, das wild angefangen hatte zu piepen und zu vibrieren. Er warf einen Blick auf das Display und seufzte dann schwer. „Ich muss los. Arbeit. Hat Finn noch einen Puls, Mo?"

Moritz legte zwei Finger an Finns Hals und nickte. „Jup. Es ist nur der Schock. Der wird schon wieder."

Mit Blick auf Emilys wütenden Gesichtsausdruck war ich mir da nicht so sicher.

„Super. Also: Reißt euch zusammen. Geht euch nicht an die Gurgel." Sein Blick glitt zwischen Mo und mir hin und her. „Wir klären den Rest morgen Abend."

Josh drückte mir den Schlüssel in die Finger und strich kurz mit dem Daumen über meinen Handrücken, bevor er zurück zu seinem Wagen lief, der in der zweiten Reihe geparkt neben meinem stand.

Ich blickte ihm kurz nach, während mein Herz noch einmal warm und nervös aufflatterte, bevor ich meine Aufmerksamkeit wieder auf Dornröschen in Moritz' Armen richtete.

„Bring ihn rein", sagte ich erschöpft und gestikulierte zur Tür des Ladens. „Wir schütten ihm einen Eimer Wasser über den Kopf."

„Das übernehme ich", meinte Emmi hitzig, entriss mir den Schlüssel und lief die Treppen hinauf.

Mo und ich tauschten einen Blick, bevor wir ihr folgten.

„Ich bin immer noch wütend", murmelte Mo, als ich an ihm vorbeiging.

„Ich weiß, Mo."

„Aber manche Dinge ..." Zögerlich hievte er Finn eine Stufe hinauf. „Manche Dinge sind wichtiger als Wut."

Ein Lächeln zog an meinem Mundwinkel und ich drückte kurz seine Schulter.

Das war schön zu hören.

Kapitel 17

Ich gab Emily den Tag frei.

Sobald Finn wieder zu sich kam und Emmi fertig damit war, ihn zornig darüber zu informieren, dass sie zurzeit das Alleinrecht auf Panik gepachtet habe und er sich nicht anstellen dürfe, drückte ich ihr meine Autoschlüssel und zwanzig Euro in die Hand und sagte ihr, sie solle irgendwo mit ihrem Freund einen Kaffee trinken gehen.

Sie und Finn hatten einiges zu bereden und heute war sowieso kaum Kundschaft da. Alle waren zu verkatert, um an mehr als Kopfschmerztabletten, geschweige denn Blumen zu denken.

„Versuch, ihn nicht so oft anzuschreien und hol mich heute Abend wieder ab, dann können wir zusammen zu Trudis Hochzeit fahren, okay?", bat ich sie. „Denk dran: Du hattest schon ein paar Wochen, um dich an den Gedanken, Mutter zu werden, zu gewöhnen. Finn nicht."

„Jaja, bla, bla", murrte sie, packte Finn am Ärmel und zog ihn vor die Tür. Mo hatte sich längst mit den Worten „Brauch das zusätzliche Drama nicht" verabschiedet, also blieb ich allein zurück.

Tatsächlich ärgerte mich das nicht. Stattdessen ... erleichterte es mich eher. Ich war in den letzten Tagen andauernd mit diversen Leuten durch die Stadt gehetzt, dass es zur Abwechslung mal ganz angenehm war, ein paar Stunden allein mit meinen dankbar schweigsamen Blumen zu haben.

Das gab mir genug Zeit, um nachzudenken.

Über Josh, der genau die richtigen Dinge gesagt hatte, die noch immer aufgeregt in meiner Brust umhersprangen. Über das Ombré-Mädchen, das mir erklärt hatte, dass ich die falschen Fragen stellte. Über Sina, die niemand gemocht, aber auch niemand gehasst hatte.

Ich war die ganze Zeit davon ausgegangen, dass der Mörder oder die Mörderin einer der vielen Goldfunken sein müsste, die neidisch auf Sina gewesen waren. Die Sina verachtet hatten.

Doch das Motiv war furchtbar schwach.

Wenn man aus Hass mordete, dann passierte das aus einem tiefen, schwarzen Gefühl heraus. Nicht aus dem Wunsch, erster Goldfunke zu werden, oder?

Ich konnte es nicht sagen, denn diese Sorte von Hass hatte ich nie verspürt. Außer vielleicht auf meine Körperwaage. Doch abgesehen davon hatte ich niemanden kennengelernt, der Sina derart intensive Gefühle entgegengebracht hatte. Erst recht nicht, um sie gleich doppelt zu töten.

Aber was war ein gutes Motiv?

Wenn es schon nicht Hass und Missgunst waren ... Warum Sina töten? Warum weitere Goldfunken angreifen?

... und wie machte ich Josh den romantischsten Antrag aller Zeiten?

Die Frage erschien mir nämlich plötzlich genauso drängend.

Denn ich Idiotin hatte ihn warten lassen, obwohl er offensichtlich wirklich mit dem Fall seiner Mutter abgeschlossen hatte, und jetzt lag der blöde Antrag in meiner Verantwortung!

Ich könnte kochen, aber ich wollte die Feuerwehr nicht dabeihaben, wenn ich Josh darum bat, mein Ehemann zu werden. Blumen mitzubringen, kam mir auch lächerlich vor. Mir gehörte ein Blumenladen! Ich brachte andauernd Blumen mit.

Ich könnte ihn an den Ort mitnehmen, an dem ich ihn kennengelernt hatte, doch ein Zebrastreifen war selbst für ein Zebra kein sonderlich romantischer Ort. Und ich wollte Josh nicht unbedingt daran erinnern, dass ich ihm damals reingefahren war. Ich konnte unser erstes Date nicht nachstellen, weil wir nie ein wirkliches erstes Date gehabt hatten, wir hatten keinen besonderen Ort, keinen besonderen Song … und jedes Mal, wenn ich eine neue Idee hatte, fiel mir ein Grund ein, warum sie blöde war.

Die Stunden strichen dahin und ehe ich michs versah, dämmerte es bereits und der kleine Zeiger bewegte sich auf die neun zu.

Huch? Wie war das denn passiert? Der Laden hatte längst geschlossen und ich nur die Hälfte der Kränze beendet, die ich für eine Beerdigung morgen hatte fertigen wollen.

Trudis Hochzeit würde zwar erst um elf Uhr beginnen – dann, wenn die Nubbelprozessionen starteten –, aber ich sollte mich trotzdem fertigmachen.

Ich drehte das *Geöffnet*-Schild herum und warf mich in meinem Arbeitszimmer in Schale. Nicht, dass mein Kleid irgendwer sehen würde, denn es war schweinekalt draußen und keine hundert Schlittenhunde hätten

mich dazu bewegen können, meinen Mantel auszuzie-
hen.

Ich räumte gerade meine Handtasche auf – die aus
unerfindlichen Gründen mit Zeitungsartikeln über
mich gefüllt war –, um meine Trauzeuginnenrede darin zu verstauen, als Emily zur Tür hereinschneite. Ihre
Wangen waren gerötet, ihre Augen leuchteten. Sie sah
… glücklich aus. Unfassbar glücklich.
Mein Herz wuchs drei Nummern.

„Lou, Finn ist so süß", wisperte sie und stützte sich mit
den Händen auf dem Tresen ab. „Er meinte, ein Kind
aus meinem Uterus könne nur mega cool werden und
er würde sich freuen, von einem so coolen Kind, Vater
zu werden." Ihre Augen glänzten verdächtig und sie
schniefte lautstark. „Er meinte, er würde mich auch
heiraten, aber ich hab gesagt, dass wir das auch erst
mal lassen können. Erstens, weil es letztes Mal bei uns
nicht so gut geklappt hat – und zweitens, weil du bestimmt traurig wärst, wenn deine jüngere Schwester
vor dir heiratet. Aber ist auch egal. Wir ziehen wahrscheinlich erst mal wieder zu seinem Vater. Einfach,
weil wir Geld sparen müssen und die Hilfe gebrauchen
können. Und sein Papa hat ja nun einmal fünf Kinder
großgezogen, er kann uns bestimmt Tipps geben." Sie
holte tief Luft. „Ich bin so *erleichtert*. Es ist viel besser,
so eine Last zu teilen. Ich bin jetzt so viel entspannter
und weniger panisch. Finn unterstützt mich und wir
haben einen Plan und er liebt mich und … Warum hast
du mir nicht gesagt, dass ich es Finn erzählen soll?"
Ich lachte trocken auf und drückte ihre Hand. „Keine
Ahnung. Mein Fehler", meinte ich dann kopfschüttelnd.

Emmi grinste verlegen. „Sorry. Ich weiß, dass du mich schon die ganze Zeit dazu überreden wolltest. Aber ich hab eben etwas gebraucht und …" Sie brach ab und im nächsten Moment umarmte sie mich stürmisch. „Danke. Dass du es geheim gehalten hast. Und mir hilfst. Immer. Danke. Ich weiß, ich bin manchmal furchtbar, aber ich hab dich lieb."

Meine Güte, die Hormone mussten wirklich wild in ihrem Körper wüten! Trotzdem erwiderte ich die Umarmung und blinzelte mir eine Träne weg. „Gern, Emmi. Hab dich auch lieb."

Sie schniefte einmal kurz, nickte und ließ mich dann wieder los. „Gott, was für ein Tag. Wie war denn deiner? Was hast du so gemacht?"

„Nachgedacht", sagte ich vage.

„Über den Fall?"

„Auch. Und über Josh."

„Oh. Gute Gedanken? Schlechte Gedanken?"

Unsicher kaute ich auf meiner Unterlippe herum.

„Emmi", murmelte ich schließlich. „Ich glaube, das war sie."

„Was war was?", fragte sie irritiert.

„Die Liebeserklärung. Von Josh. Vorhin. Ich glaube, das war die, auf die ich gewartet habe. Um zu wissen, dass ich ihn wirklich heiraten will."

„Echt?" Sie hob fasziniert die Augenbrauen. „Also willst du ihn jetzt heiraten?"

Ich schluckte und meine Wangen fingen Feuer, doch ich nickte. „Ja."

„Krass. Sehr erwachsen."

Und das von der schwangeren Frau mir gegenüber. Dennoch friemelte ich nervös an meinem Kleidersaum herum. „Schon, oder?"

„Jop. Zumindest weißt du, dass Josh Ja sagen wird. A-propos krass ..." Sie grinste, zog eine Zeitung aus ihrer Handtasche und warf sie vor mir auf den Tresen. „Das Bild ist der Hammer, Lou! Du siehst aus, als wärst du gerade ausgeraubt worden. Der blutige Bart und so ... echt fantastisch. Ich glaub, das schneide ich aus, rahme es und schicke es an Mama. Selbst sie muss diese künst-lerisch wertvolle Komposition zu schätzen wissen. Die Leute am Kiosk haben sich zumindest darum gerissen!"

Hektisch zog ich die Zeitung zu mir heran und starrte schockiert auf die Titelseite.

Ach du liebe Güte.

Sie zeigte eine Horde auf dem Boden liegender Musi-ker, Funkenmariechen ... und natürlich mich, die ent-setzt und äußerst lädiert zu Torben aufsah, der seine Fäuste schwang, während Sebastian und Lana sich ver-liebt in die Augen sahen.

Das Bild sah aus, als hätte es jemand aus einer Bravo-Fotostory geschnitten. Leider funktionierte es, denn ich wollte den Artikel sofort lesen – obwohl ich selbst dabei gewesen war.

„Verdammt", murmelte ich. „Das Foto ist gut!"

„Ja, oder?", stimmte Emmi fröhlich zu. „Ich kann froh sein, noch ein Exemplar bekommen zu haben." Sie lachte laut. „Sie war schon fast ausverkauft. Und das in Zeiten der Digitalisierung. Mann, die Rheinländer Rundschau hat da echt eine Goldgrube gefunden."

Ja, das hatte sie. Sie ... Moment.

„Was?" Ich blinzelte und eine Gänsehaut kletterte meinen Nacken hinunter. „Was hast du gerade gesagt?"

Mein Mund öffnete sich wie von selbst und ich starrte auf den Artikel. Dann zog ich auch die beiden anderen heran, die ich aus meiner Handtasche genommen hatte.

„Das sind alles gute Bilder. *Extrem* gute Bilder", wisperte ich. „Mit extrem gutem Timing."

Da war die Leiche, die halb unter dem Umzugswagen hing. Dort der Schockmoment, als der Scheinwerfer von der Decke gekracht war. Es waren allesamt Actionaufnahmen. Die Journalisten waren zur richtigen Zeit am richtigen Ort gewesen.

Es waren exzellente Bilder, exzellente Artikel ... und Herr Klein behauptete, es sei eine Goldmine. Das hatte Simon Trimovitz gesagt. Mein Herz sprang mir in die Kehle und meine Handflächen wurden feucht.

Glauben Sie mir, Sie suchen an der falschen Stelle.

Die Worte des Ombré-Mädchens flogen mir noch immer im Kopf herum und mein Herz machte einen Satz.

Ein Motiv. Ich hatte ein Motiv gesucht.

Geld und Ruhm waren ein Motiv. Ein zeitloses, mächtiges Motiv.

Meine Nackenhaare standen mir zu Berge.

Was, wenn wir den Fall vollkommen falsch angegangen waren. Wenn das Ombré-Mädchen recht gehabt und wir an der falschen Stelle gesucht hatten?

„Oh mein Gott", wisperte ich. „Es hat überhaupt nichts mit den Goldfunken zu tun."

„Was?" Emily runzelte die Stirn. „Wovon redest du?"

„Es ist die Zeitung!", hauchte ich und presste mir eine Hand auf die Stirn. „Es ist jemand von der beschissenen

Zeitung! Gott, wieso habe ich daran noch nicht eher gedacht?"

Ich hatte in die komplett falsche Richtung gesehen! In den Reihen der Goldfunken gesucht, nicht in den Reihen der Rheinländer Rundschau.

Stöhnend legte ich den Kopf in den Nacken. Ich hatte die wichtigste Frage nie gestellt: Wer profitierte davon, dass die Funkenmariechen tot oder verletzt waren?

Natürlich die Funkenmariechen, die in der Rangordnung nach oben gerutscht waren. Alisa, das Mädchen mit den Ombré-Haaren, das von ihrer Mutter so schrecklich unter Druck gesetzt wurde ...

Aber das Ding war: Der Scheinwerfer hätte *jeden* treffen können. Warum sich die Mühe machen, irgendwen zu verletzen, wenn man es darauf abgesehen hatte, der erste Goldfunke zu werden?

Nein, das ergab keinen Sinn.
Doch es gab jemanden, der von dem ganzen Zirkus profitierte, egal, wer verletzt wurde. Egal, wer starb.
Die Rheinländer Rundschau.
„Scheiße", wiederholte ich.
Die Zeitung, die exklusives Medienrecht auf die Goldfunken hatte, weil sie Papier spendete. Die Zeitung, die einen Chef namens Herr Klein hatte, der sehr gut hatte voraussehen können, dass der Artikel des ermordeten Funkenmariechens durch die Decke gehen würde. Der der Meinung war, dass es sich um eine Goldgrube handelte. Oder aber auch Simon, der Journalist, der keinen Namen gehabt hatte – bis er Freitag den Mord-Artikel veröffentlicht hatte.
„Scheiße!", wiederholte ich, diesmal lauter.

Wir waren so beschäftigt damit gewesen, einen Schuldigen bei den eifersüchtigen, gemeinen Goldfunken und ihrem Drama zu suchen, dass wir nicht weit genug vom Mord zurückgetreten waren, um einen Blick auf das ganze Bild zu erhaschen.

„Der Täter ist jemand von der Zeitung, Emmi!“

„Was?“ Meine Schwester blinzelte mich noch immer verständnislos an. „Wovon redest du?“

„Wer hatte die Möglichkeit, Sina zu töten? Die Leute von der Zeitung! Sie wussten, wo sie wann sein würde. Sie hatten Zugang zum Vereinsheim. Wer hatte die Möglichkeit, den Scheinwerfer zu manipulieren und dann auch noch aufzunehmen, wenn er herunterfiel? Die Zeitungsleute!“ Ich runzelte die Stirn. „Ich meine, das mit dem Scheinwerfer war irgendwie ein Glücksspiel, weil sie nicht wissen konnten, wann er fällt, und das mit dem Armband ergibt auch keinen Sinn, aber … Gott, es *muss* jemand von der Zeitung sein! Sie profitieren davon.“

„Aber *wer* genau?“, hakte Emily ungeduldig nach.

„Ich weiß es nicht! Simon vermutlich. Oder aber der Redakteur. Herr Klein – oder wie er auch heißt. Beide profitieren davon. Ich …“ Fahrig wischte ich mir die Haare aus dem Gesicht. „Ich habe nur keine Beweise! Es ist nur eine Vermutung. Es … ach, Shit.“ Hektisch zog ich mein Handy aus der Tasche und wählte Rispos Nummer. Doch es hob nur die Mailbox ab. Fluchend legte ich auf und mein Blick flog zur Uhr. Wahrscheinlich saß er gerade im Auto. Auf dem Weg zur Nubbelverbrennung. Zu Trudis Hochzeit.

Ich wählte erneut und diesmal sprach ich auf die Mailbox.

„Josh, ruf mich an, wenn du das hier hörst“, sagte ich hastig. „Ich hab da diese Idee ... was, wenn der Täter ein Mitarbeiter der Zeitung ist? Oder gleich mehrere, die die Goldfunken angreifen, um ein paar Schlagzeilen zu produzieren? Ich weiß nicht, es ist nur eine Ahnung ... aber ... egal, ruf mich an!“ Mit feuchten Händen ließ ich das Telefon sinken und starrte Emily an. „Ich *weiß*, dass ich recht habe“, murmelte ich. „Ich *weiß* es einfach.“

Meine Schwester neigte unsicher den Kopf. „Das mag sein, aber ... wir müssen zur Hochzeit. Und wie willst du beweisen, dass es jemand von der Zeitung ist?“

„Keine Ahnung, aber ... wir können doch nicht einfach zur Hochzeit gehen und *nichts* tun. Ich meine ... wir müssen uns wenigstens versichern, wo Simon Trimovitz gerade ist. Ob er was Neues geplant hat. Oder?“

„Okay“, meinte Emmi langsam, bevor sie ihr eigenes Handy aus der Tasche zog und etwas darin eintippte. „Hier. Das ist die Nummer der Zeitung.“ Sie drehte das Display zu mir um. „Die wissen bestimmt, wo Trimovitz gerade steckt. Falls sie noch geöffnet haben.“

Ich nickte und wählte hastig die Nummer.

Nach dem vierten Klingeln hob ein junger Mann ab, dessen Stimme ich sofort dem Rezeptionisten zuordnete, an dem Rispo sich so unhöflich vorbeigestohlen hatte.

„Rheinländer Rundschau, was kann ich für Sie tun?“

„Ja, hallo, hier ist ...“ Ich brach ab. Ich wollte nicht, dass jemand Trimovitz weitererzählte, dass ich mich für seinen Aufenthaltsort interessierte. Also räusperte ich mich und fing mich in letzter Minute: „Emily

Trudel. Ich bin Vorstandsmitglied der Goldfunken und würde gerne Simon Trimovitz sprechen. Ist er da?"

Falls er da war, konnte ich einfach beruhigt auflegen.

„Nein, Herr Trimovitz ist gerade außer Haus", antwortete der Mann freundlich. „Es ist schließlich schon neun! Kann ich ihm eine Nachricht ausrichten?"

„Ähm, nein, es … es ist wichtig. Wo ist er denn gerade?"

Ich hörte Papiergeraschel und einige Sekunden lang antwortete der Rezeptionist nicht. Dann sagte er nachdenklich: „Sollte er nicht bei Ihnen sein? Hier steht, dass er heute einen Auftritt der Goldfunken abdeckt. Artikel dazu soll morgen in der Ausgabe erscheinen."

Mein Mund wurde trocken. „Tatsächlich?", krächzte ich. „Er ist noch nicht da."

„Ja." Der junge Mann senkte die Stimme. „Sie müssen das entschuldigen. Soweit ich weiß, holt er noch seine Frau von der Chemotherapie ab. Vielleicht verspätet er sich deswegen noch. Nehmen Sie es ihm nicht übel. Ich bin mir sicher, dass er bald eintreffen wird. Auf der Zülpicherstraße ist es zur Nubbelverbrennung aber auch immer schrecklich voll. Vermutlich ist er also schon da und versucht sich einen Weg durch die Masse zu bahnen!"

„Zur … was?" Mein Atem blieb mir im Hals stecken. „Er will zur … die Goldfunken haben bei der Nubbelverbrennung einen Auftritt?"

Der Rezeptionist schnalzte missbilligend mit der Zunge. „Sie sind wirklich nicht gut informiert. Irgendjemand hat sie für eine Hochzeit engagiert, die heute dort stattfinden soll, also …"

Mein Herz sank und meine Eingeweide gefroren zu Eis.

Oh mein Gott. Natürlich.

Trudi hatte sie bei ihrem Training eingeladen, auf ihrer Hochzeit zu tanzen. Und was eignete sich besser für ein großes Finale als ein riesiges Feuer, in dem eine Horde Stoffpuppen verbrannt wurden, während zwei alte Leute sich daneben das Ja-Wort gaben?

Scheiße.

„Danke, das hilft", sagte ich gepresst und legte mit klammen Fingern auf.

„Lou? Alles okay?" Besorgt sah Emmi mich an. „Du siehst aus wie eine Wachsfigur. Und keine der guten von Madame Tussauds. Eher wie eine, die zu nah am Feuer stand und der nun langsam das Gesicht schmilzt."

„Ich glaube nicht, dass alles okay ist", wisperte ich hitzig und presste die Hand auf die Brust, um mein Herz zu beruhigen. „Ich glaube, irgendwer will heute ein letztes Mal einen Goldfunken angreifen."

„Oh. Das ist ... schlecht, oder?", folgerte Emmi langsam.

„Ja. Ist es." Ich presste die Lippen zusammen. „Emmi, wir müssen los", sagte ich dann, stopfte die Zeitungsartikel in meine Handtasche und hastete zur Tür.

„Zur Hochzeit? Oder zum Mörderfangen?"

„Ja", antwortete ich und eilte nach draußen.

Kapitel 18

Es war so unfassbar voll, dass ich das Gefühl hatte, in einem Wald aus Stecknadeln zu stehen.

Wir hatten eine Stunde gebraucht, um herzukommen. Es gab keinen Parkplatz in der Nähe der Nubbelprozession, da die Straße großräumig abgesperrt war, also hatten wir am Rudolfplatz geparkt und waren den Rest gelaufen.

Jetzt standen wir am Rande des Rathenauplatz, der direkt an der Zülpicherstraße anlag, während ich nervös auf und ab hüpfte, um einen besseren Blick auf die große Bühne auf der anderen Seite zu erhaschen. In meinem Leben hatte ich mir noch nie so sehr gewünscht, zwanzig Zentimeter größer zu sein. Denn alles, was ich erkannte, war das Meer aus Köpfen vor mir und das, was auch der ganze Rest sehen konnte.

Ein großes, weißes Zelt zur Linken der Bühne, die Bühne an sich und der metallene Käfig auf der Rechten, in dem die Puppen gleich verbrannt werden würden. Ich scannte die Masse an Köpfen vor mir, suchte nach Rispos dunklem Schopf, doch da waren nur Hüte und fremde Gesichter …

„Siehst du Josh?", rief ich Emily zu. „Trudi? Manni? Irgendwen?"

Meine Schwester schüttelte den Kopf. Eine weise Entscheidung, es war gerade um ein Vielfaches leichter, mit Gesten als mit Worten zu kommunizieren. Denn die Menge, die uns mit jeder Sekunde weiter schluckte, schrie inzwischen im Einklang immer wieder dieselben drei Worte.

„Tod dem Nubbel! Tod dem Nubbel! Tod dem Nubbel!", schallte es durch die Nacht. Die euphorischen Schreie und Rufe hallten von den Wänden wider und schwangen unheilvoll in der Luft nach.

Mir war diese Veranstaltung nie gruselig vorgekommen. Die Nubbelverbrennung war eine kölsche Tradition. Eine amüsante Art und Weise, die Schuld von allem betrunkenen, karnevalistischen Fehlverhalten auf eine Stoffpuppe zu laden, sie zu verbrennen und sündenfrei in die Fastenzeit zu starten.

Doch als ich jetzt die erleuchteten Fackeln aus Bambus durch die Nacht hüpfen sah, die die Fratzen der verschiedenen Nubbel erhellten, die an einem Holzstab zu ihrer Todeskammer neben der Bühne getragen wurden, kletterte eine Gänsehaut meine Wirbelsäule hinab.

Die Nubbel waren selbst gebastelten Stoffpuppen, die die letzten Tage über den Eingangstüren diverser Bars gehangen hatten, und eine sah grässlicher aus als die andere. Dort vorne wurde ein Clown mit aufgemalten, spitzen Zähnen weitergereicht. Zu meiner Rechten eine Puppe, die wie einer der Wächter aus der Netflix-Serie *Squid Game* gekleidet war. Eine Puppe sah schlimmer aus als die nächste ... und die Leute feierten es. Die Hände über die Köpfe gestreckt buhten sie die Figuren aus.

Die Schatten der flackernden Fackelflammen tanzten über die dreckigen Hauswände und freudigen Gesichter. Schwarzer Rauch stieg von ihnen in den Himmel und legte sich in einem feinen, nebeligen Dunst über die Zuschauer.

Ich schluckte.

Ja. Das hier bot definitiv die richtige Stimmung für ein grausames Goldfunken-Finale.

Ich schob mich weiter durch die Menge, benutzte meine Ellbogen und reckte das Kinn, um nicht zu verpassen, was vorn passierte. Ein Mann in rot-weiß gestreiftem Langarmshirt stand auf einer Leiter vor dem rostigen Metallkäfig, in dem sich bereits die Stoffpuppen häuften.

Grinsend beugte er sich vor und nahm eine neue Puppe entgegen. Die Rufe der Menge schwollen unter Gejohle und Buhrufen an. „Tod dem Nubbel! Tod dem Nubbel! Tod dem Nubbel!"

Der Mann schnitt eine Grimasse und hob die Puppe triumphal über seinen Kopf, bevor er sie unter zustimmenden Rufen in den Kasten zu den anderen warf und gleich noch eine Reihe von Luftschlangen hinzufügte. Damit es später besser brannte.

Die Leute klatschten und stampften auf den Boden, sodass ich die Vibration unter meinen Fußsohlen spürte.

Es war ein einziges, lautes Durcheinander.

Der Lärm kam von den Seiten, von oben, wo die Bewohner der Häuser sich aus ihren Fenstern lehnten, um das Spektakel zu beobachten, von der Bühne, wo ein Mann mit beeindruckendem Schnauzbart und Mikrofon der Menge einheizte.

„... wer hat betrunken die Ehefrau betrogen?", rief er in die Menge.

„De Nubbel war's!", schrien alle.

„Wer hat euch dazu verleitet, auf die Couch des Mitbewohners zu reihern?“

„De Nubbel war’s!“

„Wer hat euch zu all den Sünden in den letzten Tagen verführt?“

„De Nubbel war’s!“

Und so ging es weiter.

Die nächste halbe Stunde würde der Nubbel für alle Sünden schuldig gesprochen werden und dann dafür büßen müssen.

„Lou“, brüllte Emmi in mein Ohr. „Guck auf die Bühne!“

Mein Blick schwenkte nach links ... und kam geradewegs auf Trudi zum Stehen.

Dort stand sie. Zwei Meter von dem Mann mit dem Mikrofon entfernt. In ihrem weißen Kleid, das an ein leuchtendes Marshmallow erinnerte. Leuchtend, weil LED-Lampen im Stoff versteckt waren, die nun blinkten, wie es die Sterne über unseren Köpfen getan hätten, wenn die Kölner Smogwolke sie nicht verbergen würde.

Okay. Ich hatte ein Ziel. Ich war die Trauzeugin, ich musste ohnehin dorthin – und sicher würde auch Josh versuchen, zur Bühne vorzudringen, richtig? Und er hatte eine Polizeimarke, er würde wahrscheinlich schneller sein als ich.

„Wo sind eigentlich die Goldfunken?“, wollte Emmi lauthals wissen. „Sollten sie nicht tanzen?“

Richtig.

Wo waren die Goldfunken?

Ich biss mir auf die Unterlippe, tastete die Bühne mit meinem Blick ab … Sollten sie nicht ebenfalls irgendwo dort stehen? Oder waren sie vielleicht im Zelt?

Waren sie …

„Dreimal: Kölle …“, unterbrach der Moderator meine Gedanken.

„Allaaf!“

„Kwartier Latäng …“

„Alaaf!“, bejubelte die Menge das Veedel, in dem wir uns befanden.

„Kölle …“

„Alaaf!“

Der Mann mit dem Mikrofon sprach weiter und fing an die Bars zu begrüßen, die einen Nubbel gesponsert hatten.

Doch ich hörte ihm nicht zu.

Unwichtig. Das war alles unwichtig.

Ich boxte mich mit klopfendem Herzen durch die Menge, stellte mich, wann immer ich konnte, auf die Zehenspitzen, suchte nach Simon Trimovitz oder Josh oder vielleicht auch jemandem mit Megafon. Doch ich war zu klein. Die Straße zu voll. Ich sah niemanden. Niemanden außer Trudi, auf die ich zuhielt.

Emmi hielt sich derweil an meinem Jackenzipfel fest und ließ sich einfach mitziehen.

„Mann, das hier ist viel gruseliger, wenn man weiß, dass ein Mörder hier herumstreunert“, rief sie über meine Schulter, was ich bereits die letzten zehn Minu-ten pausenlos dachte.

„Meinst du, eine der Puppen ist vielleicht gar keine Puppe, sondern ein Goldfunk?“, sinnierte sie weiter.

Meine Kehle schnürte sich so eng, dass mir das Atmen schwerfiel. Konnte sie bitte aufhören, mich in Panik zu versetzen?

„Andererseits müsste der Typ sie ja in den Käfig werfen und er würde merken, wenn die Puppe viel zu schwer ist", ergänzte meine Schwester.

Richtig. Erleichtert seufzte ich auf. Richtig! Alle Puppen, die in dem Gitter landeten, wurden von dem Hampelmann auf der Leiter über dessen Kopf geschwenkt. Niemand konnte eine Leiche schwenken außer Hulk oder vielleicht ein Gewichtheber – aber wie hoch war die Wahrscheinlichkeit, einen von beiden hier anzutreffen? Abgesehen davon, dass der Hulk fiktiv war und …

Oh Gott, ich brach in Panik aus.

Hektisch sog ich Luft ein, weil ich auf einmal das Gefühl hatte, nicht genug Sauerstoff zu bekommen. Doch dann bekam ich Angst, zu hyperventilieren und hörte komplett auf zu atmen. Gar nicht zu atmen, war aber auch keine Option und … da war Josh.

Durch meinen ganzen Körper ging ein Ruck der Erleichterung, als ich ihn an den Treppen, die zur Bühne hinaufführten, stehen sah.

Alles würde gut werden. Ich war nicht allein.

„Josh", rief ich, stieß einen Mann mit mexikanischer Totenmaske, der mir den Weg versperrte, beiseite und stolperte zur Bühne. „Josh! Das hier ist ein Albtraum! So viele Menschen und …" Ich japste nach Luft und versuchte mich auf das Wesentliche zu konzentrieren. „Hast du meine Nachricht abgehört? Hast du …"

„Hab ich", unterbrach er mich leise. So leise, dass ich Probleme hatte, ihn zu verstehen.

„Und?", forderte ich. „Was denkst du, was …"

„Ich denke, dass du aufhören musst zu schreien", sagte er knapp. „Ich stehe direkt neben dir."

Ah, richtig.

„Es ist logisch, oder nicht?", wisperte ich, mein Kopf nah an seinem Ohr, während Emily uns einfach links liegen ließ und auf die Bühne zu Trudi spazierte. „Ruhm und Geld sind ein gutes Motiv."

„Ja", antwortete er, eine steile Falte zwischen seinen Augenbrauen. „Ich hatte schon denselben Gedanken … weswegen ich Simon Trimovitz die letzten Tage beschatten ließ. Aber er war es definitiv nicht, der den Scheinwerfer manipuliert hat. Und er hat auch sonst nichts Auffälliges getan."

„Oh", machte ich. Das nahm mir zugegebenermaßen etwas den Wind aus den Segeln. Simon war mein Hauptverdächtiger gewesen. „Dann ist es eben jemand anderes! Jemand von der Zeitung. Herr Klein …"

Josh schnaubte. „Der Chefredakteur?"

„Er hat selbst behauptet, dass es eine Goldmine ist."

„Ich weiß nicht", murmelte Josh und blickte zur Bühne, bevor er wieder mich fixierte. „Pass auf, Lou", flüsterte er eindringlich. „Vielleicht hast du recht. Vielleicht auch nicht. Egal, was es letztendlich ist: Wir haben keinerlei Beweise. Wir haben keine Fingerabdrücke, keine DNA, keinen Jackenknopf, keinen Fußabdruck. Wir haben *nichts.* Ich bin mir ziemlich sicher, dass der Täter heute Abend noch mal zuschlagen wird. Unsere beste Chance ist es also, zu hoffen, ihn oder sie auf frischer Tat zu ertappen."

Ein Kloß bildete sich in meinem Hals und unsicher sah ich zu ihm hoch. „Ist das nicht gefährlich?"

„Doch. Weshalb du rein gar nichts damit zu tun haben wirst.“

Mit geöffnetem Mund blinzelte ich ihn an. „Was?“

Er seufzte. „Lou, ich habe vier Männer hier. Marvin ist bei den Goldfunken im Zelt. Er ist ein guter Polizist, er passt auf. Ich passe auf. Du passt *nicht* auf. Du wirst Trudis Trauzeugin sein und nicht plötzlich von der Bühne springen, weil du meinst, verdächtiges Verhalten in der ersten Reihe beobachtet zu haben, hast du mich verstanden?“

„Aber …“

„Du wirst niemanden retten. Du wirst nicht ‚Du warst es!‘ schreien, du wirst Trauzeugin sein und die Hochzeit genießen. Nicht mehr und nicht weniger.“

Ich presste die Lippen zusammen. „Josh, ich möchte nicht unhöflich sein, aber alles, was du gerade von dir gegeben hast, ist große Scheiße! Was soll ich denn bitte tun, wenn ich etwas Verdächtiges sehe und niemand anderes in Reichweite ist?“

„Nichts“, sagte er hart. „Das habe ich dir doch gerade erklärt. Du …“

„Joshi“, rief in diesem Moment eine schrille Stimme und ich zuckte zusammen, als ich von blinkenden Lichtern geblendet wurde, als Trudi die Stufen zu uns heruntertrat. „Joshi, ich brauche schnell eine männliche Meinung! Was sagst du zu meinen Haaren?“

„Was sie braucht, ist die Meinung eines Blinden, nicht die eines Mannes“, raunte er mir zu, bevor er lauter sagte: „Wunderschön, Trudi. Mir fehlen die Worte.“

Zumindest Letzteres stimmte wahrscheinlich.

Denn Trudi war … eine Erscheinung.

Ihre Haare waren streng zurückgegelt, so als wollte sie unbedingt im nächsten Matrix-Film gecastet werden, auch wenn der grelle pinke Lidschatten, mit dem ihre Augen umrandet waren, eher darauf hinwies, dass sie demnächst einer Burleske-Truppe beitrat. Das Kleid raschelte bei jeder ihrer Bewegungen und irritierte sicherlich ein paar Aliens, die die Erde umkreisten. Ihre Fingernägel waren rot und lang mit kleinen Narrenkappen-Stickern darauf.

„Mann, du hast dich ja echt in Schale geworfen. Sieht toll aus", sagte ich etwas unbeholfen. Gott sei Dank war es noch immer so laut, dass jegliche Zweifel in meiner Stimme unkenntlich gemacht wurden.

„Ich weiß!", sagte sie enthusiastisch. „Ich hab mich in meinem Leben noch nicht so hübsch gefühlt. Und guck mal, wie viele Leute gekommen sind." Sie deutete zu der Menge an Menschen, die noch immer den Leitermann bejubelten, der diverse Nubbel in den sicheren Tod stieß.

Josh und ich wechselten einen Blick, aber niemand sprach laut aus, dass das Publikum nicht unbedingt wegen ihrer Hochzeit da war.

„Ja, großartig", bestätigte ich stattdessen mit einem warmen Lächeln.

Trudi strahlte mit ihrem Kleid um die Wette. „Kommt hoch auf die Bühne! Man fühlt sich wie ein Rockstar, wenn man dort oben steht."

„Ich bleib hier", sagte Josh. „Marvin übernimmt die Sicherheit der Bühne", murmelte er an meinem Ohr. „Ich stehe hier in der ersten Reihe, okay? Damit ich hier unten agieren kann."

Ich nickte, auch wenn sich meine Schultern versteiften.

Ich hatte ein ungutes Gefühl. Ein schreckliches, ungutes Gefühl, das in meinem Nacken prickelte und meine Schweißdrüsen anfeuerte.

Trudi zuckte nur die Achseln und zog mich an der Hand mit auf die Bühne neben den Zelteingang, an dem schon Emily stand.

„Er wird gleich die Trauung durchführen", meinte sie und deutete zu Herrn Schnauzbart, der noch immer nicht damit fertig war, die Kneipen aufzuzählen, die mitmachten. „Dass wir das hier machen dürfen, ist wirklich was Besonderes. Ich komme mir sehr wichtig vor! Wie die Queen. Oder ein Kondom."

Emily grinste breit und legte einen Arm um Trudis Taille. „Die Wichtigkeit eines Kondoms sollte man nicht unterschätzen. Ich weiß, wovon ich rede."

Ich musste widerwillig ebenfalls lachen, auch wenn ich mich nicht wirklich danach fühlte. Außerdem war ich damit beschäftigt, mich immer wieder über die Schulter umzusehen, auf der Suche nach ... irgendetwas. Etwas Auffälliges, das Mordanschlag schrie.

Gott, ich war nervös! Es war schön zu wissen, dass mindestens vier Polizisten anwesend waren, aber noch schöner wäre es zu wissen, dass nichts passieren würde.

„Oh, ich glaub, Heinrich will noch was", murmelte Trudi und blickte zum Schnauzbart, der sein Mikrofon am Ständer befestigt hatte und sie diskret heranwinkte. „Bin gleich wieder da."

Und schon trippelte sie über die Bühne zum Standesbeamten – er musste Standesbeamter sein, wenn er Manni und sie gleich vermählen wollte, oder?

„Mann, die Nubbelverbrennung", meinte Emily leise und ließ den Blick über die Menge vor uns schweifen. „Das ist auch irgendwie der Abend, an dem Köln zur Sekte wird, oder?"

Ich nickte. „Ja, es ist ... argh!"

Jemand umfasste von hinten meine Schultern und zog mich zurück. Ich fuhr so heftig zusammen, dass ich beinahe Emily umstieß. Das Blut rauschte in meinen Ohren und ich wollte schon anfangen zu schreien, als ich eine runzlige Hand an meinem Arm erkannte.

„Ah, da seid ihr ja."

Es war Manfred, der sich unbemerkt aus dem Zelteingang hinter uns gestohlen hatte.

„Heilige Mutter Gottes", stieß ich aus und wirbelte zornig zu ihm herum. „Ich hätte fast einen Herzinfarkt bekommen!"

Irritiert sah er mich an. „Was? Aber du bist noch jung, rauchst nicht und ernährst dich bis auf deinen Kekskonsum ganz vernünftig. Dein Herz sollte gesund wie ein Pferd sein."

Ich konnte nur nicken. Meine Lungen waren zu beschäftigt damit, nach Luft zu schnappen, als dass sie Worte herausgebracht hätten.

Hinter Manfred erkannte ich ein rot-goldenes Glitzern, während Kichern und Lachen aus dem Zelt drangen. Das musste von den Goldfunken stammen, die sich offenbar überhaupt keine Sorgen machten.

Warum drehte ich durch, während sie Spaß hatten? Das erschien mir nicht richtig. Ich sollte mich wirklich beruhigen. Hier waren so unfassbar viele Menschen. Noch viel mehr als beim Rosenmontagsumzug. Eigentlich war es viel zu gefährlich, mit dieser Anzahl an potenziellen Zeugen irgendetwas Zwielichtiges zu treiben, geschweige denn einen weiteren Mord zu begehen.

Dieser Gedanke war wie Balsam für meine Seele und auf einmal konnte ich wieder leichter atmen.

Niemand würde auf die Idee kommen, *hier* etwas Kriminelles zu tun. Niemand!

„Du hast uns gesucht?", fragte Emily skeptisch.

„Ja. Vor allem Louisa", bemerkte er, fuhr sich nervös durchs Haar und blickte über meine Schulter zu Trudi. „Also ... du bist doch so gut darin, Krisen zu managen. Das meint Trudel immer. Und ich glaub ... ich habe eine Krise."

Ich hob die Augenbrauen und mein Magen sank. „Was für eine Krise?"

Er räusperte sich.

„Lou, ich glaub, ich hab kalte Füße bekommen, ich ..."

„Nein!", herrschte ich ihn an und drückte meinen Zeigefinger auf seine Brust. Ich hatte wirklich keine Zeit für diesen Blödsinn. „Deine Füße sind lauwarm. Du freust dich darauf, den Rest deines Lebens mit Trudi zu verbringen und bist aufgeregt und zuversichtlich."

Er blinzelte mich verwirrt an. Dann nickte er. „Na ja, wenn du es so sagst ... hast recht."

„Gut", sagte ich fest.

„Du hättest ohnehin keine Zeit mehr gehabt, zu türmen", sprang Emily ein. „Ich glaub, es geht los."

Keine Sekunde später tönte Herr Schnauzbart durch die Lautsprecher über unseren Köpfen: „Meine Damen und Herren, ich darf mit Freude ankündigen, dass heute nicht nur Nubbel verbrannt, sondern auch Liebe entfacht werden wird!", rief er mit einer Begeisterung, die sonst nur ein Kirmessprecher an den Tag legte. „Zwei gute Freunde von mir wollen sich heute im Schein ihrer brennenden Sünden das Ja-Wort geben!"

Jubel brach aus und es wurde wild geklatscht. Trudi lief tomatenrot an und sah beinahe schüchtern zu Manni herüber, dessen Brust in seinem schwarzen Anzug anschwoll.

„Schicker Anzug, Manfred", kommentierte Emily sofort.

„Danke", sagte er verlegen. „Ich hab ihn eigentlich für all die Beerdigungen gekauft, die immer so anstehen – wer hätte gedacht, dass ich darin auch mal heiraten würde?"

„Also, hebt eure Hände für Trudi und Manfred", fuhr der Schnauzbart fort. „Auf dass sie eine glückliche Ehe haben werden." Er winkte Manni heran, der stolz über die Bühne auf seine Verlobte zuschritt.

Die Menge rastete aus.

Shit, Trudi hatte vollkommen recht gehabt. Das war wirklich wie ein Rockkonzert!

Die Leute streckten uns die Hände und ihre Fackeln entgegen, klatschten, johlten ... jetzt spürte ich, wie auch mein Kopf rot anlief.

Ich war es ja gewohnt, dass Leute mich anstarrten, weil ich peinliche Dinge tat. Aber das Wort *Leute* umfasste meistens nur fünf bis zehn Personen. Nicht hundert!

Emily, die offenbar zweite Brautjungfer und völlig unbeeindruckt war, hakte sich bei mir ein und zog mich auf die andere Seite. Manfred und Trudi standen sich nun mit leuchtenden Gesichtern gegenüber, ich und Emmi hinter Trudi, der Metallkäfig, der gleich in Flammen aufgehen würde, in unserem Rücken.

Ich ließ den Blick über die Menge schweifen, entdeckte Josh in der zweiten Reihe, der aufmerksam nach rechts und links sah ... und blieb schließlich an einem dunkelhaarigen Lockenkopf hängen.

Mein Mund wurde trocken.

Simon stand da. Keine zehn Meter entfernt. Auf der Bühne. Am Rand des Zelts. Wann war er hier aufgetaucht? Ich hatte ihn bis gerade eben nicht gesehen!

Mein Nacken prickelte und ich biss mir auf die Unterlippe.

Unsicherheit und Adrenalin pumpten durch meinen Körper und ließen meine Handflächen feucht werden.

Was tat er hier? Wollte er wirklich einfach nur einen letzten, langweiligen Artikel über die Goldfunken schreiben? Oder wollte er eines der Mädchen oder Jungen attackieren, um eine reißerische Schlagzeile zu erschaffen.

Offenbar starrte ich Simon zu lang an, denn er winkte mir jetzt lächelnd zu.

Mein Magen stülpte sich nach innen.

Er war es, oder? Er war der Mörder.

Dieses Lächeln. Das Winken ...

Mir war egal, was Josh sagte. Ob er sich unauffällig verhalten hatte oder nicht. Er war derjenige, der den ganzen Ruhm einheimste. Der seine Karriere mit den Artikeln vorantrieb.

Er *musste* es sein.

Und solange ich ihn im Auge behielt, solange würde niemand …

Die Zelttür öffnete sich und ein Dutzend Goldfunken sowie Marvin strömten daraus hervor.

Sie schwangen golden-rote Pompons, die Trudi ihnen sicherlich aufgeschwatzt hatte, während *Echte Fründe* von Höhner aus den Lautsprechern drang.

Marvin zog seinen hochroten Kopf ein, während er sich an den Rand der Bühne zwängte und die Goldfunken ihre Choreografie starteten.

Da waren eine Menge Beingeschwinge, Pompon-Gefuchtel, Glitzer-Gewerfe, Jauchzen von Trudi, Blinzeln von Marvin … doch das alles interessierte mich nicht.

Wo war Simon? *Wo zur Hölle war er hin?*

Mit wild klopfendem Herzen stellte ich mich auf die Zehenspitzen, versuchte über die vielen hohen Pferdeschwänze hinwegzusehen … doch die tanzenden Funkenmariechen und ihre Partner versperrten mir die Sicht.

Scheiße.

Hatte Josh ihn gesehen? Hatte er ihn noch im Blick?

Doch als ich versuchte, Rispo unter den Leuten in der ersten Reihe ausfindig zu machen, sah ich nur schwingende Arme, die die Leute über ihre Köpfe gereckt hatten.

Shit.

Shitedishit, Shit …

„Meine lieben Jecken, wir haben uns heute hier zusammengefunden, um Gertrude Freimann und Manfred Schmirgel in den heiligen Bund der Ehe aufzunehmen", dröhnte Herr Schnauzbart durchs Mikrofon.

Die Musik wurde leiser gedreht, doch die Goldfunken hörten nicht auf zu tanzen. Sie drehten sich im Kreis, hoben sich gegenseitig über den Kopf, lachten und sangen mit.

„Die Trudi hat mich gebeten, die Zeremonie kurz und schmerzlos zu halten, denn die Gute wird auch nicht mehr jünger – ihr Lück übrigens auch nicht!"

Die Leute lachten laut und ich zwang ein Lächeln auf mein Gesicht, auch wenn ich noch immer versuchte, durch das reflektierende Paillettenmeer vor mir zu blicken. Ich stellte mich auf die Zehen, beugte mich vor, versuchte einen Blick durch die Beine der Tanzende zu erhaschen.

„Louisa, warum zappelst du so?", zischte Emmi und stieß mir ihren Ellenbogen in die Seite.

„Wo ist er, Emily?", sagte ich atemlos. „Wo ist Simon?"

„Also, Manfred!" Die laute Stimme des Moderators ließ mich zusammenzucken. „Willst du das lecker Mädche, die Trudi, zu deiner angetrauten Ehefrau nehmen? Dann sach laut: *Ja, isch well!*"

„Ja, isch well!", schrie Manfred geradezu. Aber das war wahrscheinlich gut so, denn sonst hätte Trudi ihn nicht gehört.

„Trudi, willst du den gut aussehenden Kääl hier zu deinem Ehemann nehmen, dann sach laut: *Ja, isch well!*"

Trudi wackelte fröhlich mit dem Kopf, bevor sie ebenfalls die Worte herausschrie.

Doch ich hörte sie nicht einmal. Stattdessen starrte ich mit offenem Mund und flatterndem Herzen in den Himmel.

Rauch stieg auf. Dicker, dichter, schwarzer Rauch.

Aber er zog seine Kreise nicht aus dem Eisenkasten mit den Nubbelpuppen hinter mir. Er kam von vorn. Vom Zelt.

„Sie dürfen Ihrer Frau jetzt ein Bützchen geben!", verkündete der Schnauzbart, doch niemand achtete mehr auf ihn.

Alle starrten entsetzt zu seiner Linken.

Rote und goldene Flammen schossen in den Himmel.

Die Goldfunken schrien auf und stolperten nach hinten. Ein Mädchen mit schwarzen Haaren stieß gegen Marvin, der zu nah am Bühnenrand gestanden hatte. Marvin taumelte und kippte vom Podium. Die Goldfunken rannten die Stufen hinab. Die Menge vor der Bühne wich zurück.

„Ojemine", drang es über Trudis Lippen.

Das Zelt stand in Flammen.

Kapitel 19

Mein Blut gefror zu Eis und wie paralysiert starrte ich auf das weiße Zelt, das mit jeder Sekunde rußgeschwärzter wurde. Die Flammen hatten es noch nicht nach vorn geschafft. Sie leckten noch an den Seiten der Zeltwände hinauf, erhellten den schwarzen Himmel in einem gespenstisch fahlorangenen Glanz.

Die Musik brach ab, aber die hätte ohnehin niemand mehr gehört. Über das Gemurmel und Geschrei der Leute hinweg hörte ich nichts mehr außer das Klingeln in meinen eigenen Ohren.

Die Tänzer und Tänzerinnen drängten von der Bühne, Emmi zog mich nach hinten, zum Käfig hin … und dann hörte ich einen lauten Ruf über die Menge hinweg.

„Ist da noch wer drin? Ist in dem Zelt noch jemand?" Es war Rispo, dem es endlich zugutekam, dass er lauter schreien konnte als eine Banshee mit Megafon. „Ist es leer oder fehlt jemand?"

Seine Schreie waren an die Goldfunken gerichtet, die sich vor der Bühne sammelten. Doch niemand antwortete.

Niemand außer mir schien ihn überhaupt zu hören.

Das Blut pumpte in dreifacher Geschwindigkeit durch meine Adern. Brachte Panik und zitternde Hände mit sich.

Wo war Josh? Ich konnte ihn nicht erkennen.

Er war doch gerade noch in der zweiten Reihe gewesen, aber die Menge wich panisch zurück und hatte ihn vielleicht mit sich gezogen. Marvin war auch nicht mehr zu sehen.

„Ist noch jemand im Zelt?", schrie Josh erneut.

Niemand rief zurück.

Scheiße. Wieso antwortete ihm denn niemand?

Ich stürzte nach vorn und packte Delia, die zum Bühnenrand drängte, am Arm. „Ist noch jemand im Zelt", schrie ich. „Ist da jemand drin?"

Mit großen, glasigen Augen starrte sie mich an.

„Delia!", fuhr ich auf und schüttelte sie. „Ist das Zelt leer? Oder ist noch jemand von euch da drin?"

Sie schüttelte den Kopf. „Nein. Ich glaube nicht, ich ..."

„Wo ist Leonie?", unterbrach Alisa sie laut. „Wo ist *Leonie*?"

Leonie.
Der Name hallte dumpf in meinem Kopf wider.
Leonie. Wo war Leonie?

Hektisch sah ich mich um. Sprang mit dem Blick von Gesicht zu Gesicht ... wo zur Hölle war sie?

„Sie ist umgeknickt! Sie ist im Zelt geblieben, um sich den Knöchel zu kühlen!", schrie das Ombré-Mädchen. „Sie ..." Doch ich wartete nicht darauf, dass sie ihren Satz beendete. Ich sprintete bereits zum Zelt.

Sirenen durchschnitten die Nacht und aus den Augenwinkeln konnte ich Blaulichter erkennen. Die Feuerwehr, die die Nubbelverbrennung beaufsichtigte, drängte vor.

Doch sie würden nicht rechtzeitig hier sein. Das Feuer leckte hungrig an den Zeltwänden empor, stetig dem

Himmel entgegen. Es verschluckte langsam, aber sicher, das gesamte Zelt. Es würde Leonie einschließen. Der schwere, brennende Stoff in sich zusammenfallen, sie unter sich begraben ... wir hatten nicht genug Zeit.

„Nein, Lou!", hörte ich Josh brüllen.

Doch er war zu weit weg, er würde nicht rechtzeitig hier sein.

Das Zelt brannte, Leonie war darin ... und ich war es jetzt auch.

Die Luft war stickig und verätzte mir die Lungen. Rauch drang stetig unter dem Zeltrand hindurch und verschleierte meine Sicht.

Ich hatte mal in irgendeinem Artikel gelesen, dass man sich im Falle eines Feuers den BH ausziehen und ihn als Schutzmaske verwenden sollte.

Aber ich trug einen Mantel und bis ich den BH ausgezogen hatte, waren Leonie und ich wahrscheinlich längst ein Häufchen Asche ... also hielt ich nur meinen Arm vors Gesicht und duckte mich. Hielt den Kopf möglichst nah am Boden.

Das Zelt war nicht groß, doch die Flammen, die sich von der gegenüberliegenden Zeltwand vorkämpften, waren es.

Die Hitze prallte auf mein Gesicht und ließ meine Augen tränen. Als ob das der Rauch nicht schon erledigt hätte.

„Leonie!", rief ich und hustete laut.

„Hier!", kam die direkte Antwort, keine zwei Meter von mir entfernt. „Ich kann nicht aufstehen, mein Knöchel ist gebrochen, glaub ich. Ich kann etwas krabbeln, aber ..."

„Alles, okay. Ich hab dich“, keuchte ich und beugte mich zu dem Schatten hinunter, der auf dem Boden kauerte. Den einen Arm noch immer über Mund und Nase gepresst, während ich den anderen um ihre Hüfte schlang. Meine Muskeln ächzten und meine Beine zitterten, als ich versuchte, sie auf die Füße zu ziehen.

Gott, warum ging ich nicht ins Fitnessstudio? Warum zahlte ich zwanzig Euro im Monat, nur um trotzdem zwei Spagetti-Arme und zwei Wackelpuddingbeine vorweisen zu können?

„Ich helfe dir“, wisperte Leonie und keuchte auf, als sie sich auf ihren schlechten Fuß stemmte, doch sie stand.

„Raus hier“, keuchte ich und zerrte sie zurück zum Eingang, den das Feuer noch immer nicht erreicht hatte.

Der Stoff über uns knisterte, während die Flammen ihn zerfraßen. Die Metallstangen, die das Zelt aufrecht hielten, glühten. Doch ich achtete nicht darauf. Ich hielt den Kopf gesenkt. Den Arm fest um Leonies Mitte gezurrt.

Wir drängten zusammen nach draußen, machten zwei weitere Schritte nach vorn, stolperten über unsere Füße ... und fielen dumpf auf der Holzbühne zu Boden. Begleitet von einem hässlichen Reißen und Ratschen, während das Zelt hinter uns in sich zusammenfiel.

Ich rollte mich schwer atmend auf den Rücken und kniff die brennenden Augen zusammen. Vorsichtig tastete ich nach Leonies Hand und drückte sie. Sie drückte zurück und die Erleichterung schwappte über mich wie das Wasser der Feuerwehr, die es endlich bis zur Bühne geschafft hatte, über das Zelt.

Sie lebte.

Alles war gut. Nichts war passiert.

„Geht es dir ... wie geht es dir?", fragte ich trotzdem atemlos.

Doch Leonie kam nicht zum Antworten. Denn eine andere Stimme unterbrach sie. Eine männliche, hektische, panische Stimme.

„Oh mein Gott. Oh mein ... oh mein Gott! Ist alles okay?"

Ich kannte die Stimme.

Doch sie gehörte nicht zu Josh. Sie gehörte nicht zu Marvin. Sie gehörte nicht zu Manfred.

„Ich wollte das nicht! Ich dachte ... atmet ihr?"

Ein dumpfer Ton erklang und vibrierte in meinem Körper nach, als sich jemand neben uns fallen ließ. „Das war nicht so geplant! Ihr müsst mir glauben."

Ich runzelte die Stirn und blinzelte.

Das war auch nicht Simon Trimovitz.

Das war ...

„Harry?", sagte ich überrascht und öffnete auch das andere Auge.

Der Fotograf der Rheinländer Rundschau hockte über mir. Sein Gesicht war angstverzerrt. Seine Lippen zitterten ungehalten und Tränen standen in seinen Augen.

„Oh mein Gott ... oh mein Gott ... ich wollte nicht, dass jemand verletzt wird. Das Zelt sollte leer sein! Es tut mir so leid. Ich ... oh mein Gott ..." Harry presste beide Hände auf seine Brust und sog hektisch Luft ein.

Seine Wangen waren aschfahl und seine Hände schmutzig vom Ruß ...

Nein.

Er war der Mörder?

Der liebe, nette Fotograf?

Nein!

„Bist du verdammt noch mal wahnsinnig, Lou!", ertönte eine andere männliche Stimme. Diesmal eine sehr viel vertrautere. „Ich sage dir, du sollst ruhig bleiben, dich zurückhalten und *nichts* tun ... und du denkst dir: Geil, renne ich doch mal in ein beschissenes, brennendes Zelt! Was stimmt nicht mit dir? Möchtest du mich noch vor meinem fünfunddreißigsten Geburtstag umbringen?"

„Beruhige dich", keuchte ich. „Du hyperventilierst!"

„Was für ein Schwachsinn, tue ich nicht", fuhr Josh mich an und sein Gesicht erschien über meinem. Sorge und Wut schienen darauf gegeneinander zu kämpfen und es war unklar, wer als Sieger hervorgehen würde. Wenn es mir gut ging und ich vollkommen unverletzt war, wahrscheinlich Letzteres.

Doch das war gerade nicht wichtig.

„Ich rede nicht mit dir, sondern mit Harry!", stellte ich klar und blinzelte. „Harry, der gerade ziemlich sicher ein Geständnis abgegeben hat."

„Was?"

Das Wort drang aus gleich drei Mündern.

Aus Rispos, aus Trudis ... und aus Simons. Simon Trimovitz, der neben Harry getreten war und nun verwirrt zu mir hinabblickte.

Stöhnend richtete ich mich in eine sitzende Position auf. „Harry, meine Ohren klingeln noch immer ein wenig ... aber hast du gerade gesagt, dass es dir leidtut, das Zelt angezündet zu haben?

„Was?", wiederholte Simon und sah verwirrt von mir zu seinem Partner und zurück. „Wovon redet sie?"

Harrys Gesicht war inzwischen so weiß, dass er sich sehr gut als Geisha verkleiden könnte. Er sah hoch. Blickte in Rispos ernstes Gesicht, in Simon entgeistertes, in Leonies besorgtes ... und schließlich wieder in meines.

Vielleicht war meines das freundlichste. Vielleicht hatte er auch das Gefühl, sich persönlich bei mir dafür entschuldigen zu müssen, dass er mich soeben fast aus Versehen umgebracht hatte. Ich wusste es nicht. Doch als er sprach, richtete er seine Worte an mich.

„Ich wollte niemanden verletzen", flüsterte er und wischte sich über die Wange, über die eine Träne rollte. „Das müssen Sie mir glauben."

Ich schluckte und ein bitterer Geschmack flutete meinen Mund. Wie konnte er so was sagen? „So wie Sina, ja?", antwortete ich kühl.

Harry riss panisch die Augen auf. „Ich hab sie nicht umgebracht! Sie war schon tot, als ich sie gefunden habe. Es war ein Unfall. Sie lag tot im Schwimmbecken, ich ..."

„Was?" Entgeistert sah Simon ihn an. „Harry, was ... ich verstehe nicht!"

Der Fotograf vergrub das Gesicht in den Händen und sackte auf der Bühne zu einem Häufchen Elend zusammen.

Ich blinzelte, während seine Worte in meinem Kopf nachhallten. „Unfall?", echote ich. „Wie kann es ein Unfall gewesen sein?"

„Das würde mich auch interessieren", stimmte Josh mit ein. Er hatte die Hände hinterm Rücken verschränkt und rührte sich nicht. Aber Harry sah ehrlich gesagt auch nicht aus, als würde er innerhalb der nächsten Minuten versuchen sich, aus dem Staub zu machen. Dafür war er zu ... niedergeschlagen.

Ich verstand also, warum Josh nicht das Bedürfnis hatte, ihm sofort Handschellen anzulegen.

Harry schniefte unüberhörbar, die Hände noch immer aufs Gesicht gepresst. „Sie hatte vergessen zu unterschreiben", murmelte er schließlich. „Sina. Sie hatte vergessen, die Einverständniserklärung dafür zu unterzeichnen, dass wir das Foto und all die Informationen, die sie uns gegeben hat, benutzen dürfen. Es war mein Fehler und Simon hat ohnehin schon zu viel Stress, um sich auch noch darüber Gedanken zu machen ... also bin ich allein zurückgefahren. Sie wollte noch schwimmen gehen, ich dachte, ich erwische sie vielleicht noch ... und das habe ich." Er schluckte laut hörbar. „Sie lag in ihrem Badeanzug im Pool. Kopf nach unten. Blut im Schwimmbecken. Sie war tot. Ich hab sie trotzdem herausgefischt und versucht, sie wiederzubeleben, aber ..." Er schüttelte den Kopf, ließ die Hände sinken und sah mich traurig an. „Es war zu spät. Ich konnte ihr nicht mehr helfen. Sie war schon längst ertrunken."

„Aber ... ich verstehe nicht", sagte ich langsam und blinzelte ihn verwirrt an. „Also hat jemand anderes sie getötet?"

„Nein!", rief er laut. „Nein, nein. Sie hatte eine kleine Wunde an der Stirn und etwas Stein vom Schwimmbeckenrand war abgebröckelt. Ich glaube, sie ist ... sie ist einfach ausgerutscht, hat sich unglücklich den Kopf angeschlagen und ist ohnmächtig ins Wasser gefallen. Der Boden in der Halle war alt und nicht mehr der Beste und ... rutschig."

Mein Herz sank, als ich daran dachte, wie ich selbst dort ausgerutscht und hingefallen war. Es könnte sein. Harry konnte lügen, aber es war ebenso möglich, dass sie wirklich unglücklich gefallen und tragisch ertrunken war. Das erklärte jedoch noch lange nicht, wie Sina auf dem Karnevalsumzug gelandet war!

Rispo schien denselben Gedanken gehabt zu haben. „Haben Sie die Leiche einfach liegen lassen, Harry?", fragte er sachlich. Da war kein Vorwurf, keine Kälte in seine Stimme. Das hier war ein Verhör. Also blieb er sachlich. „Oder wie sind Sie fortgefahren?"

Harry schüttelte den Kopf. Nur leicht, aber ich sah es trotzdem.

„Nun, sie *war* tot", sagte er zögerlich. „Und ich dachte …" Er kniff die Augen zusammen. „Na ja, Simon hatte es in den letzten Wochen nicht leicht. Er hat nur die Scheißartikel zugewiesen bekommen. Herr Klein hat nie an ihn geglaubt. Seine Frau ist krank, er ist seit Jahren mein bester Freund und er … er hatte es verdient, dass ihm endlich mal etwas Gutes passierte! Und ich dachte mir: Wenn er der Letzte wäre, der ein Interview mit einem Mordopfer geführt hat und wenn ich ein skandalöses Foto machen würde …"

„Harry! Was zum … was hast du dir … nein!" Simon Trimovitz Worte waren nur ein Flüstern. Ein schockiertes, flehentliches Flüstern, das mir durch Mark und Bein ging. „Was hast du getan?"

„Ich wollte dir eine Chance geben, endlich der Journalist zu sein, der du bist, Simon!", sagte Harry und sah mit glänzenden Augen zu seinem Freund hoch. „Du bist talentiert! Du kannst fantastisch schreiben. Die Essenz eines Menschen einfangen. Alles, was du brauchtest, war eine Chance. Eine *verdiente* Chance. Und das Porträt eines toten Funkenmariechens ... es würde natürlich mehr Aufmerksamkeit bekommen als das eines lebendigen! Alles, was ich noch brauchte, war eine Portion Drama. Ein verunglücktes Mädchen ... das ist traurig. Aber ein ermordetes Mädchen, dessen Leiche an einem öffentlichen Ort gefunden wird? Das ist ein Skandal, den die Menschen lieben. Also habe ich ihr das Kostüm angezogen. Habe sie in die Garage getragen und am Wagen festgebunden. Ich wusste, dass die Knoten nicht ewig, aber hoffentlich lang genug halten würden und Simon und ich sollten den Umzug am nächsten Tag ohnehin begleiten, ich würde also die Chance für ein gutes Foto bekommen ...“

„Aber Sie haben mehr als das getan, Harry“, sagte Josh leise, so als wollte er ihn nur höflich daran erinnern. „Sie haben ihr noch einmal auf den Kopf geschlagen, bevor Sie die Leiche auf dem Umzugswagen deponiert haben.“

Er schniefte, nickte jedoch. „Es hat ihr nicht wehgetan! Sie war ja schon tot. Aber das Wasser hatte das Blut abgewaschen und ... na ja, das Bild einer Leiche sieht immer dramatischer aus, wenn eine Wunde zu sehen ist.“ Peinlich berührt hob er die Schultern. „Ich dachte, da sie schon tot ist und es ohnehin nicht spürt ... würde es eben mehr hermachen, wenn verkrustetes Blut auf ihrem Gesicht erkennbar ist.“

Ich presste die Lippen zusammen, während mein Zwerchfell sich schmerzhaft zusammenzog. Übelkeit drängte sich meinen Hals hinauf. Er hatte auf sie eingeschlagen ... um ein hübscheres Foto machen zu können?

Er musste den Ekel auf meinem Gesicht gesehen haben, denn mit aufgerissenen Augen beugte er sich zu mir vor. „Ich bin kein schlechter Mensch! Wirklich! Ich habe niemanden verletzt und ich wollte niemanden verletzen, okay?" Hektisch sah er von mir zu Leonie zu Simon. „Ihr wart dabei! Ich habe mich zu Tode erschreckt, als der Scheinwerfer von der Decke gefallen ist und das Mädchen fast getroffen hat. Er sollte *daneben* aufkommen. Aber es ist ja auch alles gut gegangen. Niemand ist in den letzten Tagen zu Schaden gekommen, es ..." Er räusperte sich. „Es war also halb so wild, oder? Kaum ... kaum der Rede wert."

Alle starrten ihn an.

Niemand wusste, was er dazu sagen sollte.

Simon rannen Tränen über die Wangen. Leonie rutschte von Harry weg und ich presste die Lippen noch fester zusammen, bevor ich schließlich sprach: „Was ist mit dem Herzen? Auf ihrem Freundschaftsarmband. Es war durchgestrichen. Warum?"

„Ach so ..." Fahrig strich Harry sich durch die Haare. „Na ja, ich dachte, es lenkt vielleicht gut von der Spur ab. Das Letzte, was ich wollte, war, dass Simon verdächtigt wird, weil er sie doch als Letzter gesehen hatte, also ..." Er lachte zittrig. „Ehrlich: Ich saß beim Interview dabei. Sina hat pausenlos gelästert über ihre Freundinnen hergezogen. Ich dachte ... es wäre eine gute Möglichkeit, die Polizei auf die Spur der anderen Goldfunkenmitglieder zu locken. Es wie einen Mord aus Neid oder was auch immer aussehen zu lassen."

Ich nickte. Denn hey, ich war doch darauf hereingefallen, oder nicht? Mehrfach schluckte ich. Er hatte einen ... einen fantastischen Job gemacht.

„Harry, du Dummkopf", hauchte Simon und die Verzweiflung auf seinem Gesicht zog sich eng um meinen Hals. „Ich hab nie darum gebeten, bekannter zu werden! Mehr Erfolg zu haben. Mir hat es Spaß gemacht, mit dir diese albernen Interviews zu führen und über lokale Themen zu berichten. Ich wollte nicht ... ich hätte doch nie ..." Er brach ab und betrachtete kopfschüttelnd seinen Freund. Sah ihn an, als wüsste er nicht, wen er da vor sich hatte.

„Du hast den Erfolg verdient", sagte Harry fest und rappelte sich vom Boden auf. „Du hast mir mein Leben lang geholfen ... ich wollte dir endlich auch mal helfen." Zitternd atmete er aus, bevor er Josh die Arme entgegenstreckte. „Aber mir ist klar, dass es falsch war, also ... nehmen Sie mich ruhig mit. Ich bin einfach nur froh, dass es den Mädchen allen gut geht. Ich wollte wirklich nicht ... das Zelt sollte leer ... es tut mir leid."

Er blickte zu Leonie und mir herab – und wir nickten. Denn was sollten wir auch anderes tun?

Was sagte man zu dem Mann, der einer Toten den Schädel eingeschlagen und sie dann an einem Karnevalswagen festgebunden hatte?

Josh drehte ihm seufzend die Hände auf den Rücken und legte Handschellen an, bevor er den zerzaust, aber noch lebendig aussehenden Marvin heranwinkte, der sofort die Stufen hochgehastet kam.

Harry wurde abgeführt, Simon lief ihm mit noch immer tränenden Augen hinterher – und auch meine Augen brannten. Obwohl ich nicht wusste, ob das am Rauch lag, der noch immer in der Luft hing, oder daran, dass ich so unglaublich erschöpft, erleichtert und traurig zugleich war. Wenn ich einen „Gefühlsstock" aus dem Kindergarten in meiner Hand gehalten hätte, wäre er wahrscheinlich in tausend Sägespäne zersprungen.

„Wie fühlst du dich, Leonie?", fragte Josh sanft und half meiner Angestellten auf die Beine. „Kannst du vernünftig atmen?"

Leonie schniefte und zuckte die Schultern. „Ja, glaub schon. Aber mein Fuß tut unfassbar weh."

Rispo nickte und bedeute einer Feuerwehrfrau am Rand der Bühne, ihm zu helfen. Sie verstand sofort und trat auf uns zu.

„Komm, wir checken dich am besten einmal kurz durch, in Ordnung?", sagte sie freundlich. Leonie schniefte, nickte jedoch. „Sollen wir Sie auch direkt mitnehmen?", fügte sie dann an mich gewandt hinzu.

Ich rappelte mich vom Boden auf – und Rispo packte mich am Arm, bevor ich auch nur eine Silbe in meinem Mund formen konnte. „Sie bleibt noch kurz", sagte er schroff. „Aber ich schick sie gleich nach."

Die Feuerwehrfrau nickte und half Leonie die Stufen hinunter, während Rispos düsterer Blick sich in meinen bohrte.

„Mir geht es gut, Josh", meinte ich ruhig und drückte seine Hand. „Ich habe kaum Rauch eingeatmet, war höchstens eine Minute im Zelt. Sie brauchen mich nicht zu untersuchen."

Ich sehnte mich nämlich nach einem Bett, nicht nach fremden Händen, die meinen Körper nach Verletzungen abtasteten.

„Du bist in ein verdammtes Feuer gerannt, Lou!", presste er zwischen den Zähnen hindurch. „Zumindest geistig *kann* es dir nicht gut gehen. Denn wenn es so wäre, hättest du *niemals* so was Hirnrissiges getan."

„Es hat nicht komplett *gebrannt*", *beschwichtigte ich ihn.* „Es hat nur … etwas gekokelt." Ich blickte an ihm vorbei, zu der nassen, schwarzen Masse Zelt, die auf dem Boden lag. „Na ja, okay, am Ende hat es wohl auch ein wenig gebrannt", gab ich zu. „Aber hey, mir war ohnehin kalt, zumindest dagegen hat es geholfen!"

Rispos Augen waren so dunkel wie der Nachthimmel über uns. „Ich hasse es, Lou", knurrte er und raufte sich die Haare. „Du *weißt*, wie sehr ich es hasse, wenn du gefährlichen Scheiß durchziehst und am Ende so tust, als wäre nichts gewesen! Ich hasse, dass du nicht auf mich hörst – und ich hasse, dass ich nicht schnell genug war, um selbst in das beschissene Zelt zu laufen. Aber am allermeisten hasse ich, dass ich weiß, dass es nicht das letzte Mal sein wird!"

Ich lächelte.

„Warum zum Teufel lächelst du?", fuhr er mich entgeistert an und umschloss meine Schultern fest mit beiden Händen. „Das hier ist absolut nicht lustig."

„Nein, ich weiß", sagte ich hastig. „Aber irgendwie ist es schön, dass alles wieder … zur Normalität zurückgefunden hat."

Irritiert blinzelte er zu mir hinunter. „Hast du zu viel Rauch eingeatmet?"

„Na ja – ich mach wieder unüberlegte Dummheiten und du bist deswegen wütend auf mich", murmelte ich und biss mir von innen auf die Wange. „Wir sind … wirklich wieder wir."

Josh schnaubte. Er schien sich an dieser Tatsache nur halb so sehr zu erfreuen wie ich. „Ja, Gott sei Dank. Du bereitest mir wieder Herzinfarkte und ich muss meinen Kollegen erklären, warum dein Name schon wieder in etlichen Polizeiberichten auftaucht. Juchhu", sagte er tonlos.

„Entschuldige", wisperte ich und legte ihm eine Hand in den warmen Nacken. „Es tut mir leid, dass ich dir Angst eingejagt habe. Und dass du den dummen Bericht schreiben musst. Aber ich musste in das Zelt rennen. Niemand anderes war da, um Leonie zu helfen. Und ich würde es wieder tun, wenn es bedeutet, dass ich sie nur so retten kann."

Josh seufzte schwer und schloss die Augen. „Ich weiß", murmelte er schließlich nach einer gefühlten Ewigkeit. „Du hast das Richtige getan. Du hast ihr wahrscheinlich das Leben gerettet. Ich hätte dich trotzdem umgebracht, wenn du da drin gestorben wärst." Ich schmunzelte, stellte mich auf die Zehenspitzen und küsste ihn sacht auf die Lippen. „Das klingt nur fair."

Er nickte, atmete tief durch und ließ mich los. „Ich muss zum Revier fahren. Harrys Aussage aufnehmen. Aber ich will, dass du zum Krankenwagen dort drüben gehst und dich durchchecken lässt. Mit einer Rauchvergiftung ist nicht zu spaßen."
„Josh, ich habe kaum ..."

„Ist mir egal, Lou", sagte er scharf. „Versprich es mir." Er sah mir fest in die Augen – und ich nickte.

„In Ordnung. Ich geh gleich rüber. Lass mich nur kurz mit Trudi reden, okay?" Ich nickte nach links, wo Trudi, Manni und Emily standen und mit großen Augen auf das schwarze Häufchen Zelt hinter mir glotzten. So als wären sie nicht ganz sicher, was eigentlich passiert war.

Ich verstand das Gefühl.

„Ich habe schließlich irgendwie ihre Hochzeit kaputt gemacht und sollte ihr erklären, was los ist.“

„Du hast gar nichts gemacht“, erinnerte Josh mich schnaubend. „Harry hat das Zelt angezündet. Es ist *nicht* deine Schuld, dass ihm nicht klar war, dass es verpönt ist, auf Hochzeiten Feuer zu legen.“

Ich zog eine Grimasse. „Ja, vermutlich nicht. Trotzdem will ich ihr zumindest gratulieren. Ich meine: Sie ist noch dazu gekommen, *Ja* zu sagen und Manni ein Bützchen zu geben. Sie sind verheiratet, oder nicht?“

Josh hob einen Mundwinkel. „Mann, kein Wunder, dass du dich so zierst, mich zu heiraten: Du hast keine Ahnung, was dich bei einer Hochzeit überhaupt erwartet. Denn nein, der Kuss ist einen Dreck wert. Sie müssen noch einen Wisch unterschreiben – und du als Trauzeugin auch. Erst dann dürfen sie sich Ehefrau und Ehemann nennen. Aber schön. Rede mit ihr. Bevor sie noch heute Nacht bei uns anruft und Einzelheiten erfahren will.“

Er drückte einen Kuss auf meinen Scheitel, murmelte: „Bin froh, dass es dir gut geht“ und lief dann die Treppen hinunter zum Platz, der sich langsam mithilfe einer Menge Polizeibeamter leerte. Die Nubbel hatten zwar nicht gebrannt, aber die Zuschauer hatten sich offensichtlich mit dem abgefackelten Zelt zufriedengegeben.

Ich rieb mir mit beiden Händen übers Gesicht, bevor ich zu Trudi und dem Rest schlenderte. „Na, alles gut bei euch?“, wollte ich wissen.

„Das hat gebrannt. Lichterloh“, stellte Manfred schockiert fest.

„De Nubbel war's", verkündete Emily halbherzig.

Trudi sagte nichts.

Sie stand stocksteif da, in ihrem blinkenden, weißen Kleid, mit noch immer aufgerissenen Augen.

Oje.

„Trudi?", sagte ich vorsichtig. „Es tut mir furchtbar leid, dass das jetzt so ein Drama war. Ich weiß, deine Hochzeit hast du dir anders vorgestellt. Aber ich bin mir sicher, ihr könnt den Rest der Trauung einfach nachholen – oder die Hochzeit noch mal komplett neu feiern, wenn ihr ..."

„Machst du Witze?", unterbrach sie mich, bevor im nächsten Moment ein begeistertes Leuchten auf ihr Gesicht trat. „Die Hochzeit wiederholen? So fantastisch kriegen wir das doch nie wieder hin! Das war vielleicht eine Show!" Sie strahlte heller als ihr Kleid. „Lou: Das war das beste Hochzeitsgeschenk, das du mir hättest machen können! Als du auch noch in das brennende Zelt gerannt bist ... Liebe Liese!" Entzückt klatschte sie in die Hände. „Also, ich bin ja froh, dass niemandem etwas passiert ist, aber die Mädels aus dem Seniorenheim werden so was von neidisch sein. Ich komme auf jeden Fall in die Zeitung! Oh, Manni, wir sollten vielleicht zur Polizei fahren und diesen Simon fragen, ob er nicht Interviews mit uns führen möchte." Sie griff ihren Noch-Nicht-Ehemann fest am Arm. „So aus der Perspektive der Leidtragenden. Das gibt doch mit Sicherheit was her! Und viele tolle Fotos haben wir auch. Mensch, vielleicht kriegen wir sogar eine Doppelseite. Ins Internet schaffen wir es auf jeden Fall! Wahrscheinlich sind wir sogar schon drin. Ich frag gleich mal Herrn Google."

Ich lächelte müde.

Wenigstens eine war glücklich.

„Bei dir alles in Ordnung, Emmi?"

„Jaja." Meine Schwester nickte. „Bei dir? Ganz schön heroisch gerade. Wenn du willst, erzähle ich Mama davon..."

„Oh, bitte nicht." Ich verzog das Gesicht. „Sie wird nicht das Heroische darin sehen."

„Mhm", machte sie und runzelte die Stirn. „Meinst du, sie wird das Heroische darin sehen, dass ich Leben in mir heranzüchte?"

Ich zuckte die Schultern. „Schwer zu sagen. Aber sie liebt Babys, also ... ich drück die Daumen."

„Ach, ich muss es ihr auch noch gar nicht sagen", entschied Emily und winkte ab. „Ich kann ihr erst einmal ein paar Monate lang erzählen, dass die vielen Kamelle mich dick gemacht haben."

Ich seufzte schwer. Fantastisch. Ein neues Geheimnis, das ich bewahren musste. Das würden anstrengende sieben Monate werden.

„Meene Fresse, das war wat", meinte plötzlich eine männliche Stimme. Ich wandte mich überrascht um und bemerkte den Schnauzbart, der zu uns getreten war. „Zündet der einfach das Zelt an!", sagte er kopfschüttelnd. „Wat für en Muuzepuckel!"

Wir nickten. Denn damit war alles gesagt.

Kapitel 20

Ich hatte keine Rauchvergiftung. Keine Verbrennungen. Nur ein paar blaue Flecke an den Knien, auf die ich mich nach der Zelt-Aktion hatte fallen lassen.

Alles in allem war ich ein wenig enttäuscht. Da tat ich ausnahmsweise mal etwas Heroisches und hatte nicht einmal eine Narbe oder ein ärztliches Attest vorzuweisen, das mir bestätigte, dass ich tatsächlich etwas Denkwürdiges getan hatte.

Wie brachte ich die Geschehnisse des letzten Abends bitte in Zukunft zur Sprache, wenn ich keine Narbe hatte, nach deren Ursprung mich jemand fragen konnte?

Ich hätte mich vielleicht noch etwas vehementer darüber aufgeregt, wenn ich nicht so unfassbar erschöpft gewesen wäre.

Erschöpft von dem Fall, von der emotionalen Karussellfahrt mit Emily ... einfach erschöpft von der letzten Woche. Nur diesmal aus nicht ganz so lustigen Gründen wie sonst immer nach Karneval.

Trotzdem konnte ich nicht ausschlafen. Ich musste mich um den Laden kümmern ... und mental auf das Abendessen im Hause Rispo vorbereiten. Denn keine Erschöpfung der Welt würde mich davon abhalten, heute dorthin zu gehen.

Ich hatte es Florian versprochen. Josh wollte mich gern dabeihaben. Und er war auch trotz Arbeitsstress mit zum Brunch bei meiner Mutter gekommen ...

natürlich ging ich mit. Ich war schließlich schon fast Teil der Familie. Was mich zum letzten Punkt brachte, aus dem ich erschöpft war: der blöde Heiratsantrag.

Wieso hatte ich damals nicht einfach Ja gesagt? Dann hätte ich den lieben lang Tag nicht Dinge wie *Männer Romantik* oder *Heiratsantrag originell* googeln müssen.

„Alles okay?", wollte Josh wissen und legte einen Arm um meine Schultern, während er mich zur Tür des Mehrfamilienhauses dirigierte, in dem sein Vater wohnte. „Du bist in der letzten Stunde beängstigend schweigsam gewesen."

Ja, ich hatte all meine gehirnlichen Kapazitäten gebraucht, um über große, romantische Gesten nachzudenken.

Es wäre albern, mich mit Ghettoblaster vor unser Schlafzimmerfenster zu stellen, oder?

Und Rosenblätter zu verteilen war eine solche Verschwendung – eine lächerlich teure Verschwendung! – , die Josh überhaupt nicht wertzuschätzen wusste. Außerdem hatte ich jetzt diese blauen Flecke auf meinen Knien, wenn ich mich also vor ihm hinkniete, würde ich mein Gesicht verziehen, weil es wehtat ... und wer wollte seinen Heiratsantrag schon mit einer Grimasse beginnen? Das konnte nur ein schlechtes Omen sein.

Überhaupt, welche Frage stellte man genau?

Willst du mich heiraten? Willst du mein Ehemann werden? Willst du dich trauen? Möchtest du zusammen zum Standesamt gehen und einen Wisch mit mir unterschreiben?

Die Möglichkeiten waren endlos! Ich verstand jetzt

erst, warum Manfred sich einen solchen Kopf darum gemacht hatte.

„Lou?", hakte Josh nach.

Ich blinzelte und sah auf. „Was? Oh ja, alles gut." Ich winkte ab. „Ich habe gerade nur festgestellt, dass ich immer noch nach Rauch rieche", bemerkte ich naserümpfend und schnüffelte an meinem Mantel.

„Ja, nach Rauch und schlechten Entscheidungen", sagte Josh tonlos und klingelte an der Haustür.

Ich verdrehte die Augen. „Bist du deswegen immer noch sauer? Du meintest, ich habe das Richtige getan! Und es war kaum gefährlich. Ich war innerhalb von Sekunden wieder aus dem Zelt draußen."

„Schlimme Sekunden", murmelte er und starrte auf die Tür vor sich.

„Das sollte der Titel für den gestrigen Abend sein", überlegte ich. „Ach was. Für den heutigen auch."

Denn ich rechnete damit, dass er schlimm werden würde.

Nicht auf eine *„Ich habe Angst, zu Tode zu brennen"* Art und Weise. Aber auf die *Ich-kann-den-Rispos-nicht-mehr-beim-Streiten-zuhören*-Art. Obwohl Josh immer meinte, sie stritten nicht, sie diskutierten nur.

Meiner Meinung nach war jede Diskussion, die so laut wurde wie bei den Rispos, immer ein Streit, aber hey, was wusste ich schon?

„Ach, ich glaube, heute wird relativ entspannt. Emily ist schwanger, Flo bringt einen neuen Freund mit, du willst bei der Feuerwehr anheuern ... eine Menge unproblematische Themen." Grinsend sah er zu mir herab, bevor er die Tür aufdrückte.

Ich seufzte, nahm mir jedoch vor, optimistisch zu bleiben.

Vielleicht würden alle Rispos ja versuchen, sich von ihrer besten Seite zu zeigen. Um Florians neuen Freund nicht zu verschrecken.

Wir liefen die Treppe hoch und noch bevor wir den Absatz erreicht hatten, riss jemand die Tür auf. Es war Jonas, Joshs jüngster Bruder, der noch immer bei ihrem Vater wohnte.

Er hatte dieselben dunklen Haare und Augen wie seine Brüder ... und denselben gehetzten Gesichtsausdruck auf, den Finn bekam, wenn man ihm erzählte, dass ein vegetarischer Burger ebenso gut wie ein normaler sein konnte.

Obwohl das absolut die Wahrheit war!

„Finn und Emily können unmöglich hier einziehen, Josh“, zischte Jonas seinem ältesten Bruder zu. „Es ist ohnehin schon voll hier. Und wohin soll ich Mädchen einladen, wenn hier dauernd ein Baby schreit?“

„Keine Ahnung – und ist mir egal“, antwortete Josh lapidar und machte eine fahrige Handbewegung, damit Jonas zurücktrat und uns zur Tür hereinließ.

„Oh, komm schon! Können sie nicht bei euch wohnen?“, schlug er hoffnungsvoll vor und sah mich Hilfe suchend an.

„In unserer Zwei-Zimmer-Wohnung?“, meinte ich schnaubend. „Klar, da haben wir Platz für zwei weitere Menschen und ein Baby.“

„Hey! Du nimmst andauernd irgendwelche kränklichen Pflanzen bei euch auf“, beschwerte sich Jonas. „Was ist da der Unterschied? Kränkliche Pflanze, kränkliche Frau ...“

„Emily ist nicht krank. Sie ist schwanger", korrigierte ich ihn und schloss die Tür.

„Ist doch alles dasselbe. Mann, ihr seid voll nicht hilfreich", sagte er verärgert, bevor er uns voran den Flur entlanglief.

Wir hängten unsere Jacken und Schals auf, bevor wir ihm ins Wohnzimmer folgten, das ... voll war.

Übervoll.

Es befanden sich sieben Leute darin. Mit Josh und mir neun.

Mo, Joshs Vater und jetzt auch Jonas saßen bereits am Tisch. Emily und Finn standen neben dem Sofa und zankten sich ihren wilden Handbewegungen nach zu urteilen. Florian befand sich zusammen mit einem gut aussehenden Kerl, der mich an Shahrukh Khan erinnerte, den indischen Schauspieler aus den unfassbar ewig langen Bollywoodfilmen, die ich früher immer auf RTL 2 gesehen hatte, nahe dem Fenster. Als habe er sich bereits einen Fluchtweg zurechtgelegt.

Mein Blick schweifte zu den Leuten und dann zum Tisch.

Ja, jetzt verstand ich, warum Mo, Joshs Vater und Jonas schon saßen. Denn wie zum Teufel sollten wir jemals um den Tisch passen?

Er war für fünf junge Äste geeignet. Nicht für sechs breitschultrige Rispos, zwei Manu-Frauen und Flos neuen Freund, der etwas eingeschüchtert anhand der beeindruckend großen Gruppe an Leuten aussah.

Ich konnte ihn verstehen. Die Manu-Frauen waren etwas ... viel. Und die Rispos noch viel schlimmer.

„Hey", sagte ich in den Raum hinein, lächelte Joshs Vater zu und trat dann zu Flo, um seinem Partner die

Hand zu geben. „Sehr nett, dich kennenzulernen. Ich bin Louisa ... und ich weiß, wie beängstigend so große Familien sein können", setzte ich mit leiserer Stimme hinzu. „Aber keine Angst. Sie sind harmlos. Es ist nur wichtig, sehr schnell zu essen. Sonst bekommst du nichts ab."

Er lachte nervös auf, doch seine Schultern entspannten sich etwas. „Ich habe sechs Geschwister, ich kann schnell essen", versprach er und ergriff meine Hand. „Ich bin Alex."

Ich lächelte und wollte noch etwas Freundliches sagen – wurde jedoch von einer lauten Stimme unterbrochen.

„Was hast du gegen Yoda? Das ist ein klassischer Name, Emily. Klassisch und besonders zugleich." „Finn, wenn das Baby nicht grün und mit großen Ohren aus mir herausschießt, wird unser Kind *nicht* Yoda heißen!", sagte sie genervt. „Ich dachte an Jean-Pierre."

„Was? Wir sind doch keine Franzosen!"

„Nein, aber mit dem Namen wird das Baby auf jeden Fall motiviert, Französisch zu lernen und eine zweite Sprache fließend zu sprechen, ist sehr hilfreich."

„Wie wäre es mit Jean-Yoda?", sprang Jonas unschuldig ein. „The best of both worlds."

„Oh." Finns Augenbrauen flogen in die Höhe und er schielte zu Emmi. „Was meinst du?"

„Nein!", rief sie entsetzt und ging zum Tisch. „Willst du, dass unser Kind kopfüber in eine Toilette getunkt wird?"

Finn seufzte schwer. „Mann, Kinder bekommen, ist schwer."

Jap. Richtig. *Das* war der schwere Part.

„Hey. Danke, Lou“, murmelte Florian und stieß mich mit der Schulter an.

„Wofür?“, fragte ich verwirrt.

„Dafür, dass du und deine Familie immer genug Drama mit euch bringt, um vollkommen von mir abzulenken. Alex wurde noch keine einzige, peinliche Frage gestellt, weil Emily und Finn genug peinliche Dinge von sich geben.“

Ich verdrehte die Augen und wollte widersprechen. Doch mir fielen keine guten Gegenargumente ein. „Stets zu Diensten“, murmelte ich deswegen nur und folgte Josh um den Tisch. Ich quetschte mich neben Mo, der mir einen knappen Seitenblick zuwarf.

„Ist bei dir noch alles dran?“, fragte er leise. „Hab gelesen, dass du in ein brennendes Zelt gerannt bist. Ganz schön dämlich.“

„Mir geht es gut. War halb so wild.“

„Mhm“, machte er. „Das … ist schön. Ich meine gut. Das ist … schön gut.“

Ich hob einen Mundwinkel. Eloquent, dieser Mo. „Wünschst du mir etwa nicht mehr den Tod?“, wisperte ich. „Heißt das, du bist nicht mehr wütend auf mich?“

Angesäuert reichte er das Brot weiter. „Fordere es nicht heraus.“

„Würde mir nicht im Traum einfallen“, sagte ich freundlich, nahm mir eine Scheibe und gab den Korb an Josh.

„Was tuschelt ihr?“, wollte er wissen.

„Mo hat mich um Verzeihung gebeten und möchte wieder mein Freund sein“, sagte ich, ohne mit der Wimper zu zucken.

„Meine Fresse", meinte Mo kopfschüttelnd und sah zu Josh. „Wie hältst du es mit ihr aus?"

„Mit einem Lächeln auf dem Gesicht", meinte er abwesend und nahm sich Kartoffeln. Bei den Rispos eröffnete niemand das Essen. Man nahm sich einfach, solange man noch konnte.

Ich schmunzelte und stieß sacht mit der Schulter gegen Joshs. Einerseits, weil es wirklich lächerlich eng am Tisch war, andererseits, weil das eine sehr süße Antwort gewesen war.

„Also, Alex, erzähl doch mal", ergriff der älteste Rispo das Wort. „Was sind deine Ziele im Leben?"

„Ja, super, Papa", meinte Florian stöhnend und zog eine Grimasse. „Stell am besten erst einmal die einfachen Fragen."

„Das tue ich", antwortete sein Vater mit einem schelmischen Lächeln. „Du hast keine Ahnung, was gleich noch kommt."

Florian stöhnte, Jonas grinste breit. Alex lachte nervös. Und Emily meinte, dass Alex es sich zweimal überlegen sollte, sich auf längere Zeit an diese Familie zu binden, die Rispos seien nämlich allesamt etwas gestört.

„Gestört ist gut", meinte Finn sofort. „Ich vertraue niemandem, der nicht zumindest *etwas* gestört ist. Also, Alex: Wie gestört bist du?"

Josh lachte leise und Flo sah aus, als wollte er sich auf den Tisch übergeben.

„Das musst du nicht beantworten, Alex", sprang ich ein. „Es ist vollkommen okay, wenn du nicht gestört bist. Ich bin auch völlig normal."

Das brachte Josh neben mir zum Lachen, während E-
mily mir den Vogel zeigte.

Meine Mundwinkel zuckten ebenfalls und ich
drückte Joshs Knie. Er legte seine große, warme Hand
über meine und drückte zurück, während Finn anfing
ein Punktesystem zu entwerfen, um herauszufinden,
wer von den Anwesenden am gestörtesten war.

Und das Ganze machte mich so glücklich, dass ich
nicht aufhören konnte zu lächeln.

Es war absurd.

Ich war erschöpft. Immer noch ein wenig von den
gestrigen Geschehnissen schockiert. Es war viel zu laut
im Raum. Alle sprachen durcheinander und ich er-
wischte Mo noch immer bei ein paar bösen Blicken in
meine Richtung.

Trotzdem war ich glücklich.

Mein Herz war voll.

Ich liebte alles an diesem Abend. Die Leute. Die Blöde-
leien. Den Mann neben mir. Und ich freute mich darauf, Teil der Familie zu werden. Egal, wie chaotisch
und laut und anstrengend es werden würde.

Ich lächelte, lehnte mich zur Seite und küsste sacht
Joshs Kiefer, bevor ich in sein Ohr wisperte: „Josh.
Willst du mich heiraten? Einfach so? Ohne großen An-
trag. Ohne Drama. Nur weil ich dich liebe."

Ein Lächeln breitete sich auf seinem Gesicht auf. Ein
träges, glückliches Lächeln, das bis zu seinen Augen
reichte. „Ich dachte schon, du fragst nie."

ENDE